집이라는 모험

집이라는 모험

신순화

북하우스

유쾌한 모험가

필규, 윤정, 이룸에게

차례

1

마당을 찾아라

마당

마당 있는 집에서 살고 싶었다. 아이를 낳고부터는 그 생각이 더 간절해졌다. 호기심 많고 놀기 좋아하고 활동적인 아들은 땅만 밟으면 날개를 단 듯 신이 났다. 아이는 흙과 동물, 그리고 벌레를 사랑했다. 놀이터에서도 그네보다 바닥에 쪼그려 앉아 줄지어 이동하는 개미를 관찰하는 걸 더 좋아했다. 산책하는 개라도 만나면 좋아서 어쩔 줄을 몰랐다. 그때마다 자기도 개를 키우고 싶다며 나를 올려다보곤 했다. 돌멩이와 풀꽃, 나무와 새, 강아지와 고양이. 아들이 좋아하는 것은 모두 땅 위에 있었다. 방 두 칸짜리 주공 아파트 십이층에서 신혼살림을 시작하고 큰 욕심 없이 지냈는데 다른 욕심이 자라기 시작했다.

…땅으로 내려가고 싶다. 네가 좋아하는 것들이 모두 다 있는 마당 있는 집에서 살고 싶다.

어느새 아이와 나는 종이에 살고 싶은 집을 그리며 꿈을 꾸고 있었다.

이층집이면 좋겠다, 그치? 엄마, 우리 연못도 만들어요. 개는 한 마리면 안 돼요, 친구도 있어야 하니까요. 그래, 그럼 두 마리 키우자. 마당에 텐트 치고 놀면 얼마나 재밌을까? 큰 나무에 그네도 달아주세요. 엄마는 벽난로가 있는 집에서 살고 싶어.

종이 위에서 우리의 상상은 무럭무럭 커갔다.

…이런 집을 얻을 수야 없겠지만 꿈이라도 마음껏 꾸어보는 거야. 꿈은 돈이 안 드니까.

첫애 다섯 살 때 둘째가 태어났다. 그동안 첫애는 어린이집이나 유치원에 다니지 않았다. 낮엔 엄마와 놀고 오후엔 동네 친구들을 만나 놀았다. 그런데 둘째가 생기자 젖먹이인 둘째에 매달리느라 나는 큰애와 놀아주지 못했고, 남편은 직장 일이 바빠져 시간을 내지 못했다. 우리는 놀이와 친구가 필요한 큰애를 위해 공동육아 어린이집을 알아보기 시작했다. 마침 지금 사는 곳에서 지하철로 두 정거장 거리에 좋은 공동체가 있는 걸 알게 되었다. 거리는 얼마 안 되지만 환경은 집 근처와 많이 달랐다. 마을은 산자락을 끼고 사방에 논과 밭이 흩어져 있고 그 사이사이에 집들이 들어서 있었다. 야트막한 산과 논밭이 어우러진 풍경이 마음에 들었다.

공동육아 어린이집은 마당이 넓은 목조 건물이었다. 바로 앞에 시냇물이 흐르고 주위엔 단독주택 몇 채가 여유롭게 자리해 있었다. 고개를 돌리면 어디나 산 능선이 펼쳐졌다. 아이들은 마당의 커다란 나무에 맨 그네를 타거나 모래놀이를 하며 놀았다.

큰애는 공동육아 어린이집을 금방 좋아하게 되었다. 뒷마당 자두나무에 올라가 익은 것을 골라 따 먹는 재미에 빠졌고, 잘 익은 보리수 열매 맛도 알게 되었다. 이른 봄에서 늦여름까지 매일 시냇가에서 첨벙거리고, 마땅한 나무 막대기를 찾아 들고 온 마을을 뛰어다녔다.

주말이면 우리 가족은 압력밥솥을 챙겨 가 공동육아 터전에서 온종일 놀곤 했다. 오빠가 나무 위를 오르고 모래놀이를 하는 옆에서 어린 동생은 그네를 탔다. 남편은 아이들과 놀아주다가 너른 마루에서 스르르 낮잠에 빠져들기도 했다. 둘째는 어린이집 마루에서 첫걸음마를 했다. 비틀비틀, 그러나 넘어지지 않고 환하게 웃으며 내 품으로 걸어 들어오던 그 오후를 어떻게 잊을까.

어떤 날엔 창 앞에 앉아 빗소리를 들었다. 지붕을 타고 처마 끝으로 흘러내리는 빗소리에 오래 귀 기울여본 게 얼마 만인지. 현관문을 열면 땅 위로 튀어 오르는 빗방울들. 생명을 가득 품은 세상이 온통 일렁이며 다가오는 것 같았다.

어린 시절 시골 외가에서 살 때도 그랬다. 여름 소나기가 지붕을 타고 내려와 툇마루 아래로 떨어지면 땅이 동그랗게 파이며 빗물이 튀어 올랐다. 공동육아 터전에 있자니 그 빗방울을 하염없이 바라보던 어린 시절로 되돌아갔다. 할머니 텃밭에서 가지를 따서 생으로 씹어 먹던 기억, 밤이면 커다란 모기장 안에 들어가 잠을 청하던 여름밤이나 매일 밤늦도록 동네를 쏘다니며 놀던 날들로 말이다. 자연에서 자란 시절은 몇 년뿐이었지만 살아오는 동안 내 정서는 언제나 그 시절을 향해 있었다는 걸 느꼈다.

…다시 이런 곳에서 살고 싶다…. 아이들이 마당에서 뛰어놀고, 나무에 매단 그네를 타고, 흙을 만지고, 비가 오면 빗소리가 훅 하고 내 안으로 들어오는 집.

아이와 그림으로 그리며 꿈꾸던 집을 당장 만나지 못하더라도 우선 이 마을로 들어와야겠다고 마음먹었다. 아이가 어린이집에 다니는 동안 마을 통장님을 비롯해서 여러 주민께 우리가 들어갈 만한 집이 있으면 알려달라고 부탁했다. 그 후 몇 번 연락을 받았는데 마땅하지 않았다. 너무 작거나 너무 비쌌고, 어떤 집은 마당을 죄다 아스팔트로 덮어놔서 단념했다. 그사이 신도시의 집을 떠나 우선 이 마을로 이사했다. 단독주택을 얻을 동안 지하철역에서 가까운 아파트에서 살기로 했다. 거기서 셋째가 태어났고 큰아들은 마을의 오래된 초등학교에 다니기 시작했다. 원하는 집을 만나는 일이 쉽지 않겠다는 생각이 들 무렵 우리가 찾던 집은 전혀 예상치 못한 방식으로 우리 앞에 나타났다.

어느 날, 아이들과 아파트 단지 안을 걸어가고 있을 때였다. 맞은편에서 오던 아이 엄마가 나를 유심히 바라보았다. 가만 살펴보니 그이 옆에도 나처럼 아이가 셋이었다. 세 아이 엄마는 서로를 알아보는 법! 반가웠다. 그쪽도 애가 셋인가 봐요. 네, 저는 뱃속에 하나 더 있어요. 어머나 세상에, 대단해요. 이런 말들을 하는 동안 확 친밀감이 느껴졌다. 내친김에 우리 집에 들러 차 한 잔하자고 청했다. 그이는 기분 좋게 응했다. 알고 보니 우린 나이도 같았다. 어려서 헤어진 친구를 만난 것처럼 둘은 금세 친해졌다. 그는 이 동네로 이사한 지 얼마 안 됐다고 했다. 이사 오기 전에 집을 알아보다가 맘에 꼭 드는 단독주택을 만났는데 몇 가지 이유로 포기하고 아파트로 들어왔다는 것이다. 넓은 마당에 텃밭까지 있는 이층 벽돌집이었는데 남편이 전구 하나도 못 가는 사람인 데다 자기가 마침 넷째를 임신 중이어서 단념했다는 거였다. 그이가 말을 끝내기도 전에 나는 용수철처럼 튀어 올랐다.

"거기가 어딘데요?"

아직 전세가 나가지 않았을 거라는 말을 듣자마자 그 집을 소개받았다는 부동산에 연락했다. 그길로 부동산 직원과 함께 집을 보러 갔다. 우리가 자주 지나다니던 저수지 근처 큰길에서 샛길로 이어진 윗마을에 있는 집이었다. 좁게 휘어진 골목길을 올라가서 다시 양쪽으로 갈라지는 길 오른쪽 언덕 위에 집 한 채가 서 있었다. 가슴이 쿵쿵 뛰었다.

넓은 마당에 차를 세우고 집을 둘러보았다. 붉은 벽돌로 지은 이층집이었다. 마당은 차가 네다섯 대는 들어갈 만큼 넓었다. 집 오른쪽은 산비탈로 해서 위쪽 밭으로 이어졌다. 집 안은 낡은 가구와 이런저런 짐들로 꽉 차 있었지만 집의 구조와 규모는 충분히 살필 수 있었다. 일층에 방 세 개, 욕실, 거실과 주방이 있었고 거실 끝에는 놀랍게도 벽난로가 있었다. 진짜 벽난로였다. 바라기는 했지만 실제로 이루어질까 싶던 벽난로가 있는 집이라니. 마음은 이미 이 집에 살겠다고 결심을 한 순간이었다. 계단을 오르면 다시 방 두 개와 거실, 작은 주방과 욕실이 나왔다. 이층의 큰방에는 작고 둥근 발코니가 딸려 있었고, 발코니 난간까지 키 큰 감나무 가지들이 드리워져 있었다. 감이 달리면 손을 뻗어 따 먹을 수 있을 것 같았다. 외부 계단은 없지만 두 세대가 살 수도 있게 설계된 집이었다. 이층 거실을 나가면 아담한 옥상이 있었다. 그곳에 서서 찬찬히 주변을 둘러보았다. 십이월이라 마당과 밭, 숲은 적막하게 비어 있었지만 이곳에 봄이 오고 여름이 되면 풍경들이 어떻게 변할지 그려졌다. 마당에서 뛰어노는 아이들 웃음소리까지 들리는 것 같았다. 저기에다 모닥불을 피우고, 고기를 굽고, 텐트를 치고 별을 볼 수도 있겠지. 기다란 빨랫줄에서 빨래를 걷고 벽난로 앞에서 온 가족이 즐겁게 웃는 모습도 상상할 수 있었다. 겨울에는 마당에서 눈사람을 만들어야지.

…이 집이다. 마침내 만났구나.

나는 정신을 차릴 수 없을 정도로 흥분해서 바로 남편에게 전화를 걸고 집 안팎 사진을 찍어 보냈다. 그날 저녁 퇴근한 남편과 세 아이를 데리고 다시 벽돌집을 찾았다. 아들은 보자마자 개를 키울 수 있겠다며 빨리 이사 오자고 펄쩍펄쩍 뛰었다. 건설회사에 다니는 남편은 이것저것 따져보며 고개를 저었지만 이미 이 집에 마음을 뺏긴 아이들과 아내를 이길 수 없었다.

시골집의 임자는 정말 따로 있는 법인지 그토록 오랫동안 마당 있는 집을 구하려고 애쓴 것이 무색하게 처음 만난 사람이 하루 아침에 내가 원하는 집을 알려줬다. 바라던 집은 느닷없이 왔고 나는 번갯불에 콩을 볶듯 빠르게 움직이며 일을 처리해 나갔다.

세 아이를 낳는 동안에도 빚 없이 살아온 우리는 처음으로 몇 천만 원이라는 큰돈을 빌려야 했다. 한 달여 만에 새 세입자를 구하는 등 모든 일을 해치우고 드디어 계약을 했다. 새해 일월 중으로 이삿날도 정해졌다. 지금 생각해도 그토록 빠르게 모든 일이 진행된 것이 신기할 따름이다. 한 해의 끝자락에 몇 번이나 새 집을 오가며 도배와 장판을 다시 하고 청소를 했다. 날은 추웠지만 이사 준비는 다 됐다고 생각했다. 이제 이사해서 평온하고 따사로운 전원생활만 누리면 된다고. 하지만 세상일이라는 게 어디 예상대로만 흘러가던가. 이 집으로 이사하는 것은 하루하루 예상할 수 없는 모험길로 접어드는 거라는 사실을 그때는 알 턱이 없었다.

이사

살면서 나는 이사를 자주 하지는 않았다. 어릴 때 아빠가 도회지에서 자리를 잡는 동안 시골 외갓집에서 지내다가 다시 가족과 합친 적이 있는데 그걸 이사라고 부를 수 있는지 모르겠다. 그저 차를 오래 타고 아빠에게로 간 기억뿐이다. 그 집에서 아파트 사층으로 옮긴 것은 확실히 이사였지만 역시 잘 기억나지 않는다. 나는 초등학생이었고 이사란 어른들의 일이었으니까. 그 아파트에서 이십 년 넘게 살다가 결혼했다.

신혼집도 아파트였는데 그 집에서 삼 년을 살고 옆 동에 집을 사서 이사했다. 바로 옆이니까 돈을 아끼자며 반 포장이사를 했다. 이삿짐센터 직원들이 짐만 들여주고 돌아간 후에 남은 살림을 정리하느라 남편과 밤을 꼴딱 새웠지만 태어나서 처음 가져본 내 집이라는 사실에 힘든 줄도 몰랐다. 삼 년 후 다시 셋집 아파트로 들어갈 때는 돈을 더 주고 포장이사를 했다. 짐도 아이도 늘었는데도 아파트에서 아파트로 하는 이사라 수월했다. 이삿짐센터 직원들이 알아서 척척 움직여주었다. 사다리차와 엘리베이터로 순식간에 짐을 빼고 들였다. 그러나 이 집에 올 땐 달랐다. 아파트에서 단독주택으로 옮기는 이사였다. 게다가 큰길에서 폭이 좁은 샛길로 들어가 구불구불하게 휘어진 길을 따라 집 아래에 도착하고도 경사가 사십 도쯤 되는 비탈길을 올라야 비로소 마당이 나오는 집이다. 이삿날은 일 년 중 제일 춥다는 일월, 뉴스에서는 십 년 만의 한파라는 기사를 쏟아내고 있었다.

사실 이사 전부터 나는 벌써 지쳐 있었다. 집 안의 모든 물건을 버릴 것과 가져갈 것으로 나누는 것부터가 보통 일이 아니었다. 그나마 혼자라면 번쩍번쩍 일을 해치우겠는데 품에는 젖먹이가 있고, 손이 가는 어린아이도 둘이니 일이 마음처럼 되지 않았다.

이사 전날까지도 신경 쓸 일은 계속 생겨났다. 기침을 하던 큰애 상태가 안 좋아졌다. 짐 싸랴, 물건 추려서 버리랴 정신없는 동안 집이 온통 먼지투성이였을 테니 당연한 결과다. 남편은 이사를 결정하자마자 덜컥 강아지 두 마리를 얻어 왔다. 아이들은 드디어 개를 키우게 되었다고 좋아했지만 강아지들은 오자마자 여기 물어뜯고 저기서 오줌 싸고 말썽이 이만저만이 아니었다. 내 코가 석 자인지라 강아지 훈련은커녕 뒤치다꺼리도 힘에 부쳤다. 엉금엉금 기어 다니는 막내가 있어 더 신경이 쓰였다. 안됐지만 강아지들을 베란다로 옮겨놓았다. 새집에 가면 넓은 마당이 기다리고 있으니 조금만 참자고 강아지도 아이들도 달랬다. 남편이 정성 들여 화초를 가꾸던 베란다는 이내 쑥대밭이 됐지만 그걸 창 너머로 보면서도 어쩔 도리가 없었다.

이사하기로 한 날은 하필 큰 눈이 내려 골목길이 얼어붙는 바람에 이사차가 올라갈 수 없었다. 할 수 없이 이사를 일주일 미뤘다. 아파트에서 빼낸 짐들은 이사차에 그대로 보관한다지만 당장 우리 가족이 일주일 동안 지낼 곳을 찾아야 했다. 나는 아이 셋을 데리고 용인에 있는 쌍둥이 자매의 집으로 들어가고 잠실로 출근해야 하는 남편은 과천에 있는 언니네에서 신세를 지기로 했다. 마당 있는 집에서 살게 되었다고 먼저 데려온 강아지들은 도리 없이 이사 갈 집 마당에 매어놓았다. 남편은 퇴근 후 새집에 들러 강아지들을 보살폈다. 매일 근무를 마치고 늦게 잠실에서 새집으로 달려가면 강아지들은 빈 밥그릇과 물그릇을 죄다 엎어놓은 채 남편을 보고 좋아서 펄쩍펄쩍 뛰며 반겼다고 한다.

이삿날엔 강추위가 몰아닥쳤다. 대형 이사차가 샛길로 진입하지 못해 입구에서 작은 용달차로 짐을 옮겨 싣고 마당까지 나르자니 시간이 배로 걸렸다. 마당엔 눈이 그대로 쌓여 있고, 현관문이 작아서 문짝을 통째로 들어냈지만 집은 입구부터 특이하게 각이 진 구조라 뭐든 한 번에 쉽게 들어가질 못했다. 무겁고 큰 짐을 들고 이리저리 방향을 바꿔가며 안으로 들이느라 이삿짐센터 직원들이 진땀을 뺐다.

찬바람은 사방에서 들어오고 집 안도 벌판처럼 춥긴 매한가진

데 특히나 우리 짐의 많은 부분이 무거운 책이었으니 지금도 그 분들을 생각하면 죄송한 마음이다. 본래는 짐을 다 넣어주고 정리까지 해주기로 계약했지만 짐을 다 들이는 데만도 시간이 너무 오래 걸려서 정리는 우리가 하겠다고 했다.

사실 이 모든 과정은 몸살을 앓고 있던 남편이 혼자 감당해야 했다. 나는 짐을 다 들일 무렵에야 아이들을 데리고 갔다. 중간중간 궁금하고 걱정돼서 전화를 하면 남편이 지친 목소리로 상황을 전해주었다. 얼마나 힘들까 안쓰러웠지만 그렇다고 달려가 힘을 보탤 수도 없었다.

일주일을 기다렸다가 새집에 도착한 아이들은 신이 나서 뛰어다녔다. 남편은 반쯤 넋이 나간 얼굴로 우리를 맞았다. 집 안은 어수선하게 널린 짐들로 정신이 없는 데다 종일 창을 열어뒀기에 실내가 바깥만큼 추웠다. 심야전력 보일러를 최대한 틀었는데도 공기는 좀처럼 따듯해지지 않았다. 아이들은 그래도 좋다며 이 방 저 방 뛰어다니고 우리 부부는 쉬지 않고 짐을 정리했다. 그 사이에도 애들은 틈틈이 매달리고 싸우고 울고 장난을 쳤다. 정리도 안 된 주방에서 밥을 해서 먹고, 턱이 덜덜 떨리는 욕실에서 대충 애들을 씻기고 나자 그야말로 손가락 하나 까딱할 힘도 없었다. 간신히 제일 작은 방에 이부자리를 펴고 애들을 먼저 재웠다. 새집이라고 흥분해서 뛰어다녔던 아이들은 다행히 방이 추운데도 금세 곯아떨어졌다. 백 년처럼 길고 길었던 하루. 애들을 재우고 나와보니 남편이 거실에 앉아 있었다. 우린 그냥 말없이 눈 쌓인 창밖을 바라보았다.

이사 오기 전까지 살던 아파트는 전철역도 가깝고 비교적 최근에 지어서 여러모로 쾌적하고 편했다. 남편은 그 집을 만족스러워했다. 내가 느닷없이 이 집을 보고 이사를 조르기 시작했을 때 처음엔 말도 안 되는 소리라며 생각할 필요도 없다던 사람이다. 일 년이라도 좋으니 이런 집에서 살아보고 싶다고 며칠을 간절하고 절절하게 부탁하는 아내에게 남편은 마침내 져주었다. 그 모든 것이 참 미안하고 고마웠다. 이런 마음을 전하자 남편이 말했다.

"당신이 좋으면 난 그걸로 됐어…."

그 밤, 그가 해준 말을 마음 깊이 새겼다. 이렇게 큰 이해와 배려를 받고 들어왔으니 이곳에서 더 행복해져야겠다고, 내가 그렇게 만들고 싶다고 생각했다. 그런 마음으로 새집에서 첫 밤을 보냈다.

추위

추운 건 질색이어서 나는 겨울보다 늘 여름을 좋아했다. 그런 내가 오래 바라고 그리다가 만난 집은 어마어마하게 추웠다. 조금 추운 게 아니라 그야말로 지독하게 추운 집이었다.

하필 한겨울, 그것도 동장군이 제일 기승을 부리던 때 이사를 했다. 아파트보다 추울 거라고 예상은 했지만 첫날 맞닥뜨린 추위는 너무도 엄청나서 다른 문제는 생각할 틈도 없었다. 대충 정리한 후 딸들 방으로 점찍어둔 길가 쪽 끝방에서 온 가족이 첫날을 보냈다. 자고 일어나보니 머리맡에 둔 온도계가 십일 도를 가리키고 있었다. 숫자를 읽으면서도 감이 오지 않았다

…십일 도라고? 방 안 온도가? 진짜?

깜짝 놀라서 이불 밖으로 나와 있던 아이들 얼굴과 손을 만져보았다. 얼음처럼 싸늘했다. 가슴이 철렁했다. 이렇게 추운 데서

어린애들을 재우다니, 감기 걸리는 거 아니야? 정신이 없었다. 난방이 꺼진 것도 아니고, 온도계가 고장이 난 것도 아닌데 밤새 난방을 한 실내 온도가 십일 도라니. 이사하기 전부터 기침이 심했던 큰아이는 이사를 앞두고 증세가 더 심해져 병원과 입원 얘기를 나누던 참이었다. 의사는 외출을 삼가고 찬바람을 쏘이지 말라고 당부했는데 아픈 아이에 어린아이, 젖먹이까지 데리고 이렇게 추운 집에 들어왔으니 이걸 어쩌나. 추운 게 지긋지긋해서 따뜻한 집을 원했던 내가 어쩌자고 이런 집에 왔을까. 내 발등을 내가 찍었으니 불평할 수도 없었다. 따뜻하고 편한 아파트를 버리고 기를 쓰고 들어온 집의 실체와 마주하는 순간이었다.

지은 지 수십 년이 된 집은 단열과 방풍이 허술했다. 집주인은 분명 얼마 전에 보일러 배관까지 새로 싹 교체해서 바닥은 따뜻할 거라고 했는데 종일 보일러를 틀어도 실내 온도는 별로 오르지 않았다. 바닥은 그럭저럭 온기가 돌았지만 창으로 새어드는 바람이 만만치 않았다. 창호는 목재였다. 쇠로 된 조임쇠를 빙빙 돌려서 여닫는 옛날 창이었다. 창과 창 사이마저 덜컹거렸다. 이사하기 전에 집 전체 창호를 새로 갈아보려고 알아보았지만 천만 원이 훌쩍 넘는다는 말을 듣고 바로 마음을 접었다. 겨울 한 철만 고생하자 생각했는데 예상보다 집 안의 추위는 강력했다.

당장 시내에 있는 이불집으로 달려가 가장 두껍고 따뜻한 이부자리를 사 왔다. 그때 산 이불 두 채는 겨우내, 그리고 겨울이 지나고 봄이 오고 날이 정말 확 풀릴 때까지 한 번도 빨지 못했다.

하루라도 그 이불 없이는 잠을 잘 수 없었다. 아파트에서는 늘 이부자리를 발로 차내며 자던 아이들이 새집에선 두꺼운 이불 속에서 밤새 꼼짝하지 않고 잠을 잤다.

집 안을 정리한 후엔 벽난로가 있는 거실에서 다 같이 잤다. 보일러를 틀고 벽난로에 불을 지펴도 찬바람은 어쩔 수 없었다. 이불을 덮고 누우면 얼굴 위로 바람이 지나가는 게 눈에 보이는 것 같았다. 벽에 걸어둔 달력 종이가 펄럭일 때마다 어디 문이 열렸나 하고 집 안을 점검해보았다. 문이 다 닫혀 있어도 문틈으로 창문 틈으로 바람은 기세 좋게 새어 들었다. 밤엔 양말을 신고 장갑까지 끼고 잤다. 집 안이 이렇게 추운데 욕실은 말할 것도 없었다. 외벽과 맞닿은 안방 욕실은 너무 추워서 목욕은커녕 이를 닦으려고 벌린 입까지 덜덜 떨릴 지경이었다. 당연히 씻는 일은 아주 단순해졌다. 최대한 빨리, 간단하게.

그래도 바쁘게 움직이는 낮 동안은 견딜 만했다. 거실에 해가 들면 집 안 전체에 온기가 돌았다. 해가 뜨고 지는 것이 집을 얼마나 극적으로 변화시키던지, 새삼 옛사람들이 태양을 숭배했던 것이 단번에 이해가 될 지경이었다. 문제는 밤이었다. 춥고 긴 겨울밤. 한동안 겨울에 해만 지면 우울해질 만큼 밤과 추위가 두려웠다.

이 집은 오래 비어 있었다. 바닥 난방을 한다고 단번에 따뜻해질 수 없었다. 이사를 오기 전에 집에 대해 많은 것을 파악할 시간이 없었다. 어디로 바람이 제일 많이 새어 들어오는지, 어디를 어떻게 손봐야 한기가 덜 스미는지 아무것도 모른 채 이사를 왔다. 일층은 심야전력 보일러였지만 이층은 기름보일러였다. 우리 식구는 일층만 썼다. 당연히 난방을 하지 않은 이층에서 어마어마한 한기가 내려왔다. 모든 문제를 찬찬히 파악해서 대비하기까지 적지 않은 시간이 걸렸다. 첫 겨울을 혹독하게 고생한 후에 일층과 이층 사이에 두꺼운 비닐 문을 달았다. 그다음 해부터는 시월 무렵부터 비닐 문을 내렸다. 현관 바깥은 나무로 틀을 짜서 문을 내어 달고, 그 문에도 추위가 닥치기 전에 두꺼운 비닐을 덧댔다. 그러자 현관으로 들어오는 바람이 한결 가셨다. 자주 열지 않는 창틀엔 보온재를 둘렀다. 가족 모두 내복을 챙겨 입는 것은 필수였다. 오래 비어 있던 집의 벽돌 하나하나까지 우리의 손길과 온기로 데우기까지, 그래서 집 전체가 내뿜던 강력한 한기가 누그러지기까지 수년이 걸렸다. 그만큼 시간이 흐르고서야 집은 비로소 오래 살 사람이 들어왔다는 것과 우리가 한결같이 정성 들여 자신을 데워주리라는 것을 믿기 시작한 것 같았다. 분명 집이 마음을 열었다고 느꼈다. 그사이 우리도 이 집의 온도에 익숙해졌다. 서로가 서로에게 길들기까지 시간이 필요했던 것이다.

물론 그래도 춥다. 오래된 집은 우리가 살뜰하게 보살피는 것만으로는 충분하지 않았다. 살아가는 동안 많은 곳이 더 허술해지고 낡았다. 그러나 추위가 기본값인 집에서 사람도 그만큼 강해졌다. 한겨울에 남편과 내가 자는 방은 영상 십 도 밑으로 내려가기도 한다. 아이들 방은 평균 십사 도 안팎이다. 벽난로가 있는 거실은 나무를 계속 때면 이십 도가 되기도 하지만 저만치 떨어져 있는 방들까지 난로의 온기가 닿지는 않는다. 그런 곳에서 자라서인지 아이들은 여간해서 감기에 걸리지 않았다. 늘 서늘한 기온에서 지냈더니 오히려 호흡기가 강해지는 쪽으로 진화한 모양이다. 몸의 적응력은 자연과 더불어 사는 삶이 키워주는 거라고 느끼게 되었다. 추울 땐 조금 춥게, 더울 땐 조금 덥게, 그렇게 자연에 맞춰 사는 게 몸에도 좋다는 걸 새집에 오고서야 알았다. 매일 찬바람 맞으며 노는 동안 기침을 달고 살던 큰애의 폐도 조금씩 건강해졌다. 찬바람을 쏘이지 않아야 좋은 게 아니라 꾸준히 찬바람을 누리는 것이 아이를 건강하게 한다는 것을 이 집의 겨울이 가르쳐주었다.

함께 모여 각자의 체온으로 서로를 덥혀주는 겨울밤에 우린 이불 속에서 재미난 얘기들을 많이 나눴다. 그리고 옆 사람에게 제 몸을 꼭 붙이고 잠들었다. 굴속의 토끼들처럼, 엄마 곰 품 안에 있는 아기 곰들처럼 한 덩어리가 되어 겨울을 났다. 추위라는 모험은 호되고 힘겨웠지만 가족이 함께 통과하면서 추위와 사이좋게 어울리는 법을 찾아냈다. 우리가 받은 첫 선물이었다.

봄

호된 추위 속에 첫 겨울을 나는 동안 간절히 기다린 것은 오직 하나, 봄이었다. 날마다 온도계의 숫자를 확인하고 얼어붙은 창밖을 바라보며 하루빨리 겨울이 끝나기를 바랐다. 날만 풀리면 춥지만 않으면 뭐든 할 수 있을 것 같았다. 그러나 겨울은 길었다. 집 밖도 안도 추웠다. 짧은 겨울 해가 지고 나면 길고 추운 밤이 왔다. 오들오들 떨면서 달력만 보았다. 일월만 지나도, 이월만 돼도 살 만하겠지 하고 생각하면 기운이 조금 나다가도 추운 날이 며칠이고 이어지면 봄은 영영 안 올 것만 같았다. 찬바람 부는 창밖을 볼 때마다 마음이 내려앉았다. 동화 속에 나오는 거인은 정원에서 행복하게 노는 아이들을 쫓아내고 멋진 정원을 혼자만 누리겠다고 욕심 부리다가 그곳에만 봄이 안 오는 벌을 받았다. 난 아니다. 봄이 오면 나는 날마다 사람들을 초대해 이 마당을 같이 누릴 거라고 다짐했다. 봄이 오기만 한다면 말이다.

…언제쯤에나 따뜻해질까.

자고 일어나면 제일 먼저 온도계를 살피고 그에 맞춰 식구들 옷을 챙겼다. 눈이 오고 얼음 어는 것에 맞춰 시내로 장을 보러 다녀오고 집안일을 했다. 날씨가 제일 중요했다. 영하 십오 도였다가 십 도만 되어도 살 만해졌다. 찬바람 쌩쌩 불다가 볕만 따뜻해도 마음이 풀렸다. 내내 영하였다가 기온이 영상으로 올라가면 봄이 코앞에 온 듯 신나고 즐거워졌다. 온도 일이 도에 기분이 달라지고, 구름 끼고 해 나는 것에 이토록 열렬히 관심을 가진 건 학창 시절 소풍 전날 말고는 없었을 것이다.

한없이 더딘 것만 같았는데 계절은 정확히 제 할 일을 하고 있었다. 해가 조금씩 길어지는 것 같더니 스르르 날이 풀렸다. 춥다 춥다 하는 동안에도 한 겹 한 겹 따스한 기운이 쌓이고 있었다. 겨우내 얼음과 흙 묻은 눈이 쌓여 있던 마당 구석에 알아채지 못한 사이 초록 잎들이 돋기 시작했다. 햇볕이 따스하다고 느낄 무렵엔 이미 사방이 초록이었다. 매일 변해가는 마당 풍경은 마치 마법 같았다. 겨우내 익숙했던 모든 것이 달라지고 낯설어지는 모습을 어리둥절하게 바라보았다.

…뒷마당의 허물어져 가는 담장 밑 커다란 항아리들 아래 짙은 초록으로 쑥 돋아나는 대파같이 생긴 건 뭘까. 안방 창문 앞 화단에서 일제히 고개를 들어 올리는 이 연둣빛 순들은 또 뭘까. 사방에서 기운차게 돋아나는 저것들이 다 뭐란 말인가.

감탄과 더불어 호기심과 궁금함이 솟구쳤다. 언덕길 옆 비탈길엔 도깨비 뿔 같은 뾰족한 것들이 일제히 돋기 시작하고 우물 옆엔 기다란 잎들이 자라나기 시작했다. 어느 날 갑자기 나를 둘러싼 세상이 내가 알 수 없는 생명력으로 꿈틀대면서 놀랄 만큼 극적으로 변해가고 있었다. 매일 마당을 들여다보며 갸웃거리다가 끝내는 식물도감을 사서 펴 보기 시작했다.

"제일 먼저 피는 꽃이 애기똥풀이구나. 얘는 꽃다지, 쟤는 소리쟁이…."

처음 말을 배우는 아이처럼 보이는 모든 것의 이름을 알아가면서 불러보는 동안 내가 아는 세상이 점점 넓어지는 기분이었다. 애기똥풀이란 이름은 줄기를 자르면 신생아 똥처럼 노란 물이 나와서 붙은 이름이라는데 과연 아이들이 태어나서 처음 누는 배내똥을 닮았다. 아이들은 애기똥풀 가지를 잘라 손톱에 노란 물을 들이며 놀았다. 마당 끝 우물가에 풀처럼 비죽 솟는 것들이 달래라는 것은 엄마가 알려주었다. 달래를 사서 먹어왔지만 돋아나는 모습을 본 적은 없었던 것이다. 보드라운 쑥이며 향긋한 냉이며 세상은 온통 다시 살아나는 것으로 부풀어 올랐다. 민들레도 노란 별처럼 마당 여기저기에 무리 지어 고운 꽃을 피워냈다. 해가 나고 일제히 꽃잎이 열리면 땅 위에 노란 등불이 켜진 것 같았다. 매일 선물을 받는 기분이었다.

늘 내 곁에서 변함없이 피고 졌을 민들레 한 송이에 이렇게 감탄하고 열광하게 될 줄이야. 적어도 마흔 번 넘게 봄을 맞았는데도 이토록 놀랍게 새로울 수 있다는 것에 깊이 감동하고 전율하는 날들이었다.

한겨울에 이사 왔을 때 나무는 그냥 나무였다. 소나무나 잣나무 정도나 구분했을까 나머지는 다 그냥 나무일 뿐이었다. 그런데 봄이 오고 새잎이 나고 꽃이 맺히면서 알았다. 아하, 언덕길 끝에 있는 것들이 앵두나무였구나, 개집 뒤에 있는 것들은 단풍나무, 뒷마당엔 살구나무가 있구나. 위쪽 밭으로는 밤나무, 모과나무, 대추나무, 감나무, 뽕나무, 탱자나무….

모든 나무가 저를 알리며 새잎과 꽃들을 피워 올렸다. 안방 창문 앞 화단에 일제히 고개를 내밀고 하얀 꽃을 피워 올리는 것들이 둥굴레였다는 것을 알았을 때의 기쁨이란. 둥굴레차를 즐겨 마시면서도 이제껏 둥굴레가 어떻게 생겼는지는 보지 못했다. 마당과 이어진 비탈에 도깨비 뿔처럼 돋아나던 것들이 예쁜 초록 잎사귀로 피어나는 비비추였다는 것을, 아래 밭 비탈에는 옥잠화가 자라고 있었다는 것을 알아가면서 마음은 신기함과 감사함으로 가득 찼다. 그렇게 원추리를 만나고, 작약과 모란꽃을 만났다.

혹독한 겨울을 보내고 맞은 봄, 너무나 간절히 절실히 기다렸다 맞은 봄이어서였을까. 낯선 곳에서 맞는 새봄은 내 생의 첫 봄처럼 모든 게 새로웠다. 십 년 넘게 닫혀 있던 비밀의 화원 열쇠를 손에 쥔 메리가 매일 몰래 화원을 드나들면서 화원이 변해가는 모습에 기뻐하고 감탄하던 심정, 딱 내 마음이 그랬다. 힘든 겨울을 지내느라 애썼다고, 이제 이 집의 본 모습을 만날 자격이 있다고 인정받은 기분이었다. 아이들과 밭을 누비며 냉이와 쑥을 캤다. 겨울을 지낸 아이들은 꽃샘바람 속에서도 씩씩하게 마당을 누볐다. 봄 내내 아이들과 밖에서 살았다.

이 집에서 맞은 첫 봄을 잊지 못할 것 같다. 이렇게 추운 겨울을 견뎌냈으니 앞으로 이 집에서 어떤 계절도 끄떡없이 마주할 수 있다고 나를 믿게 된 일을, 단지 날이 따뜻해졌다는 것만으로도 뭐든 다 해낼 수 있을 것처럼 기운이 나던 그 봄을 어찌 잊겠는가. 처음으로 냉이를 캐서 끓여 먹었던 된장국의 향기와 아이들이 고사리손으로 뜯은 첫 쑥으로 만들어 먹은 부침개의 맛을, 말라비틀어진 것 같던 나뭇가지를 뚫고 아기 손처럼 돋은 보드라운 새잎 앞에서 대견하고 예뻐서 울고 싶던 날들을 다 기억한다. 지난겨울 동안 우리 안에 새겨진 깊고 또렷한 나이테를 알아볼 수 있었던 봄이다. 수없이 맞이했던 봄조차 이토록 벅차게 새로울 수 있는데 또 어떤 일들이 우리를 기다리고 있을까. 호기심과 기대로 어깨가 쭉 펴졌다. 아, 우리 이 집에서 잘 살 수 있겠다. 첫 봄이 알려주었다.

통창

집 현관문을 열고 들어서면 주방과 연결되는 작은 거실이 나온다. 식탁을 놓고 가족이 모이기 딱 좋은 공간이다. 그 현관문을 마주한 벽에 커다란 창이 있다. 가로 2미터, 세로 1.5미터로 제법 크다. 통창 아래에는 여닫을 수 있는 작은 창이 딸려 있다. 창 너머로는 뒷마당의 장독대와 길 건너 오백 년 된 고택의 돌담이 이어진다. 창 앞에 서면 주위에 자리한 아기자기한 집들의 주홍과 파랑 함석지붕 위로 산과 하늘이 한눈에 펼쳐진다.

이 집에서 마주한 첫 장면이 바로 이 통창 너머로 보이는 풍경이었다. 오래 닫혀 있었을 어둑한 현관문을 열었을 때 이웃 마을의 집들과 하늘이 보이는 탁 트인 풍경이 펼쳐질 거라고는 상상하지 못했다. 겨울이었지만 창으로 보이는 바깥 풍경은 매혹적이었다. 놀랍도록 환하고 근사했다.

닫혀 있던 이 집은 사실 바깥이 다 보이는 열린 집이었던 것이다. 추운 것도 잊고 한참을 창 앞에 서 있었다. …이런 풍경을 매일 볼 수 있는 집이구나. 이런 집이 다 있구나. 앞으로 여기서 내가 제일 많은 시간을 보낼 거라는 예감이 들었다.

이 집엔 여기 말고도 창이 정말 많다. 벽보다 창이 더 많지 않을까 싶을 만큼 눈 닿는 곳 어디나 커다란 창이 있다. 거실에서 마당을 내다보는 곳에는 더 큰 창이 있다. 그곳에 서면 마당과 마을 골목길 너머로 멀리 저수지가 한눈에 내려다보인다. 거실 창은 마당을 마주 보고 일직선으로 난 게 아니라 거실 안쪽으로 들어오며 비스듬하게 나 있다. 처음엔 왜 공간을 이렇게 애매하게 잘랐을까 의아했다가 그 앞에 서보고서야 알았다. 멀리 저수지의 물빛이 시야를 채웠다. 반듯하게 창을 냈다면 마당밖에 보이지 않았을 텐데 반듯한 공간을 포기하고 사선으로 깎은 덕에 거실에서 저수지를 내려다보는 기막힌 풍경을 얻은 것이다. 창으로 보일 풍경에 얼마큼 신경을 쓴 집인지 새삼 알 수 있었다.

오래된 기와집을 허물고 그 자리에 새 집을 지으면서 이렇게나 크고 많은 창을 낸 주인 어르신의 마음을 자주 헤아려보곤 한다. 창이 많으면 그만큼 집이 춥거나 덥기 마련인데 주인댁은 그 어떤 실용적인 것보다 사방에 창을 내어 창마다 다른 풍경을 보며 사는 쪽을 택했다. 그 덕에 모든 공간이 고유한 풍경과 느낌이 있는 집이 되었다.

이 집은 구조가 참 특이하다. 일층 오른쪽 끝에는 제일 큰 방이 단독으로 있고 기역 자로 만나는 거실과는 작은 복도로 이어진다. 거실과 아들 방은 일렬로 이어져 있지만 딸들 방은 작은 복도를 두고 조금 오른쪽으로 꺾여 있다. 모든 공간을 반듯하게 모아서 설계하는 대신 방마다 조금씩 각을 두고 어슷하게 앉힌 이유는 방마다 다른 풍경을 계산했기 때문일 것이다. 그래서 방과 방 사이에 현관이 있는 독특한 구조가 되었지만 어떤 곳에서든 고유한 풍경을 누릴 수 있는 특별한 집이 되었다.

남편과 나는 오른쪽 끝에 길게 자리한 큰방을 안방으로 쓰는데 그 방에는 마당을 향한 벽에 기역 자로 이어지는 커다란 창이 있다. 덧창을 여는 방식에 따라 보이는 풍경이 다르다. 침대에 누워 고개를 돌리면 창가에 심은 앵두나무 가지들이 보인다. 그 뒤로 정원의 조경석과 위쪽 밭의 대추나무나 모과나무, 자두나무가 보이고 그 너머는 하늘이다. 봄이 오고 정원에 철쭉이 활짝 피면 창문은 온통 분홍빛으로 어른거린다.

아들 방 창문은 마당과 정면으로 만난다. 우리를 좋아하는 개들과 눈이 딱 마주치는 곳이다. 아들 방과 십오 도쯤 틀어져 있는 딸들 방 창밖엔 오래된 감나무가 있다. 그 아래로 우리 집으로 오르는 언덕길과 마을 골목길이 내려다보인다. 주말이면 몰려드는 사람들이 골목길을 지나며 나누는 말소리까지 고스란히 들린다.

주방은 거실 뒤쪽으로 좁고 길게 나 있다. 에어컨 바람조차 잘 들지 않는 구조라 여름이면 더운 불 앞에서 조리하는 게 정말 고역이다. 폭도 좁아서 두 사람이 함께 움직이기도 어렵다. 그런데도 이 공간을 사랑하는 것은 개수대 앞에 있는 제법 큰 창 때문이다. 보통 주방 창들은 싱크대 하부장과 상부장 사이에 작게 만드는데 이 집은 이 창도 큼직하게 냈다. 상부장 위 칸에 있는 물건을 꺼내려면 작은 사다리를 딛고 올라서야 하지만 그런 불편쯤은 기꺼이 감수하게 된다. 넉넉한 창으로 뒷마당의 풍경을 누리며 설거지하는 행복이 크기 때문이다.

결혼 후 명절이면 강릉 본가에 갔다. 큰어머님 댁에 차례를 모시러 갈 때마다 제일 늦게 시집온 나는 설거지를 맡았다. 아버님 형제들이 모두 모인 자리라 대식구 설거지가 산더미 같았지만 개수대 앞 창으로 소나무 우거진 밭이 보이는 게 좋았다. 그 풍경을 바라보며 설거지할 때마다 언젠가는 부엌에 이런 창이 있는 집에서 살고 싶다는 꿈을 꾸곤 했다. 이 집에서 그 꿈을 이뤘다. 매일 창 너머 감나무, 오디나무, 대나무가 우거진 뒷마당을 보며 설거지를 하니까 말이다. 이처럼 공간마다 보이는 풍경이 사뭇 다른 집이니 사랑에 빠지지 않을 수 없다.

커다란 통창 앞에 큰 책상을 놓았다. 이곳은 가족이 모이는 식탁이 되었다가 내가 글 쓰는 공간이 되기도 하고 아이들이 뭐든지 맘 놓고 만들어보는 작업대가 되기도 한다. 가장 많은 시간을 이곳에서 보내면서 통창으로 뒷마당의 풍경을 감상하는 행복을 누린다. 초여름이면 우리 집에 깃들어 사는 길냥이 가족이 장독대를 오르내리며 햇볕을 쬐는 모습과 잣나무를 오르내리는 청설모를 만나는 즐거움이 있다. 장마 끝 무렵 풀이 가장 무성할 때는 커다란 고라니가 뒷마당에 나타나기도 한다. 창틀을 타고 담쟁이덩굴이 올라가고, 그 사이로 왕거미들이 집을 지어 거미줄로 날벌레를 잡는 모습도 유리창 안쪽에서 흥미진진하게 지켜보곤 한다. 큰 두꺼비가 느릿느릿 지나가고 까치들이 싸우고 오색딱따구리가 날아들고 산비둘기들이 우아하게 내려앉았다 일제히 날아오르는 모습도 모두 이 창을 통해 지켜볼 수 있었다.

어느 겨울, 늦도록 글을 쓰다가 어두운 마을 골목 가로등 아래로 비처럼 퍼붓던 눈발에 오래 마음을 빼앗긴 적이 있다. 세상의 모든 눈이 마치 그 불빛 아래로 모여드는 것 같았다. 나는 집 안에 있었지만 통창 너머 보랏빛 어둠 속에서 쏟아지는 눈을 한참 들여다보고 있자니 내가 그대로 저 불빛 아래서 눈을 맞고 있는 것만 같았다.

이런 창들 탓에 겨울엔 몹시 춥고 여름엔 더운 데다 폭우 땐 비 단속할 일이 많지만 그래도 좋다. 겨울엔 집이 춥다고 말하면 사람들은 창을 모두 두꺼운 비닐로 막으면 훨씬 따뜻하다고 권한다. 하지만 내리는 눈과 몰아치는 겨울바람에 이리저리 흔들리며 버티고 선 굳센 나무들과 마당을 오가는 길냥이들이며 새들, 멀리 반짝이는 저수지의 물빛을 보지 않고 살 수 있을까. 그 모든 아름답고 놀랍고 장한 풍경을 즐기기 위해 우린 기꺼이 추위를 견디는 쪽을 선택했다.

이 집에선 어디고 눈 닿는 풍경에 무시로 한눈을 팔게 된다. 고개를 들면 어느새 창밖의 풍경에 빠져든다. 그러면 하던 일도 시간도 금세 잊는다. 나도 아이들도 그렇다. 그렇게 시간도 잊고 할 일도 잊고 무심히 창밖 풍경에 빠져드는 순간이 나도 아이들에게도 더 많았으면 좋겠다. 눈앞의 일에만 매달리지 말고 더 넓은 공간에 눈길을 주다 보면 마음의 공간도 그만큼 넉넉해지지 않을까.

벽난로

'수프'라는 단어를 처음 접한 것은 어릴 때 읽은 세계 명작동화에서였다. 동화에서는 아픈 주인공에게 뜨거운 수프를 권하는 대목이 자주 나왔다. 그 시절 내가 아는 수프란 라면수프뿐이어서 나는 당연히 라면수프를 끓여서 가져다주겠거니 생각했다. 그때는 라면도 귀해서 아무 때나 먹을 수 있는 음식이 아니었기에 아픈 사람한테만 특별히 수프를 끓여주는 것이라고 나름 논리적으로 이해했던 것이다.

벽난로를 만난 것도 그런 이야기에서였다. 외국 소설에는 어디나 벽난로가 나왔다. 겨울이면 주인공들은 꼭 벽난로 앞에 앉아 책을 읽고 밥을 먹고 이야기를 나누었다. 꽁꽁 언 장화를 벽난로 앞에 놓아 녹이고, 딱딱하게 굳은 빵을 꼬챙이로 찔러 난롯불에 굽기도 했다. 게다가 산타할아버지는 벽난로와 연결된 굴뚝을 타고 집 안에 들어와 선물을 놓고 간다지 않는가. 내가 어린 시절에 성탄절 선물을 못 받았던 것은 우리 집에 벽난로가 없었기 때문이었다. 딱 떨어지는 이유다. 아무튼 세계 명작동화를 읽으면서 자라는 동안 이다음에 어른이 되면 벽난로가 있는 집에서 살고 싶다고 생각했다. 집 안에 불 피우는 곳이 있으면 겨울에도 따뜻하고 무엇보다 산타할아버지가 오시기도 편할 것이다. 감기에 걸리면 벽난로 앞에서 수프를 마실 수도 있고 말이다.

처음 이 집을 봤을 때 일층 거실은 온통 낡은 가구들로 꽉 차 있었다. 그럼에도 나는 왼쪽 거실 창과 벽면이 만나는 곳에 비스듬히 자리한 주물 난로를 알아보았다. 기역 자로 구부러진 연통이 천장 끝에 나 있었다. 동화책에 나오는 것같이 벽돌을 쌓아 만든 건 아니지만 집 안에서 난로에 불을 피울 수 있다는 것만으로 내 소원은 이루어진 셈이었다.

한겨울에 이사 왔으므로 당장 난로에 불을 때는 생활이 시작되었다. 부랴부랴 장작을 주문했다. 난로에 불을 붙이기 위해 토치를 사용하게 된 것은 몇 년 지나서였다. 처음에는 무조건 종이를 밀어 넣고 불을 붙였다. 나뭇조각에 불이 붙어 장작에까지 옮겨가기까지 종이가 한없이 들어갔다. 다 읽은 조간신문은 제일 요긴한 불쏘시개였다. 아이들이 낙서한 종이까지, 태울 수 있는 종이는 모두 동원되었다. 그 덕분에 불 꺼진 후에는 난로 재가 엄청났다. 아침마다 전날 타고 남은 재를 긁어모아 밭둑까지 들고 가 버렸다. 재는 쉽게 날려서 그 앞에서 재채기라도 하면 정말 신데

렐라처럼 재투성이가 되곤 했다.

남편은 밤마다 도끼로 장작을 팼다. 처음엔 서툴렀지만 금방 노련해졌다. 대장간에서 만든 도끼를 구해서 참나무 장작을 쩍쩍 쪼갰다. 겨울에 우리 집에 놀러 오는 남자들은 누구나 도끼질을 하고 싶어 했다. 초등학생 조카들도 예외가 아니어서 놀러 오면 제일 먼저 하는 일이 도끼질이었다. 양주에 사는 조카들은 우리 집에 와서 도끼질하고 난롯불을 피우고 싶어 그 먼 곳에서 전철을 타고 자기들끼리 놀러 오곤 했다. 한 시간에 한 번뿐인 마을버스 시간 따위는 신경도 안 쓰고 눈 쌓인 산길을 넘어 씩씩하게 걸어 왔다. 그렇게 와서 장작을 패고 난로에 불을 붙였다. 뭐니 뭐니 해도 불장난이 제일 재밌는 법이라 일단 난롯불부터 피우고 나서 다른 놀이를 했다. 난로가 이글이글 타오르면 마당에 나가 눈썰매를 타고 술래잡기를 했다. 옛 동네에 사는 친구들과 멀어진 첫 겨울 동안 두 조카가 우리 집을 찾아준 덕에 세 아이가 즐거웠다.

남편이 퇴근해서 난로에 불부터 피우고 장작을 잘게 쪼개 난로 옆에 한 아름 쌓아놓으면 집 안에 참나무 냄새가 가득 퍼졌다. 난로에 불이 붙으면 추운 거실은 금세 아늑해졌다. 모두 그 앞에 모여 놀다가 난로 앞에 이불을 펴고 함께 잠이 들었다.

아래 밭에 고구마를 심은 다음부터는 겨우내 벽난로에 고구마를 구워 먹는 재미가 생겼다. 은박지에 싸서 난로 구석에 넣어 두면 잠시 후 고구마가 익어가는 기막힌 냄새가 퍼진다. 뜨거운 고구마를 집게로 조심조심 집어내서 한 김 식힌 다음 난로 재를 털어내고 은박지를 벗기면 노랗게 익은 고구마가 나온다. 껍질은 새까맣게 타버리지만 군고구마는 역시 탄내와 함께 먹어야 더 맛난 법이다. 귀찮을 때는 고구마를 껍질째 잘 씻어서 둥글납작하게 썬 다음 난로 위에 은박지를 깔고 올려두면 곧 말랑하게 익는다. 그냥 먹어도 맛있지만 흑설탕 조금에 계핏가루를 섞어 솔솔 뿌려 먹으면 진짜 맛있다.

어린 시절 집에 작은 전기스토브가 있었다. 겨울이면 아빠는 그 스토브 위에 막내의 젖은 기저귀를 말리곤 했다. 기저귀가 스토브에 닿으면 하얀 수증기가 피어올랐다. 양손으로 기저귀 끝을 잡고 천천히 잡아당기면서 말려야 하는데 자칫 한눈팔면 기저귀가 노르스름하게 그을었다. 그때마다 아빠는 깜짝 놀라서 황급히 기저귀를 끌어내리곤 했다. 설이 지나면 꾸덕꾸덕해진 가래떡을 스토브 위에 올려놓고 구워 먹었다. 떡국떡을 스토브 위에 펴놓으면 바삭하게 구워지면서 가운데가 빵빵하게 부풀었다. 그냥 먹어도 맛있고 설탕을 찍어 먹으면 더 맛있었다. 그 시절 겨울은 지금보다 더 추웠다. 낡고 작은 전기스토브가 덥혀주던 방안 풍경이 떠오른다. 작은 스토브 위에 쥐포도 올라가고 가래떡도 올라가던 겨울날, 그 주위에 옹기종기 모여 맛난 음식을 기대하던 나와 자매들의 모습도 눈에 선하다.

그 시절 스토브 앞처럼 지금은 벽난로 앞에 가족이 모인다. 쥐포를 굽고 빵도 굽고 가끔은 차가운 귤도 올려 노릇하게 구워 먹는다. 겉이 뜨거운 귤은 색다른 맛이 난다. 말괄량이 삐삐는 사과를 꼬챙이에 꿰어 난롯불에 구워 먹던데 이건 아직 못 해봤다.

낡고 추운 집이지만 벽난로가 타오르면 모든 것이 따스하고 아늑해진다. 밤이면 다 같이 난로 앞에 누워 커다란 스크린으로 영화를 보곤 한다. 〈해리 포터〉와 〈스타워즈〉, 〈인디아나 존스〉와 〈말괄량이 삐삐〉 같은 영화를 보고 또 봤다. 책을 제일 많이 읽은 곳도 벽난로 앞이다.

겨울에 우리 집에 놀러 온 사람들도 언제나 난로 앞을 좋아한다. 이글거리는 불빛을 말없이 바라만 봐도 좋지만 그 앞에서 수다를 떨거나 술을 마시면 유난히 정답고 맛이 깊다.

어리던 아이들이 사춘기가 되면서부터 제 방 침대 속으로 숨어버리는 날이 많아졌지만 그래도 겨울이 오고 난로를 피우면 여전히 불 앞에 모여 뒹굴며 스마트폰을 보고 간식을 먹는다. 고양이 물루가 온 후로는 벽난로 앞 제일 따뜻한 곳은 물루 차지다. 물루는 푹신한 방석 위에 한없이 느긋하게 몸을 누인다. 난로 앞에서 털마저 따끈해진 작은 고양이를 쓰다듬는 겨울이라니, 어린 시절 상상했던 것보다 더 근사하다.

이제 난로를 피울 수 있는 계절이 다가오면 마음부터 설렌다. 그렇게 추위를 싫어하던 내가 '추워져라 추워져라 꽁꽁' 주문을 욀 때도 있다. 타닥타닥 참나무 장작이 타들어가는 소리를 들으며 불붙은 장작이 빚어내는 환한 불빛 앞에 앉으면 마음이 풀어진다. 몸이 따뜻해지는 것만으로도 깊은 위로를 받는 기분이다.

난로는 사람을 모이게 하고 마음을 모이게 한다. 이제 훌쩍 커버린 세 아이와 여전히 깊고 따스한 관계를 지켜가는 것도 벽난로 앞에서 함께 보낸 긴 겨울들 덕분이 아닐까.

모닥불

누구나 그렇듯 나도 꿈꾸는 결혼식 풍경이 있었다. 깊은 산속의 산장을 빌려 세상에서 제일 큰 모닥불을 피워놓고 올리는 결혼식. 좋아하는 이들과 모닥불 앞에서 밤새 춤을 추고 노래하며, 신랑 손을 꼭 잡고 밤을 지새우고 싶었다. 사위어가는 불가에 앉아 우리에게 펼쳐질 새로운 날들을 얘기하다 보면 어느새 눈부신 햇살이 비치고, 그새 아침에 우리도 새로 태어난 듯 다가올 모든 날에 대한 희망으로 벅차오르는 풍경을 그렸다.

물론 꿈일 뿐이었다. 진짜 결혼식은 강릉 향교에서 연지 곤지 찍고 전통 혼례로 치렀다. 결혼식에서 불꽃이란 혼례상 위에서 가늘게 흔들리던 촛불뿐이었다.

나는 늘 불이 좋았다. 좋았다기보다 끌렸다는 게 맞겠다. 이글거리는 불은 언제나 매혹적이었으니까. 어린 시절 외가에 살 때도 외숙모와 할머니가 아궁이에 불을 때는 모습을 곁에서 황홀하게 지켜보곤 했다. 어두운 부엌에서 아궁이 속이 환하게 타오르면 외숙모 얼굴에 불그림자가 일렁거렸다. 불은 마른 짚과 잔나뭇가지들을 순식간에 호로록 삼켜버렸다. 가끔 불이 붙어 있는 짚 다발 끝을 슬쩍 쥐려고 하면 어른들은 깜짝 놀라 야단을 쳤다. 타오르는 불은 어린아이가 만지면 안 되는 것이었다.

중고등학교 시절, 겨울이면 교실에서 장작 난로를 땠다. 창고에 있는 나무를 나르는 것도 불을 붙이는 것도 모두 우리가 했다. 반마다 불을 잘 지피는 재주 좋은 친구들이 한둘은 있는 법이어서 잠깐 기다리다 보면 어느 반 난로엔가 불이 붙었다. 그러면 냉큼 그 반으로 달려가 불붙은 장작을 얻어 복도를 내달린다. 우린 이걸 성화 봉송이라고 불렀다. 지금 생각하면 위험한 풍경이지만 그 시절에 이런 일쯤은 아무것도 아니었다. 불붙은 장작 하나 있으면 난로에 불을 지피는 건 순식간이었다. 곧 난로를 꽉 채운 나무들이 불길에 휩싸이고 아이들이 다 오기 전에 교실은 이미 따듯하게 데워지곤 했다.

그 시절 내 별명 중 하나는 '불피리우스'였다. 물론 난로를 잘 피운다고 붙은 별명이었다. 아무튼 나는 불이 무섭지 않았다. 나무에 불이 붙는 순간과 불꽃이 일렁이는 모습은 아무리 바라봐도 질리지 않았다.

대학 시절 엠티의 하이라이트도 숙소 마당에서 피우는 모닥불이었다. 장작에 불이 붙으면 일제히 환호성을 질렀다. 그 불가에서 노래를 부르고 술을 마셨다. 어느 삼월의 엠티에선 장작불 위로 내리는 눈을 만난 적도 있다. 삼월에 내리는 눈이라니, 우린 감격에 겨워 술잔을 부딪치며 웃고 울었다.

아파트를 떠나 마당 있는 집으로 오게 되었을 때 넓은 마당을 보며 제일 먼저 든 생각이 '모닥불'이었다. 바로 이웃한 집이 없는 넓은 마당은 모닥불 피우기 그저 그만이었다. 그토록 좋아하던 모닥불을 마음껏 피우며 살 수 있게 되었다. 인조석이 깔려 있어 울퉁불퉁하던 마당에 남편은 넓은 나무 덱을 만들었다. 모닥불을 좋아하는 아내를 위해 덱 가운데 사각으로 공간을 내고 바닥에 반듯한 벽돌을 깔아 불 피우는 곳도 마련했다. 그 덕분에 덱에 안락한 캠핑 의자를 놓고 앉아 모닥불을 피울 수 있게 되었다.

모닥불을 피우려면 우선 마당 가장자리로 가서 마른 나뭇가지를 줍는다. 뒷마당으로 이어지는 좁은 길가에 나이 든 감나무가 한 그루 있다. 그 밑에는 비바람에 떨어져 오래 바삭하게 마른 작은 나뭇가지들이 수북하다. 집 주변이 탐탁하지 않으면 위쪽 밭으로 이어지는 산자락을 오른다. 켜켜이 쌓여 푹신한 마른 잎 사이로 잔가지들이 떨어져 있다. 되는대로 한 아름 주워 온다. 철로 된 화로 바닥에 잔가지들을 깔고 토치로 불을 붙이면 금세 불이 붙는다. 그때 작게 자른 참나무 장작을 한 개씩 밀어 넣는다. 곧 모닥불은 따뜻한 불길로 타오른다. 모닥불을 피우는 날이면 대개 그 불에 고기를 구워 저녁을 먹는다. 모두 맛있게 식사를 하고 고기 판을 치우면 그때부터 본격적으로 불을 지핀다. 숯불을 뒤

적여 불길을 키우고 장작을 더 넣는다. 기세 좋게 불길이 오르면 굵은 통나무를 넣어도 잘 탄다. 아이들이 어릴 때는 불이 붙은 작은 나뭇가지들을 들고 휘휘 돌려가며 놀곤 했다. 어둠 속에서 불붙은 나뭇가지들은 주홍색 동그라미처럼 빛나다가 스러지곤 했다. 그러면 잽싸게 다른 나뭇가지들을 찾아 불가에 쪼그리고 앉아 불을 붙였다. 이런 불장난을 말리지 않았다. 다른 사람을 향하지 않고 어른 가까이에서만 놀면 크게 위험할 일이 없으니까. 이런 시간이야말로 늘 불에 끌리고 불놀이를 좋아했던 내 안의 어린아이가 되살아나는 시간이었다. 이제 그 아이는 내 아이들 속에 있었다. 지금의 내가 어린 날의 나와 다시 어울려 놀았다. 내겐 무려 세 명의 어린 내가 있으니 불놀이도 오래 즐거웠다.

마당에 불만 피우면 불장난할 생각으로 들뜨곤 하던 아이들은 이제 모두 청소년이 되었다. 모닥불을 피우는 날엔 불 곁에서 음악 듣는 것을 좋아하는 엄마를 위해 엄마가 좋아하는 뮤지션들의 노래를 찾아 틀어준다. 감미롭고 명랑하고 아름다운 음악이 흐르는 동안 불길에서 튀어 오른 불티들이 흩어지고 연기는 곧게 올라가 단풍나무 너머 숲 사이나 언덕 아랫마을로 흘러간다. 아이들 덕분에 고기 몇 점씩 얻어먹은 개들은 가만히 엎드려 우리를 바라보며 눈길이 마주칠 때마다 꼬리를 흔든다. 길냥이들도 저만치에 앉아 우리의 호의를 기다린다. 그 기다림에 아이들이 보답한다. 불 옆에서는 우리 말고도 여럿이 즐겁다.

이 불가로 초대한 이들은 셀 수 없이 많다. 가족과 친지, 이웃,

아이 친구들과 그 가족까지 수많은 사람이 함께 불을 쬐며 울고 웃었다. 그 시간이야말로 이 집에서 누린 가장 소중한 추억이다.

크고 낡고 춥고 챙기고 보살펴야 할 일이 너무나 많은 집이지만 넓은 마당에 모닥불을 피우는 밤이면 그 모든 것을 감수할 만한 가치가 있음을 깊이 느끼게 된다.

다시 모닥불을 피울 날들이 온다.

이 집을 떠나면 무엇보다도 이 모닥불이 가장 그리울 것 같다.

2

보는 것과 사는 것

위험일까 모험일까

이사를 한 지 닷새 만에 시가 식구들을 불러 집들이를 했다. 모두 지방에서 먼 길을 온 터라 당연히 일박 이일이었다. 좋은 아파트를 버리고 외진 곳에 있는 주택으로 이사했으니 어떤 집인지 궁금할 것 같아 서둘러 마련한 자리였다. 그런데 그날따라 어찌나 춥던지 고생이 이만저만이 아니었다. 시어머님은 잠을 설쳐가며 밤새 벽난로에 불을 지피셨다. 난로라도 이글이글 타올라야 견딜 만했다.

다음 날 장난기 많은 시형제들은 눈 쌓인 산비탈에서 아이들과 눈썰매를 타느라 법석이었다. 나와 나이는 같지만 팔 년 먼저 결혼해서 이 년 터울인 세 아이를 키우느라 전쟁 같은 시간을 보낸 형님이 거실 창으로 마당을 둘러보며 말했다.

"흠… 안팎에 위험 요소가 너무 많아."

형님의 시선이 향하는 곳을 바라보았다. 마당과 이어진 산자락은 가팔라 보이고 인조석이 깔린 마당도 넘어지면 무릎 까지기 십상이다. 집 안에서 내려다보이는 저수지는 또 얼마나 불안해 보이는지. 집 앞 골목도 좁고 구불구불한 데다 차들이 왔다 갔다 해서 맘 놓고 자전거를 타고 내달릴 만한 곳이 없다. 골목에서 집으로 이어지는 언덕길의 경사도 문제였다. 처음 우리 집에 운전을 해서 오는 사람들은 그 가파른 경사에 당황하곤 한다. 만약 저 언덕길에서 아이가 달리다 넘어진다면, 자전거를 타고 가다가 구른다면, 가지고 놀던 공이 아래로 굴러가 잡으러 가다가 골목에서 나오는 차와 부딪친다면, 인라인이나 킥보드를 타다가 멈추지 못하면….

그렇다. 언덕길 하나를 놓고도 상상할 수 있는 무시무시한 일의 목록은 끝이 없다.

집 안은 또 어떤가. 내부는 넓고 나무 계단으로 이어진 이층까지 있는 데다 옥상 난간을 타 넘으면 안방 지붕 위에 오를 수도 있고, 집 뒤를 돌아가면 장독대에 마당도 있으니 순식간에 아이가 어른 눈앞에서 사라져도 쉽게 찾을 수 없다. 아이가 어디서 뭘 하는지 도무지 알 수 없는 집이다. 이렇게 넓은 곳에 어린아이 셋을 풀어놓고 일일이 따라다닐 수도 없을 텐데 위험한 일이 얼마나 많을까, 경험이 많은 형님은 걱정이 되었을 것이다. 그 마음 당연하다. 형님이 상상했을 위험들 중 몇 가지는 실제로 일어났거나 일어날 뻔했으니까.

아기 때부터 호기심이 넘쳤던 막내는 아무리 말려도 어느새 이층 계단을 기어 올라가 중간쯤에서 엄마를 부르고는 내 모습만 보이면 마음 놓고 나를 향해 몸을 날리곤 했다. 엄마가 안전하게 받아줄 거라고 철석같이 믿는 눈빛으로 환하게 웃으며 몸을 날리는 막내를 가까스로 받아 안으면서도 매번 놓칠까 봐 심장이 벌렁거렸다.

세발자전거를 타기 시작했을 땐 제힘으로 바퀴를 굴릴 수 있는 것에 흥분해서 신나게 페달을 밟다가 언덕길 아래로 굴러떨어질 뻔하기도 했다. 마침 다 같이 마당에서 놀다가 발견하고 아슬아슬하게 뒷덜미를 잡았기에 망정이지 만약 놓쳤다면 어땠을지. 상상하기도 싫다.

어머님은 무엇보다 호기심 많은 큰애가 절대 물가에 가지 못하게 하라고 몇 번이나 다짐을 받으셨다. 내가 어릴 때에도 시골에는 어디나 깊은 연못이나 저수지가 있었고 유난히 덥거나 비가 많이 내린 다음에는 꼭 누구네 아이가 물에 빠지거나 죽었다는 소리가 들리곤 했다. 아이가 목숨을 잃으면 죽은 아이의 넋을 달래느라 여러 날 굿판이 벌어지곤 했다. 잠시 머물렀던 내 어린 날의 기억도 그런데 어머님의 칠십 년 인생에서 그런 일은 얼마나 많았겠는가.

"그럼요, 어머니. 절대, 절대 물가에는 못 가게 할게요."

나는 수긋하게 약속을 했다. 그러나 아들은 겨울이면 얼어붙은 저수지 가장자리에서 철벅 철벅 얼음을 깨며 돌아다니기를 좋아했다. 그 사실을 어머니께는 끝내 비밀로 했다. 저수지뿐만 아니라 이층 옥상 난간을 넘어 안방 지붕 한가운데 앉아서 마당에 있는 나를 향해 손을 흔들곤 했다는 것도, 아들뿐만 아니라 큰딸과 막내까지 셋이 함께 지붕을 걸어 다니며 놀았다는 것도 말씀드릴 수 없었다. 아들 친구들이 놀러 오면 숨바꼭질과 술래잡기를 하느라 온 집 안을 휘저어가며 뛰어다니고, 방충문을 뚫고 탈출을 하고, 마지막엔 앞장서는 아들을 따라 이층 옥상을 넘어 안방 지붕을 가로질러 다시 위쪽 밭 가장자리로 올라가 달아나는 코스를 가장 좋아했다는 것도 나만 알기로 했다. 애들이 놀고 있는 마당 옆으로 일 미터도 넘는 꽃뱀이 스르륵 지나간 일도, 아이들 자전거 바구니 안에서 말벌 집을 발견하고 떼어낸 일도, 모기나 개미한테 물리는 일은 너무 흔해서 아이들 몸 어딘가는 늘 붉은 반점들이 돋았다 사라지곤 한다는 것도 어머님은 끝내 모르셨다.

아, 정말이지 어머님께 말씀드릴 수 없는 일들은 너무나도 많았다. 그러나 그 일들을 우리가 운 좋게 넘긴 위험한 일들의 목록이라고 여긴 적은 거의 없다. 오히려 모험이라고 느낀 날들이 더 많다.

이 집에서는 어떤 일을 겪을지 몰랐다. 그래서 뭐든, 어떤 일이든 우선 신기하고 새로웠다. 조심해, 무슨 일이 일어날지 몰라, 하는 마음으로 몸과 마음을 움츠리고 아이들을 단속하기보다는 오늘은 또 어떤 일이 생길까 하고 눈과 마음을 빛내며 창밖을 보곤 했다. 눈이 오고 비가 내리고 뱀을 만나고 벌집을 발견할 때마다 놀라운 일이 일어났다고 방방 뛰며 아이들을 불렀다. 암탉이 품던 알에서 귀여운 병아리가 태어났을 때도, 며칠 후 물통 속에 빠져 죽은 병아리 한 마리를 발견하고 슬퍼했던 일도, 위쪽 밭에서 커다란 두꺼비가 나타나고, 아들이 작은 두더지를 잡아 보여준 일도 우리에겐 모두 새로운 경험이었다.

형님이 염려하던 가파른 언덕길에 눈이 쌓이면 나는 세 아이와 비닐 포대를 깔고 온 동네가 떠나갈 듯 소리를 지르며 눈썰매를 탔다. 마당에 모닥불을 지피는 초여름 저녁, 땔감을 찾기 위해 아들과 어두운 숲 가장자리를 누빌 때에는 서로가 내는 소리에 깜짝 놀랐다가 웃음을 터뜨리곤 했다. 돗자리를 깔고 누워 별똥별을 본다고 밤새 모기에 뜯기다가 딱 한 번 눈 깜짝할 새 사라지는 별똥별을 보고 환호성을 지르던 밤도 보석처럼 내 안에 남아 있다. 열린 현관문으로 잠자리 한 마리가 날아든 날, 그 잠자리를 잡아 다시 밖으로 날려 보내기까지 세 아이와 남편까지 나서서 온 가족이 벌인 즐거운 소동을 어떻게 잊겠는가. 가을에 감이 익으면 안방 지붕 위로 올라가 제일 잘 익은 감을 따서 옥상에서 기다리고 있는 내 손에 쥐여주며 웃던 아들의 모습, 세 아이가 사촌들과 나뭇가지로 만든 마법 지팡이를 휘둘러가며 볼드모트를 잡겠다고 제멋대로 지은 주문을 외치며 밭둑을 내달리던 겨울날은 또 얼마나 눈부셨던지.

이 집에서는 나날이 모험이었다. 모든 날이 다른 색채와 느낌으로 다가와 놀랍고 뿌듯한 추억을 남겨주었다. 힘들고 속상하고 마음 아픈 일들도 있었지만 그보다는 가슴 설레고 놀랍고 짜릿한 일들이 훨씬 더 많았다. 이 집이 아니었다면 결코 알지 못하고 살았을 세상이 있었다. 모험이 넘치는 집에서 산다는 것, 눈을 뜨면 여전히 설레고 놀랍고 두근거리는 일이 기다린다는 것, 이보다 더 신나는 일은 없다.

보는 것과 사는 것

"진짜 멋진 집에서 사네. 어머, 비 오는 날 이 통창 앞에 앉아서 차 한잔하면 유명한 카페 부럽지 않겠어. 완전 펜션에 사는 것 같겠다."

우리 집에 처음 오는 친구들은 대개 이런 반응들이다. 확실히 마당 넓은 이층 벽돌집, 벽난로와 통창이 있는 이 집은 언뜻 보기엔 꽤 그럴싸하다. 눈을 돌리면 어디나 푸른 나무인 데다 새가 지저귀고 꽃이 지천에 벌과 나비가 모여드니 그렇게 보일 만하다.

"진짜 좋겠다. 나도 이런 집에서 살아봤으면…."

그렇단 말이지? 얘기가 여기까지 나오면 나도 슬슬 입을 푼다.

"그래. 통창 멋있지. 이 앞에 앉아 있으면 카페에 온 것 같기도 하고…. 근데 창밖을 봐봐, 저 어마어마한 거미줄 보이니? 저 끝에서 이 끝까지 죄다 거미줄이야. 내 엄지손가락만 한 거미들이 우글우글 모여 살지. 아무리 걷어내도 소용없어. 다음날 또 치거든. 거미가 밖에만 있게? 집 안에도 우글거려. 가끔 식탁에 앉아 밥을 먹으면 천장 구석에 집 짓고 사는 커다란 녀석이 줄을 타고 쭉 내려올 때도 있어. 물론 우리가 꽥 소리를 지르면 냉큼 다시 올라가긴 해. 난 이 집에 오기 전까지는 거미들이 구석진 허공에서만 사는 줄 알았는데 바닥에 사는 거미도 엄청 많더라고. 땅거미가 진다는 표현을 이 집에 와서 제대로 이해했잖아. 바닥을 기어오는 거미 뒤로 해가 비치면 거미 그림자가 아주 어마어마하게 커지거든. 거미를 왜 안 없애냐고? 왜 없애! 집에 들어오는 날벌레들을 얼마나 많이 잡아주는데. 날벌레가 그렇게 많냐고? 많지. 방충망이 죄다 낡아서 엄청 들어와. 하긴 뭐 창틀도 오래돼서 여기저기 아귀가 맞질 않지. 모기도 많아. 아주 쪼끄만데 물면 지독하게 따가운 밭 모기가 득실거리지. 얼룩덜룩 줄무늬가 있는 타이거 모기는 또 어떻고. 한번 물리면 이만큼 부어올라. 근데 모기도 자주 물리니까 면역이 생기나 봐. 우리 식구들은 모기에 물려도 오래가지 않거든. 그런데 아파트에 사는 아이들이 놀러 왔다가 우리 집 모기에 물리면 아주 난리가 나. 아 참, 모기보다 무서운 게 뭔지 알아? 벌이야 말벌. 얼마나 많은지 한 해에 집 근처에서 떼어내는 말벌 집이 수십 개는 돼. 한번은 그야말로 어른 머리통보다 더 크게 집을 지어놔서 119에 신고해서 제거한 적도 있어. 쏘이면 아프기론 땅벌이 더 심하지. 우리 신랑이 풀 뽑다가 땅벌한테 물렸는데 팔뚝이 이렇게 부었다니까! 어디 벌뿐이니.

뱀도 만만치 않아. 그것도 독사들. 그걸 이사 오기 전에 알았어야 했는데 이 집에 와서야 알았잖아. 내가 얘기 안 했었나? 뱀 한 마리가 현관에 들어와서 난리가 났던 일? 현관 앞에 두었던 화분 받침에서 살모사를 본 적도 있다니까.

풀 얘기도 해줄까? 저 푸른 초원 위에 그림 같은 집을 짓고 살진 못해도 얻어 살게 되었다고 되게 좋아했는데 세상에 풀이 그렇게 엄청나게 자라는 줄은 몰랐지. 쑥대밭이 된다는 표현도 이 집에 와서 제대로 느꼈잖아. 봄에 보드랍게 자라서 나물 해 먹는 쑥을 그대로 두면 진짜 밀림처럼 어마어마하게 우거져서 어지간한 힘으론 뽑히지도 않아. 그야말로 쑥대밭을 만들지. 얼마나 지독하면 쑥만 골라서 제거해주는 제초제가 있겠어.

밭도 처음에만 단정하지 장마라도 지나면 아, 내가 정글에서 살고 있구나 실감하게 돼. 매일 몇 시간씩 품을 들여야 그나마 관리가 되는데 어디 그럴 여유나 체력이 있어야지.

참, 저 언덕길 보이니? 저 길은 경사가 심해서 싸락눈만 와도 차가 못 내려가. 눈만 내리면 비상이지. 여름철엔 태풍이나 폭우가 오면 집 안팎을 다니며 배수로를 챙겨야 해. 안 그러면 어딘가로 넘쳐서 집 안이나 마당이 한강이 되거든.

길냥이가 우글거리는데도 쥐들은 또 많아서 가끔 길냥이들이 물어다 놓은 죽은 쥐들을 마당에서 만나기도 한단다. 제때 치우지 않으면 벌레가 꼬여서 난리야. 벌레라면 뭐 곤충학자 안 부럽게 많이 보고 살아. 양쪽으로 발이 수십 개씩 달린 돈벌레야말로 동거인이나 다름없지. 어디서나 나타나거든. 제일 싫은 건 설거지하는 개수대 안에서 마주치는 일이야. 그 미끄러운 곳을 내려갈 땐 잘도 내려가는데 절대 올라오진 못하거든. 그렇다고 생목숨을 죽일 수는 없어서 그때마다 긴 나무젓가락 같은 걸로 집어서 바닥에 놓아주지. 내가 살려준 돈벌레들이 은혜만 갚아도 나는 극락에 가고도 남는다고.

겨울이 되면 이 멋들어진 통창 틈으로 바람이 어마어마하게 들어와. 온종일 난방을 틀어도 실내 기온이 이십 도 아래야. 이십 도가 뭐야, 애들 자는 방은 한 십오 도쯤 되려나? 남편과 내가 자는 방은 십 도 아래로 내려가는 날도 많아. 이 정도면 매일 야외 취침이지.

겨울엔 물이 어니까 닭이고 개고 매일 더운물 부어줘야 하고, 눈 오면 오는 대로 쓸어야 그나마 밖을 오갈 수 있고, 배달의민족? 그게 뭐야? 배달 음식은 꿈도 못 꿔. 필요한 건 뭐든 나가서 구해 와야지."

얘기가 이쯤까지 오기도 전에 친구들은 모두 고개를 젓고 있다. 낭만적으로 보이던 모든 풍경에 이미 정나미가 뚝 떨어진 표정들이다. 그래, 역시 아파트가 좋지. 나는 그냥 아파트에서 살래. 입을 모은다. 흐흐흐 나는 악동처럼 만족스럽게 웃는다.

그렇다. 밖에서 볼 땐 다 멋지다. 누구나 쉽게 그 풍경에 자기만의 상상을 대입할 수 있다. 책임이 없으면 감상은 자유롭다. 그냥 머물다 가는 공간의 속살이야 알 필요가 있나. 그저 내게 보이는 것들만 누리면 되지. 그러나 사는 사람은 다르다. 남들에겐 낭만이지만 우리에겐 현실이고 생활이다. 직접 마주하며 살아가기 위해선 감당해야 하는 일들이 있다. 그게 싫으면 이런 집에선 못 산다. 그러면 친구들이 묻는다.

"그렇게 힘든데 왜 이런 집으로 왔어?"

이런 질문을 받으면 친구들을 진저리치게 하던 내 안의 악동은 사라지고 순둥순둥한 아이가 된다. 대답도 하기 전에 눈꼬리부터 처지고 입가에도 살짝 미소가 퍼진다. 대답을 고르는 마음속으로 온갖 풍경들이 떠오르기 때문이다.

"그야 물론… 수백 가지 힘든 걸 감수하고도 남을 보석들이 있기 때문이지. 무엇보다도 자연이 너무 좋아. 봄 여름 가을 겨울의 풍경을 내 집에서 다 누릴 수 있는걸. 이 집에 온 후로 여행에 대한 욕망이 사라졌어. 힘든 하루를 보내고 마당에 모닥불 피우고 앉아 있으면 세상 부러울 게 없어. 아이들이 밤늦도록 피아노도 치고 집 안에서 뛰어놀아도 층간 소음 걱정 없고. 눈놀이고 꽃놀이고 우린 다 집에서 하잖아. 힘든 일이 많지만 덕분에 가족이 뭉칠 수 있고 서로가 얼마나 필요한 존재인지 매 순간 느끼는 것도 선물이지. 햇볕 좋은 날에 옥상에 이불 너는 맛도 얼마나 좋은데. 금방 딴 옥수수 먹어봤니? 내가 키워서 막 딴 옥수수를 바로 쪄 먹으면 그렇게 맛있을 수 없다니까? 닭 키우는 건 힘들어도 갓 낳은 달걀을 애들한테 먹일 수 있고, 매일 개들과 동네를 걷고, 온종일 새소리를 들으며 살잖아. 사철 피고 지는 꽃들도 보면서. 이런 곳에서 아이들을 키울 수 있으니 축복이지, 그럼."

고개를 들면 다들 또 그렇지 그렇지, 고개를 끄덕이고 있다. 그러나 이 모든 것을 위해서 아파트를 포기할 마음은 쉽게 생기지 않는다. 이해한다. 누구나 자신에게 더 중요한 가치를 따라 살 뿐이다.

나는 자연 속에서 살고 그 안에서 아이들을 키우고 싶어서 이곳에 왔다. 일거리는 넘치지만 자연도 넘친다. 그거면 충분하다. 몸과 마음을 열심히 움직이며 살 수 있는 집이다. 덕분에 수없이 많은 이야기를 만들며 살고 있다. 이런 삶은 밖에서는 잘 보이지 않는다. 뛰어들어서 내 이야기로 만들어야 알 수 있는 것이다. 우리 가족은 우리의 이야기를 살아간다. 힘들어도 지루할 틈 없는 집에서 날마다 모험을 누리며 살고 있다.

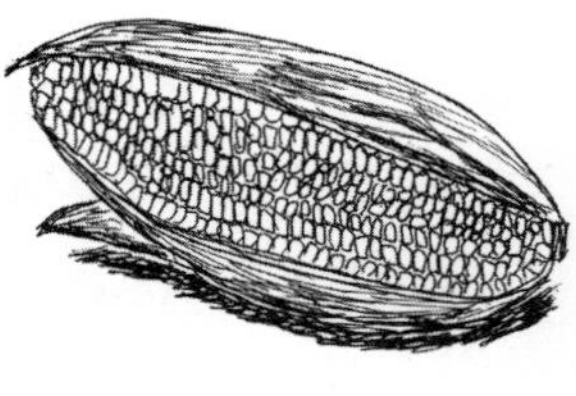

신고식

이사 온 첫해, 슬슬 더워지려는 유월의 어느 날이었다. 남편은 출장 중이었고 나 혼자 세 아이와 씨름할 때였다. 개들이 짖길래 내다보니 마당 끝 언덕길 옆 앵두나무 앞에 웬 젊은 남자가 서 있었다. 검정 바지에 검정 반소매 티셔츠를 입고 머리는 바짝 깎은 남자였다.

…뭐 하는 거지?

고개를 쑥 빼고 바라봤더니 양푼을 들고 앵두를 따고 있는 거였다. 처음 보는 낯선 사람의 등장에 조금 겁은 났지만 그래도 허락 없이 남의 집 앵두를 따다니 싶어 어린 막내를 안고 나갔다.

“아저씨, 거기서 뭐 하세요? 우리 앵둔데요?”

그러면 당연히 아, 죄송하다, 이웃인데 앵두 좀 따도 되겠나, 뭐 이런 말이 나올 줄 알았다. 그런데 전혀 뜻밖의 반응이 튀어나왔다.

"이게 아줌마 앵두라고? 여기가 아줌마 집이야? 아줌마가 이 나무 심었어?"

험악한 표정으로 다짜고짜 반말이었다.

"내가 심은 건 아니지만 우리가 얻은 집에 있는 나무잖아요."

"그래서 이거 아줌마가 심었냐고, 이 나무 내가 심었어."

아니 이건 도대체 무슨 말인가.

"이 집 형들하고 내가 심은 나무라고!"

남자는 분을 참지 못하겠다는 듯 목소리를 높였다. 그러니까 주인집 형제들하고 어릴 때부터 어울려 컸고 이 나무도 함께 심었고, 우리가 들어오기 전까지 매년 앵두를 마음껏 따 먹었다는 얘기인 모양이었다. 그렇다 쳐도 이젠 세입자가 들어왔으니 최소한 그런 사정을 얘기하고 양해를 구해야 하는 게 아닐까? 내 상식으론 그랬다.

"그래도 이제 우리가 여기 살게 되었으니까 적어도 물어는 보셔야 하는 거 아닌가요?"

내 말이 끝나기 무섭게 남자는 버럭버럭 소리를 지르기 시작했다.

"아줌마 나 알아? 나 저기 보이는 ○○가겟집 아들이야. 이사를 왔으면 인사를 다니든가, 내가 누군지는 알아야 할 거 아냐. 내가 이깟 앵두가 탐나서 이러는 것 같아? 에잇."

남자가 앵두가 담긴 바구니를 바닥에 내동댕이쳤다. 화가 치민 젊은 사내의 거친 행동은 단숨에 나를 공포로 몰아넣었다.

"일월에 이사 올 때 떡 들고 가서 일일이 다 인사했어요. 그때 아저씨가 저를 못 보셨나 봐요. ○○가게도 들렀는데 거기서 산다고 말씀하셨으면 바로 알았을 텐데요."

다급하게 설명했지만 남자는 막무가내였다.

"집주인도 아니면서 외지인 주제에 앵두 가지고 사람을 무시해? 하여간에 외지에서 온 것들은 하나같이 건방지고 제멋대로야. 이 집 앞 도로가 다 우리 땅인데 당신하고 당신 애들, 앞으론 우리 땅으로 못 지나다닐 줄 알아. 이 마을에서 못 살게 한다고. 내가 가만두나 봐라."

그는 이렇게 소리치고는 씩씩거리며 언덕길을 내려가기 시작했다. 너무 어처구니없는 일에 놀라서 심장이 벌렁거렸지만 '앞으론 우리 땅으로 못 다니게 하겠다, 이 마을에서 못 살게 하겠다' 같은 말은 무섭도록 똑똑히 들렸다. 정신이 아득해졌다. 허둥지둥 남자를 따라가며 사과를 했다.

"아저씨가 누군지 몰랐어요. 누군지 먼저 말씀했으면 제가 인사를 했겠지요. 죄송해요."

"됐고, 앞으로 두고보자고. 내가 아줌마 이 동네에서 못 살게 할 테니까."

"아저씨, 그런 무서운 말씀 하지 마시고요, 제가 죄송하다니까요."

나는 거듭 사과를 했다. 지금은 어떤 논리적인 반박이나 설득도 통하지 않을 것 같았지만 상황이 이렇게 끝나게 두면 안 될 것 같았다. 막내를 안고 낯선 사람 뒤를 쫓는 엄마 뒤를 두 아이도 따라왔다. 남자는 씩씩거리며 거칠게 걸어 가게 안으로 들어가 버렸다.

"죄송해요, 아저씨. 앵두가 아까웠던 게 아니라 처음 보는 사람이어서 그랬어요" 하고 따라 들어가며 계속 사과를 하는데 남자는 "어딜 들어와?"라고 소리치더니 나를 떠밀고는 가게 문을 닫아버렸다. 그 바람에 막내를 안은 채 주저앉고 말았다. 남자의 난폭함보다 품에 안은 막내가 다칠 뻔했다는 생각에 울음이 터졌다. 그때 가게 안에 있던 주인 내외가 깜짝 놀라 달려 나오더니 나를 일으켰다.

"아이고, 이게 무슨 일이야. 괜찮아요? 우리 애가 성질이 좀 급해. 애엄마가 이해해요."

"처음 보는 사람이 마당에서 앵두를 따길래 왜 남의 집 앵두를 따냐고 했더니 갑자기 화를 내는 거예요. 이 동네에서 못 살게 하겠다고 막 소리 지르고."

나는 울면서 말을 이었다.

"아이고, 무슨 그런 일이. 못 살게 하긴요. 내가 잘 타이를 테니까 염려 말고 애들 데리고 집으로 가요. 정말 미안해요."

나는 눈물을 훔치면서 고개 숙여 인사를 하고 애들과 함께 집 쪽으로 걸었다. 엄마가 당한 일에 아이들도 겁이 났는지 얼굴이 굳어 있었다. 나도 정신이 멍했지만 애들부터 안심시켜야 할 것 같아 떨리는 마음을 누르고 천천히 말했다.

"너희들 놀랐지? 있잖아, 그 아저씨가 잘못한 거 맞아. 자기가 누구인지 말하고 양해를 구해야지. 그전까진 마음대로 오갔던 집이라도 이젠 다른 사람이 들어와 살게 됐잖아. 처음 보는 사람에게 반말하는 것도 정말 무례했어. 그래도 엄마가 사과했어. 왜 그랬을까?"

아이들은 말없이 나를 올려다보았다.

"때로 누가 잘못했는지를 따지는 것보다 더 중요한 일이 있거든. 엄마는 그 사람이 우리를, 엄마와 너희들을 미워하지 않기를 바랐어. 두고봐, 하는 나쁜 마음을 품지 않게 하고 싶었어. 그래서 싸우지 않은 거야. 만약 아까 엄마가 그 아저씨와 큰 소리 내며 싸우고 따졌다면 어땠을까. 그 사람은 우리를 두고두고 미워하게 되었겠지. 우린 이 집에 이사 온 지 얼마 안 됐잖아. 엄마는 이 집이 너무 좋아서 오래오래 살고 싶은데 이사 오자마자 이 마을에서 태어나 오래 살아온 이웃과 원수가 된다고 생각해봐. 우린 절대로 마음 편히 살 수 없을 거야. 너희들은 온 마을을 뛰어다니며 놀아야 하는데 너희를 싫어하고 미워하는 사람이 있으면 엄마는 매일 불안하고 두렵겠지. 오래 비어 있던 큰 집에 젊은 부부가 어린 아이 셋을 데리고 이사를 왔으니 온 동네 사람들이 우리가 어떤 사람인가 하고 지켜보고 있을 거야. 그런데 이사 온 지 얼마 안 돼서 동네 사람과 크게 싸웠다고 소문이라도 나면 누가 우리에게 마음을 열고 좋은 이웃이 되겠어. 엄마가 잘못한 게 아니더라도 먼저 고개를 숙이고 사과를 해서 그 사람과 잘 지내고 싶다는 뜻을 전하는 게 낫다고 생각했어. 친구는 못 되겠지만 적어도 원수는 만들지 않으면서 살고 싶거든. 당장은 지는 것처럼 보여도 결국 더 큰 것을 얻기 위해서 내가 먼저 숙여야 할 때가 있어. 어른이 되면 말이야."

아직 어린애들이 알아듣기에는 어려울 수 있는 말을 두서없이 중얼거렸다. 말하다 보니 아이들보다 나를 달래고 위로하는 말이었다. 다행히 아이들은 고개를 끄덕이며 걸었다.

한밤중에 돌아온 남편은 내 얘기를 듣고 분을 참지 못했다. 당장이라도 쫓아가 가만두지 않겠다며 펄쩍 뛰었다. 남편으로서는 아내와 애들이 당한 일이 얼마나 어이가 없고 기가 막혔을지 이해했지만 나는 남편을 말렸다.

당신은 새벽에 나가서 한밤중에 들어온다. 담도 없는 커다란 집에서, 아직 낯선 이 동네에서 온종일 어린아이 셋과 지내는 사람은 나다. 당신이 호기롭게 소리 지르며 험악하게 싸우고 출근해버리면 그 뒤에 남은 나는 내내 불안하고 두려울 거다. 사소한 다툼으로도 오해와 감정이 쌓이다 보면 이웃 간에 끔찍한 일이 생기는 세상이다. 보란 듯이 화내고 싸우는 것보다 그 정도에서 참고 끝내는 게 맞다.

내 말을 들으며 남편은 차츰 마음을 가라앉혔다.

시골 사는 일 중 제일 힘든 게 이웃과의 관계라는 말은 이사 오기 전부터 귀에 못이 박히도록 들었다. 마을사람들과 잘 어울리지 못하면 오래 살기 어렵다거나, 누가 잘못했건 언제 뜰지 모르는 외지인보다 전부터 이곳에서 터를 잡고 산 사람들끼리 똘똘 뭉치게 마련이라는 것도.

내게 화를 낸 남자의 마음을 전혀 이해 못한 것은 아니다. 오래된 집과 땅이 돈 많은 외지인들에게 하나둘씩 팔려나가고 낯선 사람이 늘면서 마을에도 여러 가지 일이 생겼을 것이다. 더러는 무례하고 이기적인 외지인들 때문에 마음 상하는 일도 있었을 것이다. 그런 경험 때문에 남자도 나를 예의 없고 자기만 아는 그런 외지인이라고 생각했을지 모른다. 그럴 수 있다.

나는 살아가면서 보여주자고 마음먹었다. 담이 없는 집에 사는 사람으로서 때로 내가 원하지 않는 방문에도 마음을 열고 내게 넘치는 것들은 기꺼이 나눠가며 살겠다는 다짐도 했다.

그날 이후 마을에서 그와 마주칠 때마다 내가 먼저 고개 숙여 인사했다. 그는 여전히 험악한 표정으로 나를 노려보며 지나치곤 했지만 개의치 않았다. 마을에서 마주치는 누구에게든 먼저 인사할 것을 아이들에게도 누누이 일렀다. 마음을 열고, 어떤 상대에게도 내가 먼저 예의와 존중을 보이는 법을 배워나갔다.

몇 년이 지나 그가 이따금 젊은 여자와 팔짱을 끼고 동네를 돌아다니는 모습이 보였다. 얼마 지나지 않아 결혼 소식이 들렸고 그는 곧 아버지가 되었다. 지켜야 할 아내와 아이가 생긴 후에 그날의 내 마음을 그가 조금은 헤아리게 되었기를 바라지만 아니어도 상관없다.

오래된 그날의 일을 나와 아이들은 '앵두나무 사건'이라고 부른다. 앵두가 익어가는 유월이면 아이들과 나는 이따금 그 얘기를 한다. 어쩌면 그 일은 우리가 이 마을에서 살아가기 위해 한 번은 치러야 했던 신고식이었을지 모른다. 그 일 이후로 외지인들이 들어와 살게 되면서 마을 사람들이 받았던 마음의 상처들을 하나둘 더 알게 되었고, 그때마다 나는 어떤 이웃인지 돌아보곤 했다. 그러면서 이 마을에서 오래오래 좋은 이웃으로 함께 잘 살아가자고 다짐하던 첫 마음을 되새겼다.

문도 담도 없는 집

큰 도로에서 갈라진 작은 도로가 윗마을로 이어지는 중간쯤에 오른쪽으로 꺾이며 언덕길이 나오는데 거기부터가 우리 집이다. 길 양쪽 밭도 우리 밭이다. 딱히 정해진 문과 두른 담장은 없지만 우리가 농사짓는 밭을 지나 언덕을 오르면 마당이다. 그런데 우리 가족과 우리 집을 찾는 사람들만 오가는 그 언덕길에 문제가 생겼다. 언덕길 아래 큰 식당이 들어오고 손님이 늘면서 식당에 들렀던 사람들이 아무 때고 언덕길을 올라오는 것이다.

식당과 우리 집은 고작 몇 미터밖에 안 되는 도로를 사이에 두고 있다. 그러다 보니 사람들이 밥을 먹고 나와서는 눈앞의 집을 바라보다가 작물이 자라는 밭과 나무와 풀로 초록 그늘이 무성한 우리 집 쪽으로 발을 옮긴다. 커피가 담긴 종이컵을 들거나 담배를 한 대씩 문 사람들이 어슬렁거리며 언덕길을 올라오거나 주위를 배회한다. 맛있게 식사를 하고 나서 마시는 커피 한잔, 담배 한 개비의 여유까지 뭐랄 건 없다. 그것들을 기왕이면 좀 더 그럴듯한 배경에서 즐기고 싶은 마음까지도 이해할 수 있다. 문제는 적지 않은 사람들이 차를 마시고는 종이컵을 구겨서 밭과 언덕길 아래에 버리고 간다는 거다. 담배꽁초는 말할 것도 없다. 한참 있다 나가보면 언덕길 아래에 꽁초가 수북하다. 식당 주차장 한구석에 휴지통이 있어도 소용없다.

주말에 식당을 찾는 사람들이 넘치면 우리 집 앞 골목은 차 때문에 몸살을 앓는다. 앞길은 외길로 올라와 Y자로 갈라지며 윗마을로 이어지는데 식당은 딱 그 Y자 한가운데에 있다. 점심때마다 양쪽 길에서 나오는 차에 아래에서 올라오는 차까지 엉키고, 어쩌다 접촉사고라도 나면 그대로 길이 막혀 들어오지도 나가지도 못한 채 아수라장이 된다. 고성이 오가고 경적이 요란하게 울려 퍼진다. 집에서 누리는 느긋한 휴식은 산산조각이 난다.

식당은 규모에 비해 주차 공간이 좁아 가끔 불똥이 우리에게 튀기도 한다. 시내에 나갈 일이 있어 마당에 나와보면 언덕길에 떡 하니 차가 주차돼 있는 경우가 있다. 주차 공간을 찾지 못한 식당 손님 차다. 한번은 마당에서 풀을 뽑고 있는데 요란한 굉음을 내며 차 한 대가 언덕길을 올라오더니 내 차 옆에 나란히 섰다. 말을 꺼내기 전까지는 운전석에서 내린 중년 여성이 우리 집에 용건이 있어 온 줄 알았다.

"요 앞 식당에 왔는데요, 주차할 데가 없어서 식사할 동안만 여기에 차 좀 댈게요."

"네? 뭐라고요?"

'차를 좀 세워도 될까요'도 아니고 차를 대겠으니 알고 있으라는 투가 황당하기 짝이 없었다. 여긴 영업장이 아니고 개인 집이어서 그럴 수 없다고, 바로 차를 빼달라고 했더니 여자는 어이없다는 표정으로 인상을 쓰면서 다시 운전석에 앉았다. 그런데 언덕길을 내려가면서 여자가 중얼거린 말이 열린 차창 너머로 고스란히 들렸다.

"이런 집에 사는 주제에 유세는…."

그 말을 듣자 피가 거꾸로 솟았다. 당장 달려가서 여자의 머리채를 잡아끌고 싶은 마음을 간신히 눌렀다. 이런 집이라니, 유세라니. 그러니까 내 집 마당을 주차장으로 내놓지 않는 것이 유세구나. 마당 넓은 집 산다고 부리는 권력쯤으로 여기는 건가. 마당도 넓으니 차 한 대쯤이야 하고 쉽게 생각하는 것 같은데 우리 마당은 공공장소가 아니다.

그것뿐이 아니다. 마당 한쪽에 큰 개들이 있고, 닭장도 있다 보니 모처럼 보는 동물이 신기하다며 올라오는 아이들이 있다. 나도 아이 키우는 사람이라 아이가 신기해하는 것을 보여주고 싶은 마음 잘 안다. 그런데 가끔 선을 넘는 사람이 있다. 한번은 아이들 여럿이 소란스럽게 떠들며 마당으로 들어와 개들이 있는 울타리 앞에 서서 작은 돌을 던지기 시작했다. 아이들을 따라온 여자가 있었지만 언덕길에 서서 핸드폰을 들여다보느라 애들이 무슨 짓을 하는지 알아채지 못했다.

"얘들아, 개들한테 그러면 안 돼."

내가 달려가 한마디 했더니 여자는 애들을 단속하는 게 아니라 '당신이 뭔데 남의 애한테 이래라 저래라야?' 하는 눈빛으로 나를 쏘아보면서 애들을 데리고 쌩하니 내려갔다. 물론 미안하다는 말 같은 건 없었다. 어른이라면 아이들의 행동을 잘 살피고 행여 남에게 피해 주는 일이 생기지 않도록 단속해야 하지만 그런 사람은 드물다. 심지어 내가 마당에서 일을 하고 있을 때도 개들 좀 보고 가도 되냐고 양해를 구하는 경우가 별로 없다. 아무렇지 않게 언덕길을 올라와서 마음대로 마당 여기저기를 둘러보다가 내려간다.

담배꽁초를 버리지 마세요. 쓰레기를 버리지 마세요. 개인주택이니 출입을 금지합니다. 떠들지 말아주세요. 개들을 자극하지 말아주세요. 이런 안내판과 경고문으로 집 앞을 도배해야 하나. 안내문을 몇 번 달기도 했지만 그런 것쯤은 무시하거나 내용이 맘에 안 드는지 일부러 훼손하는 경우도 있었다. 문을 만들어 달까도 생각했다. 그러나 택배차가 올 때마다 달려 내려가기도 어렵거니와 문을 달 위치도 애매했다. 언덕길은 밭과 밭 사이에 있으니 언덕길에 문을 달아도 언제든 밭을 통해 들어올 수 있었다. 밭부터 연결되는 담을 세우고 문을 다는 것은 큰 비용이 드는 공사였다. 그보다 이곳에 살던 주인분들이 평생 문 없이, 담 없이 살아오셨는데 세입자인 우리가 문을 만들어 단다는 것은 도리가 아니라고 생각했다.

해법은 간단하다. 기본 예의를 지키면 된다. 대문이 없어도 개인주택이다. 함부로 올라오지 않아야 한다. 개가 궁금하고 닭이 보고 싶으면 조심하며 지켜보고 함부로 다가가거나 자극하지 않아야 한다. 이곳저곳 기웃거리는 것은 삼가고 어린아이들은 어른들이 잘 챙겨서 이 집에 사는 사람에게 피해가 가지 않도록 해야 한다. 들고 온 쓰레기를 가져가는 건 기본 중의 기본이다. 그런데 이 당연한 일들이 잘 지켜지지 않는다.

우리 집엔 식당 손님뿐만 아니라 다른 방문객도 많다. 문도 담도 없는 집은 생명의 말씀을 전하러 오는 종교단체 사람들의 우선 공략 대상이다. 정말이지 코로나 전까지 좋은 말씀 전하러 왔다며 현관문을 두드리는 사람이 얼마나 많던지. 괜찮다고 사양해도 한참 설교를 늘어놓으며 현관과 창가를 기웃거렸다. 어디 그뿐이랴. 한번은 얼굴이 험상궂은 사내가 "수세미 좀 팔아주세요. 어려운 사람 도와주세요"라고 외치며 현관문을 계속 두드리는 바람에 벌벌 떨며 오천 원을 주고 수세미를 산 적도 있다. 요즘에도 이런 사람들이 있다는 걸 도시의 아파트에 사는 동안 잊고 있었다.

남편이 집을 비운 한밤에 술 취한 동네 노인이 찾아와 현관문을 두드리며 소란을 피워 경찰을 부른 적도 있다. 알고 보니 온 동네에 주사로 유명한 분이었다. 등산로를 찾겠다며 무작정 언덕길을 올라오는 사람들은 계절과 상관없이 줄을 잇는다. 봄에 개들이 짖어 나가보면 웬 아주머니들이 마당 가장자리에 앉아 나물을 캐고 있었다. 이곳 나물이 깨끗해 보여서 캐고 있다나.

어린 시절 즐겨 부르던 〈우리 집〉이란 동요가 있다.

내가 커서 아빠처럼 어른이 되면
우리 집은 내 손으로 지을 거예요
울도 담도 쌓지 않은 그림 같은 집
울도 담도 쌓지 않은 그림 같은 집
언제라도 우리 집에 놀러 오세요

아, 울도 담도 쌓지 않은 그림 같은 집을 나도 원했다. 언제나 누구에게나 열려 있는 예쁜 집을 지어 여러 사람을 초대하며 사는 삶이라니 얼마나 근사한 꿈이던가. 그러나 사는 게 참 내 맘 같지 않다. 울도 담도 없는 집에 살다 보면 세상에 정말 별별 사람이 다 있다는 걸 알게 된다. 어릴 땐 가슴 부풀게 하는 동요였는데 이젠 버선발로 나가 말리고 싶은 가사다.

쌈닭

나는 본래 싸움을 싫어한다. 소질도 없다. 모르는 사람과 시비가 붙거나 실랑이를 하게 되는 일은 더 두렵다. 흥분을 하면 감정이 앞서고 억울하거나 분하면 눈물부터 솟는 사람이어서 되도록 그런 상황을 만들지 않으려고 애쓰며 살아왔다. 그러던 내가 이 집에 오고부터 쌈닭이 되었다. 참을 수 없는 일들이 너무 많았다.

어느 한가로운 초여름 오후, 날이 따뜻해서 집 안의 창문을 모두 열어놓고 있을 때였다. "엄마, 이상한 냄새가 나요" 하며 딸들이 달려왔다. 과연 집 안엔 매캐한 연기가 차오르면서 지독한 냄새가 나고 있었다. 연기가 나는 곳은 앞집 굴뚝이었다. 지대가 낮은 앞집은 기역 자 기와집의 아랫부분에 해당하는 끝에 아궁이가 있었다. 아궁이에는 긴 굴뚝이 달려 있었는데 그 끝이 딱 딸들 방 창가 높이였다. 굴뚝과 딸들 방 창의 거리는 기껏해야 오륙 미터

정도였다. 연기와 냄새는 그 굴뚝에서 우리 집으로 고스란히 들어오고 있었다.

골목으로 나가 아궁이를 살폈더니 페트병이며 컵라면 용기며 온갖 독한 냄새가 나는 생활 쓰레기가 활활 타고 있었다. 집주인으로 보이는 남자가 그 앞에서 불을 때고 있었다.

"아저씨, 지금 뭘 태우시는 거예요? 독한 연기가 우리 집에 꽉 찼어요. 좀 나와보세요."

나는 소리를 질렀다. 남자는 나를 힐끗 볼 뿐 대꾸가 없었다.

"지금 태우는 거 유독가스가 나오잖아요. 그런 거 태우시면 안 된다구요."

나는 계속 소리를 질렀다. 펜스로 되어 있는 문 쪽으로 돌아가서 철문을 흔들었다. 남자는 왜 남의 집에 와서 행패냐고 되레 소리를 질렀다. 바로 파출소에 신고를 했다. 출동한 경찰은 담 너머로 살펴보더니 제집 아궁이에 태우는 건 단속할 근거도 없을뿐더러 쓰레기 불법 소각 단속 권한은 시청에 있다며 생활 쓰레기를 태우지 말라고 한마디하고는 돌아가버렸다.

공기 좋은 곳에서 아이들을 키우겠다고 이사 온 곳인데 쓰레기 타는 지독한 연기와 매연이라니. 그것도 바로 코앞에 있는 앞집이 그런 짓을 한다니. 꿈에 그리던 집을 얻었다고 좋아했는데 시골살이의 암초를 제대로 만난 순간이었다. 참을 수 없었다. 법으로 안 되면 나라도 귀찮게 굴 수밖에. 연기가 날 때마다 달려가고 사진을 찍고 따졌다. 깐깐하고 요란한 앞집 여자 상대하기 귀찮아서 쓰레기 태우는 일을 안 할 때까지 싸웠다.

어느 날엔 한밤중에 매캐하고 독한 냄새가 나서 연기 나는 곳을 찾아 나섰더니 우리 집 위쪽에 있는 식당과 고물상 집 앞쪽에 있는 드럼통에서 플라스틱 쓰레기들이 활활 타고 있었다. 근처에 사람은 없었다. 사진을 찍어 시청에 신고했다. 시청 직원이 나와서 확인했을 땐 불은 어느새 꺼져 있었고 드럼통 안엔 플라스틱 잔재만 남아 있었다. 불법 소각 현장을 확인해서 조치했으며 문제가 되었던 드럼통은 폐기되었다는 답을 들었다. 그러나 불법 소각은 완전히 사라지지 않았다. 드럼통은 곧 다시 등장했고 늦은 밤 소각은 이어졌다. 내 신고도 이어졌다.

한번은 우리 집 통창으로 훤히 보이는 윗집 앞에서 여자가 뭔가를 태우고 있었다. 지독한 냄새가 나는 곳으로 나가 뭘 태우는 거냐고 물었더니 여자는 마른 풀이며 나뭇가지를 태우는 거라고 우물우물 말을 삼켰다. 가까이 가서 봤더니 마른 풀 아래 폐비닐이 타고 있었다. 당장 물 부어 끄지 않으면 사진 찍어 시청에 신고하겠다고 했다. 여자는 집 안으로 들어가 바가지에 물을 담아 와서 끼얹었다. 나는 불이 완전히 꺼진 것을 확인하고야 돌아왔다.

쓰레기 소각은 시골에선 흔한 일이다. 출동한 경찰도 도시와 시골은 다르다고 말을 흐렸다. 살던 집에서 나오는 쓰레기들을 대충 마당이며 아궁이에 태우며 살아온 사람들이 쉽게 바뀌지 않는다는 의미로 이해했다. 그러나 시대가 변했다. 미세먼지 문제가 날로 심각해져서 관련 법도 강화되고 있는데 시골이라고 맘대로 해서는 안 된다. 계속 그렇게 살아왔다 해도 바뀌어야 한다. 다 떠나서 발암물질 범벅인 그런 연기가 나는 곳에서 아이들을 키울 수 없었다. 아무리 이웃과 사이좋게 지내는 게 먼저라고 해도 이것만은 물러설 수 없었다.

마을에서 독한 냄새가 풍길 때마다 달려갔다. 부지런히 싸우고 신고했다. 시청 공무원들은 근무 시간에만 나올 수 있어서 바로 출동하기엔 파출소가 나았다. 단속 권한이 없더라도 신고가 들어와서 확인하러 왔다는 것만으로도 소각을 한 사람에게는 경고가 될 터였다. 그동안은 누가 뭘 태우든 괜찮았을지 몰라도 이젠 아니다. 마을 안에 불법 소각을 신고하는 주민이 있다는 것이라도 알릴 필요가 있었다.

겨울이 지나고 봄 농사가 시작될 무렵엔 지난해 밭을 덮었던 검은 폐비닐을 밭둑에서 태우는 경우가 종종 있다. 길가 밭쪽을 피해 안쪽으로 들어간 곳에서 큰 연기가 나면 예외 없이 폐비닐과 농사 쓰레기 소각이었다. 엄연히 불법이다. 그때마다 경찰에 알렸다. 그렇게 해서 근절이 되든 안 되든 바로 신고했다.

미세먼지가 너무 심해져서 호흡기 질환을 앓는 아이들이 늘어나자 등교 중지를 시켜야 하지 않냐는 의견까지 나올 무렵이었다. 아이들과 걸어서 학교를 가는데 학교 바로 옆에 있는 경로당 구석에서 시커먼 연기가 솟아오르고 있었다. 다가가서 보니 어르신들이 막걸리통과 페트병을 모아서 태우고 있었다. 나는 바로 옆이 학교고 더구나 경로당은 병설 유치원이 코앞인데 이런 걸 태우시면 그 나쁜 연기가 어르신들 손주 같은 어린 학생들에게 다 들어간다고 펄쩍 뛰었다. 연로하신 어르신들이 경로당에서 나오는 생활 쓰레기를 일일이 분리해 버리는 게 힘들고 귀찮으니까 구석에서 태워버리는 모양이었다. 바로 사진을 찍어 파출소와 시청에 신고했다. 시청에서 단속을 나왔고 불법 소각에 대한 경고와 더불어 쓰레기봉투를 지원해주겠으니 분리수거 해서 경로당 앞쪽에 내놓으라고 안내했다. 시커먼 연기를 뿜던 소각장은 잡동사니 쌓아두는 창고가 되었다. 관심 없는 사람들에게야 뭐가 달라졌는지 모를 일이지만 병설 유치원과 학교를 다니는 모든 아이가 한결 깨끗한 공기를 마시게 된 것은 결코 작은 일이 아니다.

불법소각도 힘들었지만 불법주차 하는 차들도 너무 많았다. 집 앞 작은 로터리 근처 식당 손님들이 로터리 가장자리에까지 차를 대놓곤 했다. 그곳에 차가 서 있으면 마을버스가 로터리를 쉽게 돌 수 없고 다른 차들도 불편을 겪는다. 차를 몰고 나가면서 로터리 주변에 불법주차 해놓은 차들을 보면 일일이 차주에게 전화를 걸어 경고를 한다. 당장 차를 옮기지 않으면 신고하겠다고 으름장을 놓는다. 실제로 신고도 수없이 했다. 수없이 신고를 해도 단속은 늦게 뜨고 그때까지 누군가 고스란히 불편을 감당해야 한다. 불법주차는 우리 동네뿐만 아니라 도립공원과 가까운 윗동네까지 온 마을의 심각한 문제다. 등산객들이 차를 등산로 입구에 대고 가버리면 마을을 드나드는 모든 차가 큰 불편을 겪는다. 등산로 입구뿐만 아니라 인도에 올라가 있는 차도 있고 남의 영업장 앞을 막은 차도 있다. 엉망진창이다.

밤마다 저수지에 와서 몰래 낚시하고 쓰레기를 버리고 가는 사람들, 석가탄신일만 되면 중국산 미꾸라지며 남생이를 방생한다며 호수에 풀어서 생태계를 망가뜨리는 사람들, 코로나로 거리두기가 한창일 땐 도시의 단속을 피해서 저수지 근처에서 판을 깔고 밤늦도록 술을 마시는 사람들도 있었다. 모두 다 불법이다. 그때마다 경찰에 신고했다. '울면 순경이 와서 잡아 간다'는 말을 듣고 자라 내내 무서워하던 경찰이 이젠 친구처럼 가깝게 느껴진다. 내 핸드폰에는 가까운 파출소와 출동 경찰의 연락처까지 저장되어 있다.

한밤중에 개들과 산책하다 보면 과속 방지 카메라가 없는 동네 길을 굉음을 내며 쌩쌩 도는 차들을 볼 때가 있다. 차들은 한적한 길을 몇 번씩 돌고, 그때마다 귀를 찢을 것 같은 소음이 고요한 마을을 사정없이 흔든다.

호수 입구에는 시가 적지 않은 예산을 들여 새로 펜스를 둘렀는데 그 안에 들어가 물가에서 술을 마시려는 사람들이 기어코 발로 차서 무너뜨리곤 한다. 진정 평화롭게 살고 싶은데 사방에서 내 전의를 불태운다. 이런 풍경을 만나면 언제나 내 싸움력은 만랩이 되지만 남편은 쌈닭이 되어가는 아내를 걱정한다. 흉흉한 세상이라 혹시나 험한 일을 당하기라도 하면 어떡하냐고 말이다. 나도 무섭다. 그런데 개념 없고 몰상식하고 제멋대로인 사람들을 봐주고 싶진 않다. 도시에선 할 수 없고 생각도 못할 일을 조금 헐렁하고 한적한 시골에서는 해도 된다고 생각하는 사람들을 참을 수 없다. 단언컨대 그런 시골은 없다. 무인도에서도 그러면 안 된다. 그래서 나는 불편한 사람이 되기로 했다. 대단한 정의를 실현하겠다는 게 아니다. 다만 내가 사는 곳에서 내 아이들에게도 해가 갈 불법은 눈감지 않겠다는 것이다.

사람

우리 집으로 오는 길은 불편하다. 마을버스는 오래도록 한 시간에 한 대뿐이었다. 최근에 삼십 분에 한 대로 바뀌었지만 차 시간을 못 맞추면 꼼짝없이 오래 기다려야 한다. 그게 싫으면 택시를 타거나 삼십 분 정도 걸어야 한다. 자가용이 편하긴 하지만 집까지 운전하는 길이 만만치 않다. 마을로 들어오는 골목길은 좁은 경삿길에 급하게 휘어져 있어 올라가는 차와 내려오는 차가 만나기라도 하면 난감하기 이를 데 없다. 반사경이 생겨 좀 나아졌지만 그전까지는 차 두 대가 서로 비키라고 소리 지르며 싸우는 일이 드물지 않았다. 그 길을 지나면 가운데 위치한 식당을 두고 길이 둘로 갈라지는데 우리 집은 오른쪽 골목과 이어진 또 다른 언덕길 위에 있다. 언덕길은 경사가 심해서 눈이 조금만 와도 차가 못 올라오고 운전이 미숙하면 차 바닥을 긁기 십상이다. 요

령 있게 올라오고 내려갈 땐 아주 살살 조심해야 한다. 아무튼 쉽지 않은 집이다.

이런 곳에 살게 되면서 달라진 게 있다. 사람이 보이기 시작했다. 아파트 살 때는 택배원이나 신문배달원을 직접 볼 일이 없었다. 신문은 우체통에 꽂혀 있었고 택배 물건은 경비실에서 맡아주었기 때문에 찾으러만 가면 됐다. 음식배달원은 얼굴을 보게 되지만 그때만 해도 짜장면 말고는 딱히 배달시킬 일이 없었다.

이 집으로 오고는 모든 게 달라졌다. 퇴근하는 남편이든 멀리서 오는 친정 엄마든 아니면 택배기사든 차가 골목길을 돌아서 언덕 위를 올라 마당에 서면 보인다. 개들이 짖어 내다보면 어김없이 누군가 서 있었다.

새벽에 마당을 가로지르는 오토바이 소리에 내다보면 신문배달원이다. 눈이 내리면 오토바이를 언덕길 아래 세워두고 걸어올라와 현관에 신문을 놓고 간다. 현관문을 열면 문 앞에 떨어져 있는 신문 너머로 마당에 나 있는 어지러운 발자국이 보인다. 빨리 돌아가려고 서둘러 옮긴 발걸음의 흔적이 눈 위에 고스란히 남아 있다. 신문 하나 내 집에서 받는 것도 미안하고 고맙다.

도시가스가 안 들어오는 마을이라 주방에서 오랫동안 LPG 가스를 썼다. 가스를 주문하면 가스 배달기사가 무거운 가스통을 트럭에 싣고 오는데 언젠가 언덕길을 오르다가 무게를 이기지 못한 타이어에서 연기가 난 후로는 길가에 차를 대고 가스통을 어깨에 지고 언덕길을 올랐다. 우리 집 가스통은 집 뒤에 있어서 있는 힘을 다해 언덕을 오르고도 마당을 가로질러 좁은 옆길로 집을 돌아 뒷마당까지 가야 했다. 배달기사는 터질 듯 달아오른 얼굴로 힘들게 뒷마당에 도착해서는 바윗덩이를 집어던지는 시시포스처럼 가스통을 바닥에 패대기치곤 했다. 저러다 폭발하는 건 아닌지 겁내다 어느 날 "기사님, 조금만 살살 내려주시면 안 될까요?" 했더니 기사가 달아오른 얼굴로 "직접 한번 들어볼래요?"라며 벌컥 성을 냈다. 나는 바로 입을 다물었다. 가스통은 진짜 무겁다. 나는 다 쓴 가스통을 옆으로 조금 움직이는 것도 힘들어서 헉헉대는데 가스가 꽉 찬 쇳덩어리는 얼마나 무거울지 상상할 수도 없다. 그걸 지고 언덕을 오르고도 마당을 가로질러 온 사람에게 살살 좀 내리라니 얼마나 어이없는 주문인가. 그 길로 가스레인지에서 전기레인지로 바꿨다. 배달이 너무 힘든 집에 사는 사람으로서 더 이상 배달기사의 극한 수고를 지켜보기가 어려웠기 때문이다.

택배차든 다른 배달기사든 우리 집까지 오는 일이 만만치 않다. 내게 오는 모든 것이 더 힘들게 온다. 더 어렵게 그것들을 배달하는 분들이 있다. 당연하게 받을 수 없게 된다. 힘들고 고단한 과정을 통과해 오는 사람이 보이는 것과 보이지 않는 것의 차이는 하늘과 땅만큼 크다.

어느 여름, 집중호우로 수도권이 큰 물난리를 겪을 때 뉴스에서 충격적인 장면을 보았다. 앞이 보이지도 않을 만큼 퍼붓는 빗속에서 배달기사가 오토바이를 끌고 허리까지 차오른 물속을 힘

겹게 지나고 있었다. 그런 날씨에 음식 주문을 하는 사람이 있다는 것도 놀라웠고 그런 상황에서도 배달기사의 노동을 중단시키지 않는 업체도 기가 막혔지만, 물이 차오르는 위험한 도로에서 계속 배달을 하려고 애쓰는 기사님의 모습이 무엇보다 속상하고 안타까웠다.

타인의 노동에 기대어 살아가면서도 그 노동에 아무런 감정을 느끼지 않는 사람들이 늘고 있다. 노동자의 노동이 보이지 않는 세상이다. 노동이 낱낱이 파편화된 채 가려진 곳에서 일어나는 동안 노동과 노동자에 대한 가치는 희미해진다. 팬데믹 기간 대면 접촉이 사라진 세상에서 일하는 사람은 더 보이지 않게 되었다. 노동은 디지털 기계 위의 숫자와 금액으로 표시될 뿐이다. 내가 돈으로 값을 치르는 노동에 대해서는 얼마든지 재촉하고 다그칠 수 있다는 심리는 이렇게 싹튼다.

이 집에서는 모든 노동이 그대로 보인다. 그 일을 해내는 사람이 보인다. 시내에서부터 차를 몰아 호수까지 구부러진 길을 달리고도 경사진 골목길을 돌아 다시 언덕을 올라 우리 집까지 오는 길은 절대 모른 척할 수 없다. 그래서 난 배달 음식을 먹지 않는다. 꼭 필요한 생활용품을 택배로 받는 것도 마음이 편치 않은데 집에서 편하게 음식 먹자고 사람을 부르는 건 너무한 일이다. 유일하게 가끔 배달시키는 짜장면은 반드시 넉넉한 양일 때 주문하고 다 먹은 그릇은 깨끗이 씻고 물기까지 말끔하게 닦아 가져다준다. 더 먼 곳에서 배달시켜 먹는 사람의 염치다.

새벽배송이 좋다고 친정 언니들은 칭송하지만 마찬가지 이유로 이용하지 않는다. 그 새벽에 우리 집 현관 앞에 물건을 배달하기 위해 배달노동자들이 감수해야 할 위험과 수고를 눈감을 수 없어서다. 뭐든 필요한 게 있으면 내가 움직인다. 불편하고 시간도 걸리지만 그만큼 한번 나갈 때 꼼꼼하게 챙겨 사 온다. 편의점도 마트도 멀어 아이들 간식도 내가 사다 줘야 먹을 수 있다. 떡볶이도 튀김도 도넛과 핫도그도 내가 사 와야 맛본다. 돈만 있으면 자기가 알아서 사 먹는 도시 아이들과 다르다. 가끔 아이마다 부탁하는 간식이 달라 여러 곳을 들러야 할 때도 있지만 그렇게 사 오는 엄마에게 아이들은 특별한 감사와 애정을 표현한다. 단지 간식을 사 들고 오는 것만으로 나는 아이들에게 고마운 엄마가 된다. 내게 오는 음식을 고맙게 여기는 것, 그 음식을 가져다 준 수고에 감사하는 것, 그 마음을 알고 오래 느끼는 것이 세상을 움직이는 노동에 더 겸손하게 한다. 독립은 그런 노동에 감사할 줄 아는 마음으로 세상을 대하는 태도에서부터 시작된다고 믿는다.

이 집에 오고서야 내가 일상을 누리기 위해 얼마나 많은 사람의 노동에 기대왔는지 알게 되었다. 그전까지 전기 검침원이나 정화조 기사, 난방유를 공급해주는 분들을 만날 일이 없었다. 살아가기 위해서 반드시 처리해야 하는 일들은 대부분 관리사무소가 대신 해주었다. 관리비를 꼬박꼬박 내기만 하면 신경 쓰지 않아도 됐다. 지금은 다르다. 일 년에 한 번 부르는 정화조 기사님과 좁은 골목길로 배달을 와주는 소형 난방유 공급차 기사분이 얼마나 소중한 존재인지 잘 안다. 그분들이 안 계시면 일상이 유지될 수 없다.

한 달에 한 번 오는 전기 검침원은 대개가 여성들이다. 힘든 언덕길을 올라오면 왕왕 짖는 개들 때문에 깜짝 놀란다. 그분들이 오실 때는 마당에 나가 개들을 진정시켜야 한다. 우리 집 계량기 하나는 현관에 있지만 다른 하나는 뒷마당 벽에 붙어 있어 숫자를 확인하려면 발판을 딛고 꽤 높이 올라서야 한다. 그 일을 해주는 분들의 수고를 당연한 듯 감상하며 받을 수 없어 발판이라도 잡아주면서 돕게 된다.

이 집에선 남편과 내가 하는 노동도 아이들에게 또렷이 보인다. 매일 새벽 출근하는 남편이 주말엔 농사일에 매달리는 것을, 내가 멀리 가서 장을 봐 오고 닭과 개를 보살피고 집 안팎의 많은 일을 해내는 것을 아이들이 보면서 자란다. 당연히 부모에 대한 고마움과 소중함을 가까이에서 느끼게 된다. 이런 집에서 크는 동안 무엇보다 아이들은 어느 곳에서든 일하는 사람들을 존중할 줄 알게 되었다.

사람이 보이는 집, 사람이 소중한 이 집에서 사람이 하는 일과 사람이 기울이는 수고, 그리고 노동을 볼 줄 알고 감사할 줄 아는 사람으로 살아간다.

전기

아파트를 떠나면 더 친환경적인 삶을 살 줄 알았다. 친환경적인 삶이 뭔지 한마디로 정의하긴 어렵지만 최소한 전기는 덜 쓰겠거니 생각했다. 아파트라는 건 제집에 들어가는 데도 승강기를 이용해야 하는 삶이다. 정전이 되면 생활이 마비되니 지독한 전기 의존 아닌가.

…주택으로 가면 적어도 아파트보다는 전기가 덜 필요할 거야. 아파트만 떠나면, 마당 있는 집에만 가면 농사도 짓고 자급자족하며 로빈슨만큼은 아니어도 한결 자연에 일치하는 그런 삶이 가능하겠지.

뭘 몰라도 너무 몰랐다.

헬렌 니어링 같은 소박한 삶을 꿈꾸며 아파트를 떠났지만 결론부터 말하자면 아파트에 살 때보다 몇 배는 더 전기에 의존하고 있다. 따져볼 것도 없다. 이 집 자체가 살던 아파트보다 훨씬 더 크다. 이 큰 집의 난방은 심야전력이다. 낡은 집은 열효율이 심각하게 떨어져서 난방을 많이 해도 따뜻하지 않다. 단열과 방풍이 허술해서 시월부터 사월까지 난방을 해야 한다. 창 옆에 둔 내 책상 자리는 그야말로 바람이 숭숭 새어드는 곳이라 난방을 해도 덜덜 떨릴 만큼 춥다. 늦가을부터 봄까지 책상 아래 작은 전기난로를 켜고 산다. 웃풍이 심한 겨울엔 침대마다 전기요가 필수다. 개들과 고양이가 있고 마당의 흙먼지가 들어오는 거실엔 종일 공기청정기가 돌아간다. 한 달에 한 번 필터를 열 때마다 먼지의 양에 깜짝 놀란다.

겨울 추위는 그렇다 쳐도 여름은 최소한 아파트보다 시원할 줄 알았다. 산자락과 붙어 있고 창문도 많으니 다 열어놓고 살면 시원하겠거니 생각한 것이다. 그러나 여름 힘든 걸 겪어보니 겨울 추위는 아무것도 아니었다. 집 앞에 저수지가 있는 데다 산과 붙어 있어 우선 집이 습했다. 장판 밑이 습기로 축축해질 정도였다. 한여름에도 수시로 난방을 돌려서 바닥을 말리지 않으면 물 위를 걸어 다니는 것 같았다. 난방으로 바닥을 말리는 걸로는 습한 공기를 해결할 수 없어 결국 제습기를 샀다. 넓은 집은 제습기 한 대로는 어림없어서 이듬해 한 대 더 장만했다. 제습기 두 대로 방마다 자기 전에 두어 시간 습기를 없애야 그나마 잘 만했다.

장마가 길었던 어떤 해는 싱크대며 옷장 안이 온통 곰팡이로 덮였다. 전날 설거지를 해놓은 그릇마다 한 꺼풀씩 앉아 있는 곰

팡이를 다시 씻으며 살림을 했다. 깔끔하고 위생에 철저한 주부였다면 매번 끓는 물에 소독이라도 해서 썼겠지만 일이 넘치고 늘 고단한 나는 그런 부지런함은 엄두도 안 났다. 그런 집에서 선풍기 돌려가며 어린아이 셋을 키웠다. 아이들이 병치레 안 하고 건강하게 큰 건 어려서부터 워낙 험한 환경에서 살면서 적응한 덕이라고 생각한다.

처음엔 선풍기 한 대로, 그다음은 두 대, 몇 해 전부터는 각자 선풍기 한 대씩 끼고 여름을 났는데 2018년 여름은 그야말로 끔찍했다. 한 보름만 참으면 선선해졌던 날씨는 옛말이 되었다. 그 해 더위는 유난히 강력했고 길었다. (이후 역사는 2018년 여름을 우리나라 기상 관측 사상 최고의 폭염으로 기록한다.) 더위에 강하다고 여겼던 나도 무력하게 허덕였다. 종일 더운 집에서 생활하는 나도 힘들었지만 남편은 더했다. 내내 강력한 냉방이 되는 사무실에서 오들오들 떨며 일하다가 퇴근하면 찜통 같은 집의 더위에 시달려야 했다. 저녁을 먹으면 온 가족이 시원한 마을 도서관으로 피했다가 도서관이 문을 닫는 열시에 집으로 돌아왔는데 현관문을 여는 순간부터 숨이 턱 막혔다. 여름밤은 길고 더웠다. 샤워를 몇 번씩 하고 더운 바람 나오는 선풍기 앞에서 밤새 잠들지 못하고 뒤척였다.

나는 늘 에어컨에 부정적이었다. 한 대당 선풍기 서른 대와 맞먹는 전기가 든다는 에어컨이야말로 지구를 더 덥게 하는 주범이라고 생각했다. 핵 발전을 비판하면서 전기를 많이 쓰는 가전제품을 사용한다는 것도 양심에 걸렸다. 그래서 선풍기는 쓰면서도 에어컨 생각은 해보지 않았다. 그러나 2018년 여름을 겪고 나니 자신이 없어졌다. 더위 때문에 병이 날 수도 있겠다는 생각이 들었다. 윤리적인 소비라든가 환경보호 같은 거창한 주제도 당장 내가 견디기 어려운 더위 앞에서는 무력해졌다. 결국 작년에 에어컨을 설치했다. 제일 습한 안방에 작은 에어컨을 달고 거실에 스탠드형을 세웠다. 처음 에어컨을 틀었을 때 말 그대로 나는 좌절했다. 이토록 시원해도 되는 걸까. 어린 딸들이 땀띠가 날 때도 부채질과 선풍기로 버텼던 수많은 날들이 있었건만 금방 보송해지는 딸들 피부를 보니 지난날의 인내가 옳은 일이었는지 알 수 없게 되었다. 하긴 뭐 어디 에어컨뿐인가.

세 아이 키우고 살림하면서 빨래가 늘 힘들었다. 천 기저귀 쓸 때도 그랬지만 아이들이 커도 빨래는 줄지 않았다. 오히려 교복이며 청바지며 후드티며 까다롭고 손 많이 가고 마르는 데 오래 걸리는 빨래가 더 늘었다. 빨래를 옥상에 널게 되었지만 일층에서 세탁해서 그 무거운 걸 바구니에 담아 이층 옥상까지 가는 것도 힘이 쏙 빠지는 일이었고, 털어서 널어 말려서 해 떨어지기 전에 들여놓고 걷어서 일층으로 가져와서 개켜서 다섯 식구의 서랍장까지 들여놓는 일은 이만저만 손이 많이 가는 노동이 아니었다. 빨래라는 게 볕 좋을 때 해서 널어야 하는 일이니 더욱 그랬다. 그렇게 힘이 들어도 건조기 들일 생각은 하지 못했다. 아파트도 아니고 밖에다 빨래를 널 수 있는 큰 집에 살면서 그게 힘들다고 건조기까지 쓴다는 건 너무 염치없는 일이라고 생각했다. 건조기를 쓰는 것이 기후위기를 더 심각하게 하는 것은 아닐까. 정작 전기 없이 살지도 못하면서 머릿속만 복잡했다.

그런데 2020년 여름, 오십 일 넘게 장마가 이어지고 온종일 제습기를 틀어도 빨래는 보송하게 마르지 않았다. 일주일에 한 번은 베갯잇이며 침대 시트며 땀 많이 흘려대는 식구들 여름이불을 빨아야 하는데 빨래는 도무지 마르지 않고 불쾌한 냄새까지 풍겼다. 할 수 없이 젖은 빨래를 챙겨 시내 빨래방에 다니기 시작했다. 비가 오면 나야 비를 맞거나 말거나 빨래에 우산을 받쳐 차까지 오가며 빨래방 대형건조기에 의지했다. 빨래 챙겨 이동하고 건조되기까지 기다렸다가 돌아오면 반나절이 지나갔다. 고작 빨래에 이토록 많은 시간을 쓰는 것이 억울했다. 결국 건조기를 들였다. 주택에 살면서 건조기라니, 너무나 이중적인 사람이 아닐까 하며 가진 죄책감은 건조기에서 나온 바삭한 빨래를 만지는 순간 온데간데없이 증발해버렸다. 날씨와 관계없이 빨래가 해결되니 생활에 여유가 늘고 스트레스가 줄었다. 편리함에 감동하는 만큼 좌절도 컸다. 전기를 많이 쓸수록 지구는 더워지고 더워진 지구를 견디려면 다시 전기에 의존해야 하는 이 쳇바퀴에 결국 나도 올라탔다는 것을 깨달았다. 날로 심각해지는 기후위기가 나에겐 눈앞의 현실이다. 해를 거듭할수록 더 변덕스러워지는 날씨는 낡은 주택에서 사는 일을 더욱 어렵게 하기 때문이다.

얼마 전 텔레비전에서 기후위기가 주거 형태에 따라 차별적으로 영향을 미친다는 뉴스를 보았다. 외열을 측정하는 기계로 다양한 형태의 건물 외열을 측정했는데 최근에 지은 아파트일수록 외열이 낮았다. 단열에 우수한 도료와 외장재를 쓰기 때문이다. 반면 오래된 주택일수록 외열이 높았다. 집이 낡을수록 단열에 취약해서 똑같은 기온에도 실내 온도가 훨씬 높은 것이다. 오래되고 낡은 주택에 사는 사람들은 기후위기가 주는 문제에 더 심각하게 노출된다. 겨울엔 더 춥고 여름엔 더 덥고 습한 일상을 견디기 위해 신축 아파트에 사는 사람들보다 더 많은 가전제품이 필요하게 된다. 기후위기에서 살아가기 위해 더 많은 가전제품에 의존하게 되고, 전기를 더 쓸수록 기후위기가 심각해지는 악순환이 이어진다. 이 악순환은 내 일상에서 충실하게 재현되고 있다.

십이 년 전 이사 올 때부터 낡았던 집은 십이 년간 꾸준히 더 낡아갔다. 내 집이 아니다 보니 큰 틀을 건드리는 수리는 할 수 없어서 춥고 덥고 습한 환경을 무수한 가전제품에 의지하며 살고 있다. 아파트를 떠나 자연에 있는 주택으로 올 때는 자본과 문명에 조금은 덜 의존하는 삶을 꿈꾸었는데 지금 나는 아파트에 살 때보다 더 많은 전기와 가전제품에 둘러싸여 살아간다. 너무 크고 낡은 집을 얻었기 때문이라고 핑계를 대보지만 마음이 편치 않다.

좋은 터를 찾아서 적당한 크기의 집을 쓸모 있게 짓고 살았다면 전기에 덜 의존하며 살 수 있었을까. 겨울에 난방을 거의 하지 않아도 집이 훈훈하다는 언니의 아파트처럼 오히려 새 아파트가 자원을 덜 쓰는 집일까. 날로 심각해지는 기후위기 속에서 지구와 인간을 지킬 수 있는 집은 어떤 집일까. 바라건대 이 집을 떠나게 되면 그때는 정말 전기를 조금만 써도 충분히 쾌적하게 살 수 있는 집이면 좋겠다. 마음과 몸이 같이 편한 집, 사람도 좋고 지구에도 좋은 집을 고민하고 있다.

체력

내가 원한 건 마당 있는 집에서 텃밭 농사도 하면서 그저 소박하게 사는 것이었다. 억세게도 운이 좋아 마당에 텃밭까지 딸린 원하던 집을 얻었다. 예상치 못한 문제라면 하필 내가 얻은 집이 오백 평이 넘는 대지를 품고 있었다는 것. 앞마당은 승용차 다섯 대는 들어올 만큼 넓고 뒷마당도 작지 않다. 집과 마당을 뺀 나머지 땅은 모두 밭이다.

아들은 오랫동안 개를 키우고 싶어 했다. 말했듯이 이사도 오기 전에 개 두 마리가 생겼다. 남편은 닭을 키우겠다고 했다. 뒷마당엔 닭장이 생겼다. 닭은 금방 늘었다. 아이 셋을 데리고 이사한 것뿐인데 정신을 차리고 보니 개 두 마리와 닭 열댓 마리, 넓은 밭을 가진 대농장의 주인이 되어 있었다. 넓은 마당에서 뛰어노는 세 아이, 우리를 반기는 개 두 마리, 매일 알을 낳아주는 기특한 닭들과 감자와 푸성귀, 옥수수와 고구마 등 수많은 작물이 자라는 윗밭, 아랫밭, 옆밭.

아, 이 얼마나 평화롭고 복된 삶인가 싶겠지만 아뿔싸, 이건 그야말로 일복이 터지다 못해 넘치게 되었다는 뜻이었다. 남편은 새벽같이 출근해서 한밤에나 돌아왔다. 막내는 겨우 첫돌을 넘긴 아기였다. 종일 막내 하나 보살피는 일도 정신없는데 갑자기 커진 살림 앞에서 나는 쩔쩔맸다. 마당 있는 집에서 살고 싶다는 것과 마당 있는 집을 감당할 수 있다는 것은 전혀 다른 차원이었다. 내 소망이 얼마나 많은 능력과 책임을 요구하는 일인지 미처 몰랐다.

놀기 좋아하는 아들에 엄마랑 같이 있고 싶어 유치원도 안 가고 곁에 붙어 있는 둘째도 손이 많이 갔다. 농사는 말할 것도 없었다. 한 고랑 풀 매고 돌아서면 옆 고랑 풀이 넘치고, 작은 밭 귀퉁이 손 보고 일어서면 다른 밭들은 풀숲에 가려 보이지도 않았다. 집 안팎으로 일이 넘칠 땐 한 끼쯤 건너뛰면 좋으련만 밥때는 꼬박꼬박 돌아왔고 뛰노는 아이들은 수시로 먹을 것을 찾았다. 부엌에서 널을 뛰며 밥을 해서 세 아이 먹이는 일도 고달프지만 개들이며 닭들 돌보는 일도 만만치 않았다. 겨울이 되면 물통은 계속 얼어붙고 먹을 물이 없으면 개고 닭이고 아우성을 쳤다. 한눈팔다 보면 사료가 떨어져 있곤 했다. 필요한 건 죄다 시내까지 나가서 사 와야 하는 생활이었다.

한겨울에 이사 와서 힘들게 첫 겨울을 난 후 농사가 시작되었다. 매일 할 일들이 쏟아졌다. 꾸역꾸역 해내다가 그만 몸에 탈이 났다. 체력이 고갈되면서 면역력이 바닥을 치자 대상포진이 나타났다. 온몸이 고문당하는 것 같은 끔찍한 통증으로 정신을 차릴 수 없었다. 엄마가 얼마나 아픈지 알 리 없는 막내는 계속 나를 부르며 품을 파고드는데 그토록 귀여운 막내조차도 밀어내고 싶을 만큼 아팠다. 그런데도 움직이지 않을 수 없었다. 농사와 청소는 모른체할 수 있었지만 아이들 먹이고 돌보는 일은 그럴 수 없었다. 맘 놓고 아플 수도 없으니 서러웠다. 울며불며 그날들을 견뎠다. 간신히 몸을 추스르고 나자 무서워졌다. 내가 아프면 이 집에서 사는 것은 끝이라는 생각이 두렵도록 선명하게 내 속을 파고들었다. 아파트에 살 때는 주위에 사는 지인들 도움을 종종 받았다. 내가 아프면 아이들을 싹 데려가 밥도 먹이고 놀아도 주는 고마운 이웃들이 있었다. 밥을 못 해 먹을 땐 반찬도 해주고 죽도 끓여다 줬다. 어린아이 키울 때는 멀리 있는 가족보다 가까이 있는 이웃의 도움이 더 요긴하다. 그러나 아파트를 떠나면서 그런 생활도 끝났다. 내 발로 모두 버리고 왔다.

방법을 찾아야 했다. 이 집에서 오래 살기 위해 가장 필요한 것은 결국 체력이었다. 모든 일을 다 해낼 수는 없지만 최소한 집이 돌아갈 수 있도록 움직이려면 체력이 좋아야 했다. 체력, 무엇보다 힘을 길러야 했다.

일상에서 힘 쓸 일은 넘쳤다. 닭 먹일 사료가 떨어지면 농협 자재 창고로 달려가 사료를 사 왔다. 이십 킬로나 이십오 킬로짜리 사료 포대를 어깨에 짊어지고 닭장으로 옮겨서 사료를 부어주려면 튼튼한 허리와 어깨가 필수였다. 한여름에 남편이 출장 중일 때 집중 호우라도 내리면 산에서 흘러내리는 물이 닭장 쪽으로 가지 않게 고랑을 내느라 빗속에서 삽질을 했다. 아이들은 어리고 남편은 멀리 있다고 징징댈 수 없었다. 갑자기 줄이 풀려 마을로 달아나버린 개를 찾아 다시 끌고 올라와 더 단단하게 묶는 일에도 어마어마한 힘이 필요했다. 겨울에 남편이 집을 비우면 장작을 나르고, 때로는 서툰 도끼질도 하게 된다. 닥치면 어떤 일이든 해내야 하는 게 전원에서의 삶이다.

크고 넓은 집에서는 온갖 일이 다 일어났다. 주중에는 늘 야근이고 주말에도 고단해 하는 남편이 도와줄 수 있는 일은 한계가 있었다. 밭일 하느라 어깨며 허리가 아프다고 살림을 안 할 수 없었다. 농사일이란 게 하루 왕창 했다고 끝나는 게 아니다. 매일 해야 할 일이 있다. 한 번 일하고 아프면 아무 소용이 없다. 안 아프기 위해 노력해야 했고 집안일에 필요한 체력을 유지해야 했다.

그렇게 많은 일을 어떻게 다 하냐고, 그러다가 몸 상한다고, 병나겠다고 사람들은 걱정한다. 그러나 이 집 덕분에 건강을 지키며 산다. 늘 몸에 대한 긴장을 놓지 않게 하는 집이기 때문이다. 내가 원해서 들어온 집이다. 이런 일까지 할 줄은 몰랐지만 그게 핑계가 될 수 없다. 몰랐건 아니건 이미 선택한 삶이고 이 생활이 주는 모든 일을 어떻게든 감당해야 하는 건 내 책임이다. 그러니까 애써야 한다. 건강에 많은 신경을 쓴다. 부지런히 몸을 움직인다. 밭에서 유난히 힘들게 일을 하고 온 날은 아무리 바빠도 자기 전에 오래 스트레칭을 한다. 뭉친 근육을 풀어놓지 않으면 다음 날, 아니 며칠 후까지 후유증에 시달린다. 동네에서 하는 운동 프로그램 야간 강좌를 등록해서 열심히 다녔다. 힘들고 고단해도 빠지지 않았다. 관리하지 않으면 살 수 없다. 낮엔 아이들과 동네를 산책하고 종종 세 아이와 산길을 걸어서 시내를 오간다. 따로 운동할 시간을 낼 수 없을 땐 살림하면서 틈틈이 몸을 움직인다. 일을 하면서도 수시로 어깨를 돌리거나 늘려서 근육을 푼다. 매일 팔굽혀펴기도 한다. 코로나 전까지는 정기적으로 인바디로 몸 상태를 측정했는데 생체 나이가 평균 오 년 정도 젊게 나오곤 했다. 근육량이나 체지방도 늘 정상이었다.

인간의 근력은 쓰면 쓰는 대로 늘어나고 최소한 유지된다. 무엇보다 내가 아프면 안 된다는 긴장과 조심이 나를 단련시켰다. 이 집에서 산 십이 년 동안 크게 다치거나 오래 아프지 않았다. 남보다 더 힘든 환경이지만 그 덕에 몸을 관리하고 단련시키는 일에 꾸준히 정성을 들일 수 있었다. 근사한 피트니스 센터에서 멋들어진 헬스 기구를 들어 올리는 대신 먼지 풀풀 날리는 사료 포대를 어깨에 져 나르는 게 폼은 덜 날지 몰라도 힘 기르는 덴 그저 그만이다. 힘든 일이라고 남편에게만 의지하지 않고 어떤 일이든 체력이 닿는 한 같이 한다. 덕분에 반백 살이 넘었지만 여전히 제법 근사한 이두박근을 가지고 있다. 다 이 집 덕분이다. 크게 힘들 일 없는 환경이 더 좋아 보여도 인간의 몸은 그렇게 단순하지 않다. 내가 해야 할 일이 있고, 해낸 만큼이 선명하면 내 몸에 대한 자부심과 고마움도 커진다. 그런 몸을 지키기 위해 꾸준히 애쓰게 된다.

힘든 집을 얻어서 힘들게 살고 있다. 힘을 쓰며 살고 힘을 키우며 산다. 몸을 움직이고 잘 다루고 더 세지기 위해 관심을 기울이다 보면 어느새 더 큰 힘이 생겨난다. 그렇게 만드는 집에서 살고 있다.

농사

집을 계약할 때 주인 어르신은 텃밭 농사도 꼭 지어야 한다고 다짐을 받았다. 집 주변이 다 밭인데 놀리고 묵히면 땅도 집도 금방 망가진다는 이유였다. 당연히 그래야죠, 맞장구를 쳤다. 텃밭 가꾸는 게 꿈이었다고, 염려하지 말라고 목에 힘을 주었다. 갓 딴 신선한 채소로 상을 차리고 유기농으로 키운 토마토며 오이를 따 먹는 상상을 얼마나 많이 했던가. 텃밭 농사야말로 마당 있는 집을 얻고 싶어 했던 가장 큰 이유 가운데 하나였다. 주인은 미심쩍어했다. '어린애 셋에, 더구나 막내는 아직 돌도 안 지났다면서 이 애들을 데리고 큰 집 건사하는 일만 해도 벅찰 텐데 농사까지?' 하는 표정이었다. 나는 자신 있다며 방긋 웃었다.

큰아이 세 살 때 자연을 경험시키겠다며 야심 차게 주말농장을 시작했다가 폭삭 망쳤던 일 따위는 기억나지도 않았다. 고작

다섯 평이었다. 일주일에 한 번씩 들러 농사 흉내 내다가 장마 지나고 다시 갔는데 우리 밭을 찾지도 못했다. 온 밭이 내 키만 한 잡풀로 뒤덮여 있었던 것이다. 그랬던 내가 대지가 오백사십여 평인 저택을 얻었다. 밭 면적만 이백 평이 넘는데 큰 집 관리하며 농사까지 짓는 게 얼마나 어려운지 알지 못했으므로 무조건 자신 있다고 큰소리친 것이다. 무지할수록 용감한 법이다. 어릴 때 시골에서 살아서 익숙하다는 말에 집주인은 농부의 딸쯤 되는 줄 안 모양이다. 사실은 농촌에서 자랐을 뿐 우리 집은 농사를 짓지 않았다. 강릉 시내에 살면서 일찌감치 장사를 시작한 부모님 밑에서 자란 남편도 마찬가지였다. 농사에 대해서 아는 건 없으면서 그냥 자신만 넘치는 아내와, 새벽에 회사로 출근해서 한밤에 돌아오는 남편이 어느 날 갑자기 대농장의 주인이 되었다. 인생이란 이렇게 느닷없이 극적이다.

마침 이웃에 전국귀농운동본부 사무실이 있었다. 전국귀농운동본부면 귀농을 꿈꾸는 사람들을 지원하는 다양한 활동을 하는 단체 아닌가. 당장 회원으로 가입했다. 마을에 농사 전문가들이 있다니 든든한 응원군을 만난 기분이었다.

아직 바람이 쌀쌀하던 삼월 어느 날, 귀농운동본부에서 간사로 일하는 현솔 아빠에게 밭 만드는 법을 배웠다. 무슨 비결이라도 있나 했는데 아무것도 없었다. 삽으로 내가 원하는 넓이만큼 묵묵히 땅을 뒤집어엎는 일만 반복했다. 간사로 일하면서 사무만 본 모양인지 믿었던 현솔 아빠도 삽질하는 폼이 영 어색했다.

남의 땅을 얻어 농사를 처음 시작하는 초보 농사꾼에게 그럴듯한 농기계가 있을 리 있나. 우리에겐 삽 몇 자루와 호미 두어 개가 고작이었다. 남편은 『대지』에 나오는 왕룽처럼 땀을 흘려가며 땅을 일궜다. 그럭저럭 네모난 밭 몇 개를 만들고 제일 먼저 열무씨를 뿌렸다. 밭 갈고 씨를 뿌린 것만으로 몹시 흐뭇해서 큰일 한 것처럼 우리 자신을 대견해했다. 그렇게나 철이 없었다.

비가 몇 번 지나는가 싶더니 어느새 열무가 푸르게 자라났다.

…아니, 씨 한 줌 뿌렸는데 이렇게 뭐가 많이 나? 이러다 곧 열무 부자 되겠는걸?

열무는 쑥쑥 자랐다. 자라고 또 자라 밭을 가득 덮었다. 신이 났다. 그런데 그걸로 뭘 해야 할지 몰랐다. 그때까지 김치는 주로 친정 엄마에게 얻어먹고 있어서 열무김치를 담글 줄 몰랐다. 애들도 어려서 김치를 많이 먹지 않았고 남편은 하루에 한 끼나 먹을까 말까 한데 열무는 김치냉장고를 다 채우고도 넘칠 만큼 자라났다. 우린 참말이지 아무 계획도 없이 농사를 시작했던 것이다. 필요한 만큼 심고 때가 되면 자란 것을 거둬서 김치도 담고, 삶거나 말려서 저장도 해야 하는데 그런 일엔 아무 지식이 없었다. 그저 씨 뿌려놓고 잘 자란다고 손뼉 치며 좋아만 했다. 결국 처음 기른 열무는 먹지도 못하고 웃자라 뽑아버렸다.

농사라는 게 절기마다 심고 거둬야 할 작물이 달라서 한 가지가 끝나면 다른 것을 이어 심어야 한다. 그런데 우린 먼저 심은 것도 제대로 못 챙기다 보니 밭이 금세 엉망이 되었다. 풀은 무섭게 자라 작물을 다 가렸다. 날이 가물면 물 주기가 고역이고 장마가 길면 작물이 녹아버리거나 썩었다. 오이도, 가지도, 옥수수도 제때 수확하지 않으면 덜 여물거나 너무 자라서 먹을 수 없었다. 땅콩은 두더지가 파먹고 첫 옥수수는 까치들에게 바쳤다. 콩 싹은 고라니가 말끔히 뜯어 먹었다. 잎을 파먹고 새순을 뜯어 먹고 뿌리를 갉아 먹는 벌레들도 셀 수 없이 많았다.

…아, 농부들은 이런 일을 어떻게 하는 걸까. 농사만 지어 먹고 사는 일은 정말 어렵구나.

한탄이 절로 나왔다. 우리 밭은 풀과 벌레 탓에 수확할 것이 변변찮은데 이웃 밭들은 어쩌면 그렇게 말끔하고 싱싱해 보이는지, 제때 돌보지 않은 우리 책임은 잊고 땅이 안 좋다느니 날씨가 안 도와준다느니 핑계만 대면서 제대로 농사를 배우는 일은 게을리했다. 결국 우리 밭농사는 포기하고 마을 할머니가 가꾼 푸성귀들을 사 먹곤 했다.

밭 관리는 해 뜨기 전에 해야 하는데 늘 밤늦도록 책 읽네 글 쓰네 하며 늦게 잠드는 나는 아침에 일어나 애들 등교 준비시키는 일로도 허덕인다. 그러다 보니 땡볕에 풀을 매는 일이 다반사다. 게다가 풀도 자주 못 매면서 기계와 비닐을 사용하지 않는 농법을 강조하는 전국귀농운동본부 회원이라 밭을 비닐로 덮는 일엔 펄쩍 뛴다. 다른 밭들은 모두 비닐로 말끔하게 덮고 구멍 낸 곳에만 작물을 심어 수월하게 풀 관리를 하는데 나는 친환경이랍시고 비닐을 쓰지 않으니 작물보다 더 왕성하게 자라는 풀과 씨름하느라 진이 빠진다. 풀에 뒤덮인 우리 밭은 늘 이웃 농부들의 걱정과 한숨의 대상이다. 그래도 농약은 싫고 비닐도 싫고 제초제는 끔찍하다. 물론 이렇게 배짱을 부릴 수 있는 것은 농사가 주업이 아니기 때문이라는 것을 안다. 밭에서 나는 만큼만 먹어도 넘쳐서 기를 쓰고 노력할 필요가 없기에 내 농사는 십이 년째 초보를 벗어나지 못하고 있다.

세 아이 건사하면서 살림하랴, 학교와 마을의 이런저런 단체 일도 맡고 글도 쓰랴, 너무 바쁘고 힘들어서 내년엔 농사짓지 말아야지 결심하곤 한다. 그런데 겨울 지나 봄이 오면 또 지난해 힘들었던 것은 싹 잊고 새로 씨 뿌리고 모종 심을 생각에 들뜬다. 십이 년째 실력은 초짜 농부이면서 너른 땅을 그냥 놀릴 수 없다는 마음만은 베테랑 농부다. 올해는 이웃이 경운기로 밭을 싹 갈아주었다. 덕분에 역대 최고로 많은 작물을 심을 수 있었다. 조금만 하자 했는데 막상 단정하게 간 밭을 보니 빈 곳을 두는 게 아까운 생각이 들어 뭐라도 심게 됐다. 결국 고구마를 사백 주나 심고 옥수수도 어느 해보다 많이 심었다. 완두콩도 땅콩도 잔뜩 심었다. 욕심껏 심긴 했는데 이 넓은 밭, 풀은 다 어떻게 매나 걱정이다. 뭐 늘 그랬듯이 할 수 있는 만큼만 하겠지. 가끔 볼 수 없을 지경이다 싶으면 작정하고 매달려 풀을 뽑느라 땀을 뻘뻘 흘릴 것이고, 세게 하루 일하고 며칠씩 골골거리면서 또 그렇게 지나갈 것이다. 그래도 틈틈이 밭을 둘러보다 보면 어느새 주저앉아 풀을 뽑고 있다. 서툰 농사지만 오래 하는 동안 자연스레 밴 습관이다. 남편도 전보다 훨씬 몸과 마음을 내서 밭을 돌보고 있다. 이제 언제든 이 집을 떠날 수 있다는 것을 떠올리면 집만큼 밭에도 새삼 애착이 생기는 모양이다.

수확은 변변찮았지만 십이 년간 비닐과 농약, 비료도 쓰지 않고 농사를 지어온 점은 스스로 칭찬하고 있다. 유난히 우리 밭에 벌레와 동물이 많이 보이는 것도 그 이유 때문일 거다. 뱀과 두꺼비를 밭고랑에서 만나고 꿩과 고라니와 마주치는 밭. 우리 다섯 식구뿐만 아니라 셀 수 없는 생명을 먹여 살려온 땅에 깊은 애정과 감사한 마음을 품고 있다. 우리가 돌보고 우리를 키워온 땅, 이곳을 떠나도 내 몸은 봄이 오면 땅을 갈고 씨를 뿌리던 일을 기억하고 또 어딘가에 무엇을 심을 생각에 들뜨지 않을까. 바라건대 어디에 살든 심고 가꾸고 돌보는 사람으로 살다 죽고 싶다.

풀

화제가 되었던 드라마 〈나의 해방일지〉에서는 경기도 외곽 도시에서 서울로 출퇴근하는 세 남매의 고단함이 자주 그려진다. 5화에서는 근무 후 술자리까지 마치고 늦게 귀가한 큰딸 기정이 옷을 입은 채로 침대에 쓰러지면서 이렇게 말하는 장면이 나온다.

"내가 죽으면 서울로 출퇴근하다 죽은 줄 알어."

매일 장시간 버스와 전철에 시달리는 출퇴근길이 얼마나 힘든지 드러나는 장면이다. 염기정의 대사를 지금의 내 상황으로 말하자면 '내가 죽으면 풀 뽑다 죽은 줄 알어'가 되겠다. 그렇다, 풀! 풀 때문이다, 이 집에서 사는 게 너무너무 힘든 이유는.

오백사십 평 대지 위에 서 있는 집은 집터를 제외한 모든 곳이 땅이고 땅엔 무조건 풀이 돋는다. 시멘트를 부어버리지 않는 이상, 바닥에 벽돌을 깔든 인조석으로 덮든 세월이 지나면 다 똑같다. 안데르센의 동화에서도 새총에 장전되어 날아간 완두콩이 창틈에 날려 와 그 틈에 쌓인 보잘것없는 흙에서도 싹을 틔우지 않던가. 생명의 강인함은 금 간 콘크리트 사이로도 새싹을 밀어 올린다. 마당은 인조석이 깔려 있지만 세월이 지나면서 인조석도 깨지고 사라져서 풀씨들은 한참 전부터 인조석 틈 사이로 기세 좋게 돋아나고 있었다. 앞마당뿐이랴. 자주 드나들지 않는 집 뒤 장독대 주변엔 더 먼저 풀들이 자라서 한여름에 고라니가 등장할 정도다. 마을 주변에 살아도 인기척이 있는 곳엔 여간해서는 나타나지 않는 고라니들도 풀이 무성하게 우거진 고요한 장독대 주변은 안전하다고 느끼는 모양이다. 뒷마당은 허물어져서 시늉만 남은 시멘트 담장을 돌아 위쪽 밭으로 이어지고, 밭은 바로 산자락으로 통하니까 고라니는 초록 그늘을 따라 뒷마당까지 내려올 것이다. 뒷마당을 향해 난 통창으로 제 모습이 다 보이는 줄도 모르고 우거진 풀들과 대나무 사이를 느긋하게 어슬렁거리다 사라진다.

아무튼 남들은 논밭의 풀만 걱정하면 되지만 이 집은 다르다. 매일 제초기를 돌리고 몇 시간씩 뽑아대면 단정하겠지만 제초기를 쓸 줄 아는 남편은 새벽에 나가 한밤에 퇴근한다. 주말은 밀린 잠을 자기에도 부족하다. 한창 풀이 자라는 여름엔 폭염과 장마로 일하기가 어렵다. 그나마 새벽이나 저녁나절에 움직여야 하는데 늘 피곤한 남편에게 그 시간마저 나가서 일하라고 등 떠밀 수는 없다. 집에 있는 내가 틈틈이 해야 하지만 일할 시간 마련하기가 쉽지 않다.

며칠 모른 척하며 지내다가 도저히 안 되겠다 싶을 때 작정하고 풀을 뽑으러 간다. 아무리 불볕더위라도 밭에 들어갈 땐 온몸을 다 가려야 한다. 장화에 긴바지 긴소매 옷을 입고 목까지 단추를 채우지 않으면 벌레의 공격을 당해낼 수 없다. 지난해 마당 풀을 뽑다가 무슨 벌레에 물렸는지 온몸이 빨간 반점으로 뒤덮이고 끔찍한 가려움증으로 고생한 것을 생각하면 더운 것 따지기보다 야무지게 여며 입는 게 낫다. 손에는 장갑을 끼고 머리에는 모기장 달린 모자까지 쓰면 아무 일도 안 했는데 벌써 땀이 줄줄 흐른다. 그래도 비장한 마음으로 호미와 물을 챙겨 밭으로 오른다. 무성하게 우거진 풀밭에 앉아 호미를 휘두른다. 일단 시작하면 두어 시간은 기본이다. 긴 풀은 잡아 뜯고 억세게 얽힌 뿌리들은 호미로 파낸다. 뽑아낸 풀은 흙을 털어 다시 땅에 덮어둔다. 흙이 덜 마르고 풀이 더디 자라라는 뜻에서다.

독한 풀모기들은 옷 따위에 물러서지 않는다. 쪼그려 앉아 일하느라 팽팽하게 당겨진 등과 엉덩이, 허벅지 같은 곳을 기가 막히게 문다. 작고 날쌔서 모자에 드리워진 모기장 안으로도 휙휙 들어온다. 분명 모기장을 치고 일하는 중인데 바로 눈앞에서 모기가 왱왱거릴 땐 정나미가 뚝 떨어진다. 모기를 제대로 막기 위해서는 레벨 D등급의 전신 방호복이라도 입어야 할 판이다. 가볍고 헐렁하면서 바람은 잘 통하지만 모기는 절대 뚫을 수 없는 옷을 누가 좀 발명해주면 좋겠다. 전국 농민들, 아니 전 세계 농민들한테 어마어마한 사랑을 받을 테니.

그런 게 있을 리 없는 나는 별수 없이 땀은 땀대로 흘리고 힘은 들일 대로 들이면서 모기한테까지 뜯겨가며 일한다. 집에 와 살펴보면 수십 군데 물려 있다. 이 지경이니 말같이 큰 아이 셋이 있어도 풀 뽑으라는 말을 못한다.

드라마의 주인공들은 갖가지 오묘한 삶의 굴레에서 해방되기를 꿈꾸지만 나는 단순하다. 풀에서 해방되고 싶다. 풀 뽑을 일만 없다면 이 집에서의 삶의 질이 수십 배는 올라갈 것이다.

이토록 징그러운 풀인데 고백하자면 실은 나는 풀을 존경한다. 경외한다. 풀엔 진작 고개 숙였다. 풀은 절대 이길 수 없다. 무엇보다 풀이 넘치는 집에 사는 동안 풀이 가진 한없는 생명력에 압도되었다. 풀을 겪을수록 풀에 대한 앎도 늘어갔는데 알아갈수록 감탄하게 됐다. 풀은 정말이지 위대하다.

아무리 가물어도 풀은 자란다. 작물들은 시들어가고 맥을 못 추는데 풀은 독기를 모아가며 고개를 든다. 똑같은 생명인데 사람이 심은 건 왜 이렇게 약하고 저절로 자라는 것들은 어쩌면 그토록 강한 것일까.

생각해보니 아이 키우는 일도 똑같았다. 부모가 심어주고 싶어 애쓰는 것들은 뿌리조차 내리지 못하는데 타고난 기질은 어찌나 단단하고 깊은지, 결국은 저답게 커가지 않던가. 아이가 타고난 기질대로 살아가도록 믿어주고 지켜주는 게 부모 역할이라는 것을 깨닫기까지 많은 시행착오를 겪었다.

풀은 환경을 탓하지 않는다. 넓은 땅, 촉촉한 땅 가리지 않는다. 우물 가장자리 깨어진 시멘트 틈 사이, 매일 밟고 지나가는 콘크리트의 갈라진 틈에서도 꽃을 피운다. 오히려 척박하고 가혹한 환경에서 자랄수록 악착같이 버티고 견딘다. 풀은 뽑혀 나가는 순간에도 씨를 떨군다. 생명이 끝나는 순간에도 후일을 도모한다. 어쩌면 내가 열심히 뽑는 것이 풀로 보자면 더 많은 자손을 퍼뜨리는 일인지도 모른다. 가물수록 풀들은 뿌리를 더 깊게 내려 땅속 깊은 곳의 아주 미세한 물의 입자들까지 끌어모아 가며 견딘다. 바늘귀만 한 희망이라도 포기하지 않는다. 오래 가물다가 한 번씩 비가 흠씬 내리면 가느다란 뿌리로 물기를 꼭 움켜쥐고 긴 마른날들을 버틴다. 다 말라비틀어진 것처럼 보여도 한 번의 비로 금방 생생해져 자라고 자라는 일을 이어간다.

물론 풀은 그 자체로 땅속에 숨을 불어넣어주고 수많은 벌레들의 안식처가 되기도 한다. 풀뿌리 밑에 개미들은 집을 짓고 애벌레들이 모여든다. 많은 날벌레가 풀뿌리 아래에 알을 낳아 기른다. 풀이 우거진 곳에서 지렁이들이 쉬고, 뱀들도 똬리를 튼다. 나는 고작 세 아이 먹이고 키우느라 애쓰지만 풀들이 살려내는 것들은 셀 수 없이 많다. 아무리 혹독한 환경에서도 풀은 다시 일어선다. 풀들은 땅속에서도 자기들끼리 손을 꽉 붙잡고 있다. 어느 하나를 뽑아낼라치면 다른 것들이 악착같이 엉켜서 붙들어준다. 그래서 풀 뽑기가 힘들지만 풀뿌리와 씨름하다 결국엔 겸손해진다. 그 단단한 연대에 고개를 숙이지 않을 수 없다. 풀 한 포기 뽑아낸 자리는 곧 다른 풀들로 메워진다. 절대 빈 채로 두지 않는다. 민초(民草)라는 말이 괜히 나온 게 아니다. 작고 보잘것없어 보여도 보이지 않는 곳에서 서로를 지탱해주고 붙들어주며 태산 같은 권력들에 맞서지 않았던가.

그러니 얘들아, 부디 풀처럼만 살아다오. 기후위기는 더 심각해지고, 식량위기에 안보위기, 핵 위험도 커지는 세상이지만 어떤 세상이 와도 풀처럼 견디고 살아남아 더 무성하게 번지고 커가면 좋겠다. 내 것에 불평만 하고 있지 말고 어떤 환경에서든 가능성을 더 많이 볼 줄 알기를, 태양이 이글거릴수록, 세상이 혹독하게 내리누를수록, 서로 붙잡은 손에 더 힘을 주고 함께 맞서고 견뎌서 이겨내기를 바란다. 아무쪼록 풀 뽑다가 인생의 진리 하나를 깨친 엄마처럼 풀에서도 뭔가 배우는 사람으로 커다오. 우리가 깨우쳐야 할 가장 중요한 것들은 우리 발아래 있단다.

친구들아 모여라

큰 집을 얻은 후에 내가 제일 열심히 한 것이 사람들을 집으로 초대하는 일이었다. 이 일이야말로 내가 이 집에서 애쓰며 사는 보람을 진하게 느끼게 한다. 친지와 가족뿐만 아니라 마을 사람과 독자들도 불렀다. 그러나 누구누구 해도 우리 집을 제일 많이 찾은 건 아이들이다. 마음껏 놀기 좋은 집이기 때문이다.

아이들이 자라면서 다른 집에서 하루를 보내는 경험은 소중하다. 다른 공간, 다른 어른, 다른 환경에서 지내면서 제 집안의 규칙에서 벗어나 마음껏 먹고 늦도록 놀며 신나게 풀어져보는 시간이란 얼마나 근사한가. 아파트가 많은 도시의 공동 주거 환경에서는 이런 경험이 쉽지 않다. 아이들의 넘치는 에너지와 호기심이 가장 편안한 '집'이라는 공간에서 마음껏 발산되어야 하는데 그게 안 되기 때문이다. 층간 소음, 벽간 소음 때문에 늘 조심하며 에너지를 억눌러야 하는 것은 아이들에게 참 가혹한 일이다. 그래서 내가 한다. 나는 한다. 이것이 마당 넓은 큰 집을 얻어 사는 사람의 염치라고 생각해서.

우리 집은 많은 사람이 모여 놀기 좋다. 마당도 넓고, 홀로 언덕에 우뚝 서 있는 큰 이층집이라 위층을 아이들한테 통째로 내줄 수도 있다. 그럭저럭 열댓 명 정도는 잘 공간도 있고, 여기저기서 필요 없다고 할 때마다 받아놓은 그릇과 이부자리도 넉넉하다. 아이들이 좋아하는 커다란 개와 닭도 있고, 집 근처에는 산책하기 좋은 저수지며 오솔길도 있으니 그야말로 아이들에겐 꿈의 공간이다.

아파트에 살면서 모두 비슷한 집만 보다가 색다른 공간을 경험할 수 있는 것도 아이들이 신나 하는 이유다. 내가 어려서 여러 친구 집을 다니며 놀 땐 창고가 있는 집, 옥상이 있는 집, 다락방이 있거나 마당에 개가 있는 집처럼 친구들 집은 다 조금씩 달랐다. 좁은 방, 기다란 방, 천장이 낮은 방처럼 방마다 특색이 있었다. 똑같이 생긴 집은 드물었다. 그래서 재밌었다. 가난하든 넉넉하든 늘 새로운 공간에서 우리는 지치지도 않고 놀았다. 공간이 다르면 같은 놀이도 다르게 느껴진다. 아이들에게 좋은 공간은 깨끗하고 편리한 곳보다 재미나고 흥미로운 곳이다.

우리 집에 온 아이들의 첫 번째 모험은 화장실을 찾는 일이었다. 희한하게 각이 진 복도로 이어진 방문들이 다 비슷해서 한 번에 찾지 못했다. 그래서 화장실 문만 파랗게 칠했다. 아이들은 손을 씻기 위해 파란 문을 찾는 것부터 재밌어한다. 다른 공간을 경험한다는 것은 이렇게 사소하고 단순한 일이 특별해지고 즐거워지는 일이다.

지난 오월에 큰 손님을 치렀다. 아들이 다니던 대안학교 아이들이 놀러 와 하룻밤 자고 간 것이다. 매년 여름과 겨울 방학이면 학교 친구들을 초대하곤 했다. 우리 가족이나 학교 아이들 모두 이 초대를 무척 고대한다. 진짜 신나고 즐거운 시간이기 때문이다.

매년 해오던 일을 코로나 기간에는 멈출 수밖에 없었다. 일 년이면 백 명이 넘는 사람들이 오가던 우리 집이 적막해졌다. 친구를 부를 수 없는 것, 사람들을 편하게 만날 수 없는 것은 쓸쓸하고 울적한 일이었다. 다행히 이번 봄부터 거리두기 상황이 나아져 사람을 만나고 어울리는 일이 가능해졌다. 우린 누구보다 먼저 이 년간 부르지 못한 아들 학교 친구들을 부르기로 했다.

모임 일주일 전부터 온 집 안을 대대적으로 치웠다. 코로나 기간 내내 사용하지 않던 이층의 묵은 먼지를 몇 번이나 닦고 구석구석 쌓인 잡동사니를 들어냈다. 일층도 싹 치웠다. 놀러 오는 아이들에 우리 식구까지 스무 명이 넘는 사람이 하룻밤을 같이 지내기 위해서는 집 전체가 다 필요하다. 부엌의 그릇들이 다 나오고 덮고 잘 수 있는 모든 이부자리가 동원된다. 그만큼 큰 행사다.

아이들은 오후부터 도착하기 시작했다. 아직 학교에 다니는 아이부터 몇 해 전에 졸업해서 이제 성인이 된 아이까지 함께 어울린다. 열일곱부터 스물다섯까지의 아이들 열일곱 명에 우리 식구 다섯, 여기에 마을에 사는 한 학생의 가족까지 스물네 명이 모이는 큰 자리가 되었다. 아이들은 회비를 모아 먹을 것을 넉넉히 사 왔다. 남편은 이른 저녁부터 마당에 불을 피워 고기를 구웠다. 나는 압력솥과 전기밥솥을 동원해가며 서른 명분의 밥을 지었다. 내가 담근 파김치와 명이나물 장아찌는 큰 인기를 끌었다.

모닥불을 사이에 두고 성인이 된 아이들과 술잔을 기울였다. 사회복무요원으로 근무 중인 아이도 있었고, 카페와 옷가게에서 아르바이트를 하는 아이도 있었다. 돈 버는 일의 어려움, 처음 경험한 훈련소, 한창 빠져 있는 연애 이야기 등 아이들의 이야기는 생생하고 뜨거웠다. 여덟시에 아르바이트를 끝내고 오는 아이, 열한시에 퇴근하고 오는 아이도 있었다. 그 아이들 다 먹이느라 남편과 나는 자정이 넘은 시간까지 고기를 구웠다. 아이들은 실컷 먹고 즐겁게 취했다. 집에 갈 걱정 없이 마음껏 마시고 놀다가 함께 어울려 잘 수 있는 방이 있다는 게 얼마나 행복한 일인가. 모닥불은 오래 타올랐고 그 곁에서 아이들의 이야기도 무르익었다.

방에서도 놀이는 이어졌다. 이렇게나 큰 아이들이 여전히 유희왕 카드에 열광하고 보드게임에 빠져들고 스파이게임으로 밤을 새웠다. 이층 거실과 큰방에서는 밤이 깊도록 요란한 웃음과 함성이 터져 나왔다. 아이들이 즐겁게 노는 동안 잠자리를 준비했다. 아들 방, 딸 방에 일층 거실까지 내주고 우리 가족은 안방에 모여 잤다. 그래도 누구 하나 불평하지 않았다. 집에 손님이 오면 이 정도 불편쯤이야 당연한 일이라는 것을 안다. 사람들이 놀러 오면 누구보다 재미있게 노는 것이 우리 아이들이다. 제일 어렸던 딸들도 이제 큰 언니 오빠 틈에서 당당하게 같이 어울릴 수 있는 청소년이 되었다. 그 세월 동안 만나온 사람들이다. 아이들은 밤을 꼬박 새우고 새벽녘에야 잠이 들었다.

다음 날 느지막이 일어나 아침 겸 점심을 차렸다. 밥을 한 솥 하고 고구마를 굽고 라면 스무 개를 끓였다. 차례로 일어난 아이들은 실컷 먹고 같이 텔레비전을 보며 웃다가 오후가 되어 일어섰다. 이층을 말끔히 치우고, 이부자리를 개켜 안방으로 날라다 주고 분리수거 할 쓰레기까지 챙겨 들고 집을 나섰다. 헤어지기 전에 마당에서 함께 사진을 찍었다. 이 년 새 성큼 자란 아이들이 초록 그늘 아래서 눈부시게 웃었다.

"이모, 이사 가지 마세요. 이 집에서 오래오래 살아주세요."

"어머님, 가을에 또 불러주세요. 꼭이요!"

아이들은 진심으로 감사하며 몇 번이나 허리를 숙여 인사하고 손을 흔들며 언덕을 내려갔다. 우리 가족도 언덕 끝에 서서 오래오래 손을 흔들어주었다. 남편과 나는 많은 손님을 대접하고 챙기느라 새벽까지 고단하게 움직였지만 이때만큼 서로가 한 팀이라는 끈끈한 정을 느끼는 때가 없다. 같이 마음을 내고 애쓰는 게 고마워서 한 번씩 큰 손님을 치를 때마다 서로에 대한 감사와 애정이 깊어진다.

요즘 젊은이들 참 문제 많다고, 이해하기 어렵다고들 하지만 내가 겪은 아이들은 배우고 일하고 사랑하느라 매 순간 분투하는 기특한 아이들일 뿐이다. 열심히 살면서도 친구가 좋고, 함께 어울리면 즐겁게 노는 일에 최선을 다하며, 솔직하게 자신을 보여주는 건강한 아이들이다. 이 아이들에게 필요한 것은 맛있는 음식과 마음을 나눌 친구, 뛰고 거닐 수 있는 마당과 약간의 색다른 모험거리들, 충분히 놀 수 있는 시간과 장소, 그리고 부모와는 다른 방식으로 애정을 전하고 지켜보는 어른들이다. 이따금 새로운 공간과 새로운 환경에서 다른 숨을 쉬는 것만으로도 아이들은 행복을 채워간다.

예전에는 동네마다 편한 집이 한 곳씩 있었다. 내 부모보다 조금 더 너그럽고 조금 더 많은 걸 허용하고 더 인자한 그런 어른이 있는 집 말이다. 그런 집일수록 동네 아이들이 모이고 청년들이 모이고 같이 웃고 어울리며 각자 지닌 어려움을 드러내고 다른 이의 지혜에 귀를 기울였다. 내 부모가 내게 소홀해도 다른 어른의 보살핌이 있어 누구나 그럭저럭 힘든 시절을 넘길 수 있었다. 이 시대를 살아가는 아이들에게도 그런 집과 어른이 필요하지 않을까. 내 집에서 할 수 없는 일들을 할 수 있고 내 집에서 놀던 방식과 다르게 놀아볼 수 있는 집. 내 부모에게 말할 수 없는 것도 슬쩍 말해볼 수 있는 어른. 우리 집이 그런 집이길, 내가 그런 어른이길 바란다.

이 집에서 언제까지 살 수 있을지 모르지만 이 집에 사는 한, 내 집이 많은 사람에게 편하고 즐겁고 설레는 곳이면 좋겠다. 내 아이가 수없이 다양한 사람과 함께 이 공간에서 어울리며 자랄 수 있으면 좋겠다. 더 많은 아이들이 우리 집에 와서 모험을 누리고, 우리 개를 자기 개처럼 아끼며 같이 마당을 뛰고, 모닥불 앞에서 밤새 웃고 노래하며 즐겁게 놀 수 있기를 바란다. 그런 일 때문에 조금 더 바빠지고 조금 더 고단해지는 것쯤 얼마든지 감수할 수 있다. 힘들지 않냐고 걱정하는 사람들도 있지만 이 집에 살면서 그런 일을 감당할 능력과 마음도 함께 커졌다. 이 집을 오간 수많은 사람이 나를 그렇게 넉넉하고 능력 있는 사람으로 만들어주었다.

이 집 이후에 어떤 집에서 어떻게 살지 알 수 없지만 아마도 이 집이 내 인생에서 누릴 수 있는 가장 크고 넓은 집일 테니 있는 힘껏 내 공간을 열어 사람들을 부르려 한다. 그들과 함께하는 일이 내 가족과 내가 받는 가장 큰 선물이라는 것을 알기에.

낭만이 우릴 구원할 거야

대학을 다니던 겨울이었다. 학교 근처 포장마차에서 친구들과 소주를 마시는데 갑자기 입구 쪽에 앉은 친구가 소리쳤다.

"애들아! 눈 와. 첫눈이야."

우린 비명 같은 환호성을 지르며 포장을 걷었다. 내내 묵직했던 하늘에서 밀가루 같은 눈이 떨어지고 있었다.

"우리 소주잔에 첫눈 받아 마실까?"

내 말에 모두 술잔을 허공으로 내밀었다. 포슬포슬한 눈발이 잔에 닿을 때마다 환호가 터졌다. 첫눈 담은 소주를 마시다니 너무 낭만적이지 않냐고 나는 열에 들뜬 얼굴로 말했다. 뭐 하나 내세울 것 없지만 낭만만큼은 절대 포기할 수 없던 시절이었다.

지금의 이 집이 그렇다. 낭만만은 넘쳐난다. 이런 집을 얻은 것은『빨강 머리 앤』의 열렬한 독자로 살아오는 내내 내 안에도 낭만에 대한 강렬한 추구가 있었기 때문이라고 생각한다. 결코 낭만을 포기할 수 없다는 마음이 아니고서야 수많은 현실적인 문제에 눈 감고 귀 막은 채 무조건 이 집을 염원할 수 없었을 것이다.

이 집으로 말할 것 같으면 일단 이층집이라는 것부터가 낭만적이다. 로미오는 이층 창가에 있던 줄리엣을 바라보며 사랑을 고백했다. 달빛 아래 홀로 서 있는 줄리엣을 바라보는 로미오, 로미오가 지켜보는 줄도 모르고 자신의 속마음을 털어놓는 줄리엣. 둘의 마음이 같은 것을 확인하고 용기를 얻은 로미오가 줄리엣을 부르고 이윽고 마주치는 연인의 눈빛. 상상만 해도 낭만적이지 않은가. 만약 줄리엣이 단층집에 살았고 로미오가 창밖에서 줄리엣을 정면으로 바라보며 고백했다면 이 아름다운 장면의 감동은 절반은 뚝 잘려나갔을 것이다.

안방 침대는 내가 고집해 창과 나란히 놓고서도 벽 쪽으로 붙인 침대머리와 상관없이 반대쪽에 베개를 놓고 잔다. 이렇게 자야 누웠을 때 창 너머 앵두나무 가지와 저 위쪽 모과나무와 자두나무 너머 하늘이 보이기 때문이다. 달밤엔 달빛이 담뿍 들어온다. 초여름에 창을 열고 자면 검은등뻐꾸기 우는 소리가 내 베개 위로 찰랑찰랑 넘어와 고이고, 아카시아 향기가 이불처럼 우리를 감싼다. 주말에 늦잠 자고 일어나면 눈앞이 온통 싱그러운 연초록 그늘이다. 더할 나위 없이 낭만적인 잠자리다.

알프스 소녀 하이디가 자는 다락방은 천장에 창이 있어 자면서 밤하늘의 별을 볼 수 있었다. 그런 잠자리를 두고 대도시의 저택에 갇히게 되면 누구라도 마음의 병이 올 수밖에 없다.

내가 글을 쓰는 책상 옆 통창 앞은 붉은 벽돌담을 따라 늦봄부터 담쟁이넝쿨이 자라기 시작해서 초여름엔 가장자리를 무성하게 덮는다. 그 너머로는 초록 풀이 우거진 뒷마당이다. 감나무, 뽕나무, 대나무와 이름 모를 나무들의 잎이 무성해지면 윗마을 지붕들도 끝만 살짝 보인다. 이 풍경을 마주하고 있으면 내가 마치 높은 탑 위에 사는 라푼젤이 된 것 같다. 탑 아래 세상을 동경하며 상상의 나래를 펴는 기분이랄까. 물론 이런 철없는 상상보다 이 아름다운 풍경만큼 멋진 글이 안 써지는 안타까움을 생각할 때가 많지만.

마당에 모닥불 피우는 저녁의 낭만은 또 어떤가. 평소 술을 거의 안 하지만 모닥불 앞에서는 가끔 와인을 한잔한다. 찰랑거리는 와인 잔을 불빛에 비추면 모닥불의 온기를 마시는 기분이다. 나무 타는 냄새가 퍼지고 연기가 바람을 타고 단풍나무 사이로 흩어지는 초가을 밤하늘은 근사하다. 휘영청 밝은 가을 달이 호수에 떠 있는 밤, 낭만은 나를 채우고 흘러 내가 있는 모든 공간에 스며든다.

어느 겨울밤, 남편이 출장 간 집에서 아들과 소리 질러가며 한바탕 크게 싸웠다. 속상해서 화만 내고 있다가 문득 창밖을 봤더니 함박눈이 펑펑 내리고 있었다. 언제부터 내렸을까. 사람의 기척이라고는 없는 어두운 마을에 눈만 고요히 떨어지고 있었다.

이렇게 아름다운 풍경 앞에서 속상함이 분노가 다 무슨 소용인가. 마음이 한순간에 순해졌다. 아들 방문을 두드렸다.

"나와봐. 눈이 왔어. 엄마랑 눈길 걸으러 가자."

방문을 연 아들은 아직 분이 안 풀린 듯 나를 노려보다가 눈 내린 창밖을 보더니 냉큼 따라나섰다. 마을의 집들은 포근한 눈에 싸여 동글동글 귀엽고 다정해 보였다. 흰 융단 같은 골목길을 아들 손 꼭 잡고 걸었다.

"너무 예쁘다. 아직 아무도 걷지 않은 눈길에 우리뿐이야. 이렇게 예쁜 길을 너랑 둘이 걸을 수 있다니 진짜 좋아."

"저두요."

우린 어느새 왜 싸웠는지 까맣게 잊었다. 싸움의 이유 같은 건 더 이상 중요하지 않았다. 그저 눈앞의 이 아름다운 세상에 우리 둘만 있다는 것에 압도되어 가슴이 벅찼다. 걷다가 돌아보면 우리 발자국만 새겨지던 새하얀 눈길. 잊지 못할 밤이었다.

아들과 그렇게나 싸우고도 여전히 사이가 좋은 것은 우리가 함께한 낭만적인 시간 때문이라고 생각한다. 함께 감동하고 설레고 뿌듯하고 행복했던 기억이 많은 관계가 나빠질 리 없다. 좋은 관계엔 좋은 추억이 있다.

낭만적인 집과 동네에서 사니까 그런 거 아니냐고, 사람과 차가 넘쳐나는 대도시에 살면서 낭만 찾기가 쉽냐고 따져 물을 수 있다. 물론 누가 봐도 우리에겐 낭만적인 집과 환경이 있다. 그러나 더 중요한 것은 보이는 모든 것에서 아름답고 두근거리고 근사한 무언가를 찾아내는 마음 아닐까. 모두 다른 눈으로 세상을 본다. 창밖에 우거진 잡풀과 나무들을 나는 낭만으로 보지만 누군가는 보기만 해도 심란하다며 고개를 절레절레 흔드는 것처럼. 마당 가장자리에 돋아난 민들레가 내 눈에는 예쁘지만 누군가에겐 말끔히 뽑아버려야 할 잡초로 보이는 것처럼.

나에게는 보이는 모든 것에서 아름답고 설레고 두근거리는 무언가를 찾아내는 낭만 필터가 있다. 낭만이란 필터로 세상을 본다는 것은 일상의 모든 장면, 모든 순간에서 아름다움과 근사함을 찾아낸다는 뜻이다. 남들에겐 넘치는 일거리와 심란함, 불편함으로 보이는 것들에서조차 나는 낭만을 본다. 크고 낡고 힘든 이 집을 알아보고, 기꺼이 선택해서 십이 년째 살아온 비결이다.

내 아이들도 낭만을 잃지 않았으면 좋겠다. 어떤 환경, 어떤 상황이라도 아름답고 근사하고 두근거리고 설레고 마음을 충만하게 하는 것을 일상에 들여놓으며 살기를 바란다. 문득 연 창밖 밤하늘에 빛나는 달빛이든, 바람에 흔들리는 가벼운 커튼 자락이든, 계절마다 피고 지는 꽃 그림자든, 낭만은 언제 어디서나 알아보고 찾아보고 느끼는 사람의 것이다. 작고 예쁘고 멋지고 소중한 것을 알아보는 마음이다.

낭만의 대가인 빨강 머리 앤은 나무 한 그루, 꽃 한 송이, 그저 오솔길을 걷는 순간에도 언제나 낭만 속에 있었다. 그런 마음이 있어 고아로 비참하게 살면서도 자신을 지켜낼 수 있었던 것이다. 감탄하고 감동하고 벅차고 행복한 마음이 우릴 살게 한다. 결국 낭만이 우릴 구원할 것이다.

3

만남과 이별

첫물

'첫물'이란 말은 펄 벅의 소설 『대지』에서 처음 만났다.

소설은 농부의 아들 왕룽이 황씨 댁 종으로 있는 여자 오란을 아내로 맞는 날 아침부터 시작된다. 왕룽은 오란을 데리러 가는 길에 성문 앞에서 복숭아 장수를 만난다. "첫물 복숭아요, 첫물 복숭아, 올해 처음 딴 복숭아 맛보세요" 하고 외치는 장수를 보며 왕룽은 '그 여자가 복숭아를 좋아하면 돌아갈 때 몇 개 사야지'라고 마음먹는다. 결혼을 하고 싶지만 너무 가난해서 지참금을 주고 여자를 데려올 수 없었던 왕룽은 적선하듯 몸종을 내어주는 황씨 덕에 오란을 만나게 된다. 어떤 사람인지 전혀 알 도리가 없으니 그저 얼굴에 흉터나 없었으면 하고 데리러 간다. 그는 황씨 댁 마나님에게 머리를 조아릴 때는 주눅 들고 벌벌 떨었지만 넓적한 얼굴에 키가 훤칠한 오란을 데리고 나올 때엔 '드디어

내 사람이 생겼구나' 하며 가슴이 터질 듯한 기쁨을 맛본다. 돌아오는 길에 성문 앞 복숭아 장수에게 작고 푸른 복숭아 여섯 개를 사서 오란에게 건넨다. "이거, 혼자만 먹어"라는 무뚝뚝한 말과 함께. 아내가 된 사람에게 처음으로 뭔가 해주고 싶은 마음, 당신에게 잘해주고 싶다는 마음을 복숭아로 표현한 건지도 모른다.

오란은 놀란 듯 허겁지겁 두 손으로 복숭아를 받아 한 개를 조금씩 베어 먹으며 왕릉을 따라 걷는다. 오란은 열 살 때 팔려 가 내내 종으로 지내며 온갖 궂은일을 하며 살았다. 느닷없이 난생처음 보는 농부한테 시집가라고 해도 복종할 수밖에 없는 신분으로 살면서 절대 감정을 드러내지 않는 법을 익힌 오란은 말 없이 낯선 남자를 따라나섰다. 앞으로 자기 인생이 어떻게 펼쳐질지 오란은 불안했을 것이다. 그런데 그 사람이 자기를 위해 돈을 내고 복숭아를 사 주었다. 그것도 혼자만 먹으라며. 흉년에 부모가 자기를 종으로 판 이후 누군가 그녀를 위해 돈을 치르고 뭔가를 사 주는 일이 있었을 리 없다. 생각지도 못한 복숭아를 받아 들고 베어 먹는 동안 오란 마음속에서 소용돌이쳤을 감정을 헤아려본다. 그 복숭아는 자신의 주인이 된 남자가 사납거나 거친 남자가 아닐지도 모른다는 희미한 희망을 불러일으켰을지 모른다. 어쩌면 자신을 아껴줄지도 모른다는, 그래서 새로 시작될 날들이 그리 나쁘지 않을지도 모른다는 희망.

첫물 복숭아. 복숭아나무가 그해 처음 맺은 열매. 그 첫맛. 그 첫 호의와 배려. 그 맛이 오란의 마음에 물들였을 기대와 안심을 생각하면 내 가슴도 새삼 떨려온다.

마당 있는 집으로 와 농사를 짓게 되면서 내게도 첫물의 맛이 생겼다. 겨울이 지나고 봄이 오면 얼었던 땅이 녹고 온갖 초록 잎들이 고개를 내민다. 땅거죽은 단단하지만 삽으로 떠서 뒤집으면 고슬고슬하게 풀어진다. 그 땅을 일궈 씨를 뿌리고 모종을 심는다. 열무, 상추, 쑥갓, 깻잎 같은 푸성귀에서 오이, 가지, 고추, 토마토, 옥수수같이 열매를 맺는 작물까지 넉넉하게 심는다. 땅은 넓으므로 우린 욕심껏 심는다. 그다음부턴 이제나저제나 하고 기다린다. 아무것도 보이지 않던 땅에서 뾰족한 순들이 솟아 나올 때, 시들하던 모종이 이윽고 빳빳하게 고개를 들고 마침내 새 잎을 밀어 올릴 때면 쿵쿵 가슴이 뛴다. 어서 자라라, 빨리 자라라 노래를 부르고 싶은 심정이 된다.

씨를 뿌리거나 모종을 심고 첫 수확을 기다리기까지의 시간이 제일 더딘 법이다. 새봄의 기운이 꽉 찬 첫맛을 기다리는 마음은 간질간질 조바심 내는 나를 밭으로 이끈다. 오늘은 얼마나 자랐을까. 언제쯤 먹을 수 있을까. 매일 들여다본다. 새싹은 봄비 한 번만 지나가도 쑥 자란다. 그러다 마침내 수확하는 순간이 온다. 작고 푸른 첫 상춧잎을 뜯어 입에 넣으면 쌉싸래한 맛이 입 안 가득 감돈다. 온 몸이 다시 깨어나는 기분이다. 머지않아 밭에는 푸성귀 잎들이 넘쳐난다. 매일 끼니때마다 쌈 싸 먹고 비벼 먹어도 남아도는 때가 되면 이젠 첫 오이가 달리기를 기다린다. 노란 꽃이 지고 손가락보다 가느다란 아기 오이가 모습을 보이면 부지런해져야 한다. 비 한 번으로도 쑥, 그야말로 길쭉한 풍선을 부는 것처럼 쑥 자라기 때문이다.

우리 밭에서 자란 오이를 처음 따 먹은 날을 잊을 수 없다. 오이란 너무 흔한 데다 자주 먹는 채소라 그 맛이 딱히 새로울 리 없다고 생각했었다. 그러나 한 입 깨물자마자 수십 년간 잊고 있었던 외갓집 텃밭에서 따 먹던 그 오이 맛이 생생하게 살아났다. 비닐하우스에서 매끈하게 자란 오이가 아니라 햇볕 받고 바람 받고 비 맞느라 조금씩 휘어가며 자란 오이는 달랐다. 첫맛이 살짝 아렸다. 혀끝을 은근하게 마비시키는 것처럼 오그라들게 하는 특유의 떫은맛이 있었다. 그 맛 너머로 시원하고 아삭한 물이 퍼지며 상큼한 오이 향이 입 안을 가득 채웠다. 그래, 이게 오이 맛이지. 눈에 덮였던 덮개가 벗겨진 기분이랄까. 내가 그동안 오이라고 알고 먹었던 것보다 조금 더 단단하고 기운 센 자연의 맛, 정말 살아 있는 것을 먹는 기분이 들었다. 그 후로 첫물 오이를 기다리는 재미가 생겼다. 첫물은 뭐든 남다른 맛과 감동이 있다.

첫물 가지, 첫물 토마토도 맛있지만 첫물 부추를 빼놓을 수 없다. 부추는 한번 심어놓으면 몇 년이나 새잎을 밀어 올린다. 첫물 부추는 남편도 주지 말고 혼자 먹으라는 말이 있다. 그만큼 약성이 뛰어나다는 뜻이다. 부추는 몸을 따뜻하게 하고 몸 안의 독을 없앤다. 겨울을 나느라 지친 몸에 첫물 부추만큼 좋은 약이 없다. 해마다 부추밭에 새순이 돋기 시작하면 가슴이 설렌다. 매일매일 자라나서 마침내 보드라운 이파리들이 흔들거리면 뚝뚝 뜯어 겉절이도 하고 오이소박이에도 넣는다. 겨울을 이겨낸 부추는 향이 얼마나 진한지 부추를 씻다 보면 부엌이 온통 부추 냄새다. 알알하게 맵고도 단맛이 진하다. 봄부터 여름을 지나 가을까지 부추는 자라고 또 자란다. 상추나 다른 푸성귀는 이미 꽃대가 올라와 못 먹게 된 후에도 부추는 자란다. 기다란 잎을 말끔히 뜯어 먹으면 며칠 후에 또 그만큼 자라 있다. 제때 봐주지 못해 금방 망가지는 푸성귀 밭을 보면 한숨이 나오다가도 어느새 또 자라 있는 부추들을 보면 다시 부자가 된 것 같다.

밭일이 너무 많아서 고단하고 지친 나머지 이제 농사를 때려치울까 싶다가도 겨울 지나 다시 봄이 오면 나도 모르게 첫물의 맛을 기다리게 된다. 지난해에도 지지난해에도 분명 먹었을 텐데 첫물의 맛은 언제나 완벽하게 새롭고 감동적이다. 첫물 부추를 맛볼 때마다, 첫물 오이를 씹을 때마다 매년 이렇게 새로울 수 있다는 것이 신비롭다. 하늘 아래 같은 것은 결코 없다는 것을, 똑같아 보이지만 매년, 매 순간 새로워질 수 있다는 것을 첫물을 맛볼 때마다 깨닫게 된다.

살아 있어 해마다 새봄을 맞고 첫맛을 보는 일은 얼마나 멋지고 귀한가. 모든 것이 얼어붙은 찬 겨울에도 땅속에서 때를 기다리고 있을 새 맛을 알고 기대하며 기다리는 마음이 힘든 날을 견디게 한다. 어쩌면 이번 봄의 나도 지난봄의 나와는 전혀 다른 존재인지 모른다. 첫물의 맛처럼 내 안에서도 쉼 없이 처음 솟아나는 무엇이 있기를 바란다.

달밤

우리 동네는 밤 아홉시만 되면 조용해진다. 식당들도 그 시간쯤엔 영업을 마친다. 식당을 찾는 사람들이나 식당에서 일하는 사람들이나 모두 시내에서 오니 돌아갈 거리를 계산해서 움직이기 때문이다. 밤 아홉시의 도시는 여전히 불빛이 휘황할 테지만 우리 동네는 식당 불빛이 꺼지면 드문드문 가로등만 환하다. 사람 사는 집들은 띄엄띄엄 앉아 있고 그 뒤로는 산자락이 마을을 감싸며 이어져 있다. 저수지와 산 사이사이 조금씩 사람들이 모여 사는 작은 마을이다.

이 집에 와서 맞이한 첫 밤엔 너무 어두워서 깜짝 놀랐다. 불을 끄니 눈앞이 새까맸다. 그런 어둠은 참 오랜만이었다. 가로등도, 형광등도 없던 시골에 살던 어린 시절의 밤 같았다. 아파트에 살 땐 한밤중에도 어둡지 않았다. 아파트 단지의 여러 집이 늦은 밤이나 혹은 새벽까지, 아니면 온밤 내내 불을 밝히곤 했다. 늦게 퇴근하는 사람들, 밤새워 공부하는 사람들, 뭔가 할 일이 있는 사람들이 늘 있는 곳이었다. 사람이 지나가면 자동으로 불이 켜지는 아파트 복도 불은 한밤중에도 갑자기 환해지곤 했다. 동마다 이어지는 길가 가로등도 밤새 켜져 있었다. 그러니 우리 집 불을 꺼도 어둠은 까맣지 않았다. 다닥다닥 붙어 있는 작은 아파트에서는 수시로 옆집의 불빛과 소음이 새어들었다. 거실 불을 꺼도 저 멀리 시내는 환했다. 아이들을 재우느라 늦도록 깨어 있는 밤이면 가끔 우두커니 서서 그 불빛을 바라보곤 했다.

…이 늦은 밤에 사람들은 뭘 하고 있을까. 밥을 먹고, 차를 마시고, 술도 마시고 노래방도 가겠지?

더 젊은 날 나도 저런 불빛 속을 쏘다니며 누군가를 만나고 어울리며 소리 높여 노래도 부르고 술에 취하기도 했는데 그 시간은 너무나 멀어져 아득하게 느껴졌다.

오랫동안 도시 한가운데서 사느라 밤이건 낮이건 환하고 소란스럽고 분주한 풍경에 익숙했는데 이곳의 밤은 달랐다. 정말 고요하고 까맸다. 진한 먹색 어둠이 훅 내려앉으면 두꺼운데 몸에 착 붙는, 절대 싫지 않은 이불에 포근히 덮이는 기분이 들었다. 그러다가 가끔 밖이 너무 환해서 어리둥절한 기분으로 창밖을 보면 어김없이 달빛이다. 노랗고 둥근 달이 저만치 떠 있다. 달빛이라니. 달빛만으로 이렇게 환해질 수 있다니. 처음엔 믿어지지 않았다. 생각해보니 오래전 저 달빛에 의지해서 한밤중 산길을 걷던 날이 있었다.

설악산이었다. 야간산행으로 대청봉 아래 산장까지 갈 생각이었다. 그러나 그곳이 산길에서 아래로 내려간 곳에 있다는 걸 모르고 그냥 지나쳐버렸다. 돌아가기엔 너무 많이 와버렸을 때에야 그 사실을 알게 됐다. 우리는 소청 산장으로 가기로 하고 겨우 도착했지만 빈자리가 없었다. 도리 없이 다음 산장까지 걷게 되었다. 문제는 배터리였다. 헤드랜턴의 배터리가 거의 없었다. 맨 앞 사람만 랜턴을 켜고 다들 그 뒤를 따라갔다. 앞사람의 희미한 불빛을 좇아 걸으니 너나없이 허둥댔고 걸음은 둔했다. 그러다 마침내 마지막 불빛까지 꺼지는 순간이 왔다. 갑자기 어둠에 싸이자 공포가 밀려왔다. 온갖 무서운 상상들이 마음속을 파고든 순간 저 앞 산길이 또렷이 눈에 들어왔다. 그리고 그 위에 뜬 달을 보았다. 불빛이 꺼지면 어둠 속에서 속수무책이 될 줄 알았는데 인공 불빛만 따라가느라 하늘의 저 가을 보름달을 눈치채지 못했던 거였다. 저렇게 환하고 정답게 길을 밝혀주고 있었는데도.

울창한 숲은 부드러운 어둠에 잠기고 숲 사이로 난 길만 또렷했다. 무서운 마음은 사라졌다. 달은 우리를 계속 따라왔다. 그 산행에서 누구도 다치지 않았고 우린 무사히 산장에 도착했다. 그날의 산행은 달빛 덕에 두고두고 잊지 못할 추억이 되었다.

달은 처음엔 안방 쪽에서 떠올라 차츰차츰 마당을 가로질러 이

웃고 제일 끝에 있는 딸들 방으로 갔다가 아주아주 높아진다. 둥근 달이 뜬 밤엔 그림자마저 또렷하다. 달빛에 드러난 아이들의 고운 이마나 그 이마에 흩어진 머리칼도 그렇게 예쁠 수 없었다. 종일 땀나게 놀던 어린 몸들은 달빛에 폭 싸여 업어가도 모를 깊은 잠에 빠져 있었다.

…낮엔 햇볕을 밤엔 달빛을 듬뿍 받으며 자라는구나. 아, 정말 고맙고 좋구나.

그런 밤은 왠지 설레어서 혼자 일어나 마당을 살금살금 걸어보기도 했다. 이렇게 환하고 고운 달이 떠 있는데 그냥 잠으로 보내기엔 아까웠다. 내가 나가면 잠들었던 개들도 일어나 어둠 속에서 꼬리를 흔들었다. 그런 순간엔 꼭 어디선가 동네 개들도 컹컹 짖었다. 달빛이 환해서 괜히 짖어보는 것인가. 너무 환해서 그냥 자기엔 개들도 머쓱했을지 모른다. 내 마음도 그러한데 너희도 그렇겠지. 곁으로 다가오는 개들을 가만히 쓰다듬으면 순하게 고개를 들어 나를 보았다. 밤에도 빛나는 착하고 맑은 눈으로. 개들의 까만 눈 속에도 달님이 떠 있었다. 이런 달빛을 길잡이 삼아 깊은 산길을 걸어 한양까지 오갔을 옛사람들도 생각해보고, 이런 달빛 아래 살그머니 만나 달뜬 시간을 보냈을 오래전 연인들도 떠올리다 보면 내 마음이 다 동그래졌다.

애쓴 하루를 마치고 남편과 아이들 곁에 누워, 보이지 않아도 어둠 속에 떠 있을 달을 생각하면 괜히 마음이 든든해진다. 매일 차오르고 또 기울지만 아무튼 거기 그 어둠에 달이 있는 한 나도,

우리도 다 괜찮을 것 같다.

까만 어둠 속에서 잠들 수 있는 것, 달빛이 흘러넘치는 밤을 맞을 수 있는 것, 인공 불빛에 방해받지 않는 것, 이건 큰 축복이다. 노란 빛을 흘리는 달님이 단풍나무 지나 은행나무 지나 앵두나무 가지 사이에 잠시 머물다가 집 뒤쪽으로 사라질 때쯤 나도 깊은 잠에 빠져들겠지. 번쩍이는 네온도 없고, 밤새 오가는 자동차의 헤드라이트도 없고, 스물네 시간 불을 켠 편의점도 없는 곳에서 달은 달답고 밤은 밤답다. 거기서 잠다운 잠을 잔다.

우리의 밤을 달이 이끌고 지나간다.

소리, 그 소리

토독.

하는 소리가 들렸다. 감꽃 떨어지는 소리다. 앞마당에서 뒷마당으로 이어지는 작은 사잇길 모퉁이에 크고 오래된 감나무가 있다. 해마다 유월 무렵이면 손톱만 한 노랗고 예쁜 감꽃이 가득 달린다. 잔뜩 달린 꽃들은 아무 때고 툭툭 떨어져 내린다. 비처럼 한꺼번에 우두둑 떨어지는 것도 아니고, 그야말로 문득문득 떨어지는데 그때마다 수도 계량기를 덮은 나무 덮개나 아이들 창가에 달아놓은 플라스틱 차양 위로 토독 하는 소리가 들린다. 가볍지만 분명한 존재감을 가진 소리다.

어느 날 밤, 감나무 앞에 있는 딸들 방에 누워 아이들과 함께 감꽃 떨어지는 소리를 들었다.

"엄마, 잠깐만요. 저 소리, 들었어요?"

어둠 속에서 툭 하는 소리가 들릴 때마다 아이들은 이불 속에서 숨죽여 웃었다. 감꽃 떨어지는 소리를 들으며 잠을 청할 수 있다니 근사하지 않냐며 나도 아이들도 들떠서 좀처럼 잠이 오지 않던 밤이었다.

마당 있는 집으로 와서 제일 달라진 것은 '소리'다. 아파트에 살 때는 몰랐던 수많은 소리가 있었다. 새벽이면 닭 우는 소리를 시작으로 온갖 새소리가 폭포수처럼 들려온다. 딸들이 좋아하는 새는 '쯔위쯔위' 운다. '히히호호' 우는 새도 있고 '고르륵고르륵' 거리는 새도 있다. 여름밤엔 소쩍새가 운다. 열린 창문으로 소쩍새 소리를 듣다 보면 어느새 잠이 들곤 한다. 한낮엔 뻐꾹새가 울고, 딱따구리가 부리로 나무를 쪼아대는 소리가 들려온다. 드물지만 꿩이 한 번씩 질러대는 외마디 소리가 들릴 때가 있다. 딱새며 직박구리 소리는 바로 알아듣지만 이름 모를 새소리도 많다.

큰 소리, 작은 소리, 맑은 소리, 여린 소리, 둔한 소리, 신기한 소리, 대견하고 장한 소리, 정다운 소리 그리고 예쁜 소리가 사방에서 울린다. 혼자 있어도 내가 있는 세상은 풍성한 소리로 가득하다. 이 집에서는 매일 귀가 깨어나는 것 같다.

바람이 불면 남편이 처마 밑에 달아놓은 풍경이 잘그랑잘그랑 소리를 낸다. 딸들이 달아놓은 자개 장식물은 자그락자그락 맑은 소리가 난다. 찬바람 부는 겨울엔 현관 앞 덧문에 쳐놓은 비닐들이 우우 하며 우는 소리가 들린다.

꽃들이 피기 시작할 때 마당에 서면 공기 속은 작은 날벌레들이 내는 날갯소리로 가득하다. 꽃에 몰려드는 벌레는 벌이나 나비 정도만 알았는데, 세상에 그토록 많은 날벌레가 있다는 것을 이 집에 와서 알았다. 그럴 때 감나무 아래 서면 온 세상에 있는 날개 달린 벌레는 모두 모인 것처럼 엄청나게 소란스러운 날갯소리를 들을 수 있다. 작은 꽃 한 송이 한 송이에 날벌레가 한 마리씩 부지런히 드나들고 있는 것이다.

마을 골목길에 사람 그림자라도 비치면 마당의 개들이 컹컹 짖는다. 한 마리가 짖기 시작하면 이웃에 사는 개들도 따라 짖기 시작해서 한동안 동네가 소란스러워진다. 또 봄만 되면 집 근처에 사는 길냥이들이 영역 다툼을 벌이며 내는 날카롭고 살벌한 소리가 집 안팎을 채운다. 한낮에 닭장에서 요란한 소리가 들려오면 솔개가 떴거나 길냥이가 얼씬거렸기 때문이다. 어두워진 마을을 이따금 정신 번쩍 나게 깨우는 소리는 고라니 소리다. 악악 외마디 비명 같은 소리가 컴컴한 숲 어귀에서 들려온다.

우체부의 오토바이 소리, 택배기사가 물건을 들고 언덕을 올라오는 소리는 늘 고맙고 반갑다. 늦은 밤 남편의 차가 언덕길을 올라와 마당에 깔린 잔돌 위를 지나느라 내는 짜그락 소리가 멈추면 곧 현관문이 열리고 기다리던 남편이 모습을 나타내곤 한다.

초여름에 딸들 방 창문을 열어두면 집 아래 골목길을 지나는 길손들이 이야기 나누는 소리도 들려온다. 손님이 뜸해지는 오후, 집 앞 식당의 마음씨 좋은 주방장님이 모아둔 생선들을 고양이들에게 주려고 직접 지은 이름을 하나씩 부르는 소리는 우리를 늘 미소 짓게 한다. 농사철이 시작 되면 한 해 농사 시작을 알리는 풍물패 소리가 마을을 먼저 깨우며 지나간다. 그러고 나면 이른 아침부터 마을 전체에 농기계 소리가 울려 퍼진다. 경운기며 트랙터 소리도 요란하지만 기계로 풀 깎는 소리도 그에 못지않다.

초여름 저녁이면 개구리 소리가 벌써 요란해진다. 개들과 산책을 나가기 위해 한밤중에 마당을 나설 때면 그야말로 폭포 소리처럼 천지를 채우고 있다. 이따금 자는 방 창문 바로 아래에서 우렁차게 울어대는 통에 밤새 잠을 설치기도 한다. 더운 밤, 창을 닫고 잘 수도 없는데 개구리들은 어쩌자고 창 아래 모여 울어대는 것일까.

비라도 오면 소리는 말할 수 없이 풍성해진다. 지붕과 차양 위로 떨어지는 빗소리가 다르고, 빗물받이 통으로 쏟아지는 빗소리가 다르다. 마당으로 떨어지는 소리와 보도블록 위로 떨어지는 소리가 다르고, 수련 항아리 위로 떨어지는 소리도 다르다. 가랑비 내릴 때 우산을 받치고 숲으로 가면 나뭇잎이 파들거리는 소리가 가득한데 그 속에 가만히 서 있으면 나도 한 그루 나무가 되어 커다란 잎으로 빗방울을 받는 것 같다.

겨울밤엔 남편이 마당에서 장작 패는 소리가 들려온다. 가족을 위해 애써주는 소리가 겨울밤을 흔든다. 가끔 마당에 모닥불을 피우면 나무 타는 소리는 또 얼마나 좋은지, 끝없이 귀 기울이고 싶어진다.

태풍이 오는 밤이면 나무들은 머리칼이 휘날리듯 가지들을 휘청이며 운다. 전선이 웅웅 우는 소리며, 마당에 어설프게 세워두었던 것들이 넘어지고 날아가는 소리가 들려온다. 바람이 불 때 나무들은 저마다 다른 소리로 운다. 전나무와 은행나무, 단풍나무와 밤나무 우는 소리가 다 다르다.

이 모든 소리 속에 아이들이 내는 소리가 있다. 마당에서 나를 부르는 소리, 눈 내린 날 눈 위에 누워 팔다리를 허우적거리며 깔깔대는 소리, 웃고 싸우고 노느라 내는 지겹고도 고마운 소리가 마당을 채운다.

소리에 이토록 귀 기울이며 살았던 적이 있을까. 이사 오기 전까지 살았던 곳에는 방음이 잘 되는 창이 달려 있었다. 두꺼운 창을 닫으면 창밖 소리는 들리지 않았다. 현관문의 도어록 소리나 선명할 뿐 아이들은 눈앞의 텔레비전 소리에만 정신을 팔곤 했다. 그때도 새들은 창밖에서 울어대고 나비와 벌들은 날아다녔을 텐데 그 작고 섬세하고 여린 소리를 듣지 못하고 살았다. 소리는 소리를 내는 존재와 상황에 연결되어 있다. 소리에 귀를 기울이는 것은 그 존재를 떠올리고 마음을 기울이는 일이 된다. 또 그 소리가 담긴 풍경을 눈앞에 펼쳐놓는다. 귀를 기울이는 것만으로도 마음속에 수많은 장면이 지나간다. 소리를 통해 세상의 다양한 결들이 내게로 와 나를 통과하면서 나를 더 풍성한 존재로 만들어주는 것 같다. 고맙고 다정한 소리로 가득한 집에 살면서 내가 내는 소리를 돌아보게 된다. 나는 어떤 소리로 살고 있을까.

이름 짓기

『빨강 머리 앤』의 주인공 앤은 좋아하는 대상에 자기만의 이름을 붙여준다. 새로운 이름을 붙이는 순간 그 대상은 앤에게 특별한 존재가 된다. 애정을 기울일 수 있는 또 하나의 세상이 열리는 것이다.

앤이 매튜 아저씨를 처음 만나 초록 박공집으로 가면서 양옆으로 사과 꽃이 만발한 길을 지나는 장면이 있다. 매튜 아저씨는 그 길이 가로수길이라고 불린다고 했지만 앤은 단호하게 고개를 젓는다. 이렇게 아름다운 길에 그처럼 평범한 이름은 안 어울린다는 것이다. 그 대신 '환희의 하얀 길'이라는 이름을 붙여준다. 연못 '베리 못'은 '반짝이는 물빛 호수'로, 하얀 꽃을 가득 달고 있던 벚나무는 '눈의 여왕'이라고 부른다. 창가의 제라늄 화분마저 '보니'라는 새 이름을 얻는다. 자기만의 이름을 새롭게 만들어 불러주는 일이 앤한테는 그 대상과 진정한 친구가 되는 일이었다. 자신이 사랑하는 것들로 가득한 세계가 주는 위안이야말로 앤에게는 무엇보다 간절했을 것이다.

오랜 아파트 생활을 끝내고 이 집으로 왔을 때 내겐 모든 게 새로웠다. 마치 그린게이블즈에 도착한 앤이 된 심정이었다. 마을의 집들은 다 다르게 생겼고 어느 길 하나 반듯하고 똑바르지 않았으며 무엇보다 어딜 가나 꽃과 나무와 새 들이 있었다. 거실에서도 저수지의 빛나는 물빛이 보였고 집은 야트막한 산으로 이어져 있었다. 너무나 오랫동안 마당 있는 집에서 살고 싶었기에 보이는 모든 풍경이 근사하고 사랑스러웠다. 아이들에게 우리가 새로 만나게 되는 모든 것에 우리만의 이름을 지어 불러주자고 했다.

"나무든 꽃이든 건물이든 어떤 것이라도 우리가 새로 이름을 지어주고 불러주면 친구가 되는 거래. 집처럼 생명이 없는 것들도 사는 사람들이 근사한 이름을 지어주고 아껴주면 자기가 사랑받고 있다고 느낄지 몰라."

내 말에 아이들은 신기한 듯 눈을 동그랗게 떴다.

우리가 살게 된 이층집은 이미 '삼락재'라는 이름이 있었다. 교직에 오래 몸담았던 주인 어르신이 맹자의 군자삼락(君子三樂)이란 고사에서 빌려오신 이름이라고 했다. 부모와 형제가 무탈하고, 하늘을 우러러 부끄러움이 없고, 천하의 영재를 얻어 가르치는 것이 군자의 세 가지 즐거움이라는 뜻이다. 그러나 우리는 '빌라빌라콜라'라는 새 이름을 지었다. 말괄량이 삐삐가 사는 집 이름이다. '뒤죽박죽별장'이란 뜻인데 세 아이가 어지른 물건들로 정신없는 집 풍경이 그야말로 뒤죽박죽별장과 다름없었으니 딱 맞는 이름이었다. 아이들은 모두 삐삐가 되어 온 집 안을 신나게 뛰어다녔다. 마당에서 비탈길을 내려가면 오른쪽으로 푹 꺼진 땅 위에 낡고 쓰러져가는 농가 주택 한 채가 있었다. 아무도 살지 않는 이 집은 '써니데일 13번가'라는 이름이 붙었다. 만화 〈톰과 제리〉에 나오는 마녀가 사는 집 이름이다. 온 마을에 햇빛이 반짝이는데 언덕 위에 홀로 서 있는 써니데일 13번가에만 늘 번개가 치고 비가 내린다. 톰은 일자리를 찾아 써니데일 13번가에 들어섰다가 집주인이 마녀란 사실을 알고는 기겁해서 달아나려 하지만 마녀는 온갖 마법으로 톰을 꼼짝 못 하게 한다. 아이들은 그 앞을 지날 때마다 "써니데일 13번가 마녀님 안녕?" 하고 인사를 건네며 즐거워했다.

집 근처 나무들도 이름을 얻었다. 키가 큰 전나무는 '금이', 옆에 있는 은행나무는 '은이'가 되었다. 산비탈에서 자라는 큰 단풍나무는 '단이', 그 옆에 조금 작은 단풍나무는 '풍이'라고 정했다. 아들은 잠자리에 누워서 어두운 숲속을 향해 "금이야 잘자, 은이야 잘자, 단이도 풍이도 잘자" 하며 인사하곤 했다. 곁에 누운 두 여동생도 오빠를 따라 나무들에게 정다운 밤 인사를 건네느라 어둠 속에서 한바탕 즐거운 소동이 일었다.

새로 이름을 붙여줄 것들은 많고 많았다. 집 안에서는 갖가지 벌레들이 기어 나왔고, 집 밖으로 나오면 새며 나비며 셀 수 없이 다양한 날벌레들까지 신기한 것들이 가득했다. 생김새가 특이하거나 같은 곳에 자주 나타나는 벌레들한테는 어김없이 이름이 붙었다.

주방 앞쪽 천장 구석에는 꽤 큰 거미 한 마리가 살고 있었는데 이따금 거미줄을 타고 바닥까지 내려와 우리를 깜짝 놀라게 했다. 아이들은 이 거미에 '아라고그'라는 이름을 붙여주었다. 『해리 포터』에 나오는 초대형 거미의 이름이다. 이름을 붙인 다음부터 아이들은 거미가 또 천장에서 내려올 기미가 보일 때마다 "아라고그, 그냥 거기 있어" 하고 소리를 질렀다. 그러면 정말 내려오려다가도 딱 멈췄다가 다시 기어 올라갔다. 아이들은 아라고그가 말을 잘 듣는다며 기뻐했다. 커다란 거미조차 좋아하는 영화 속 등장인물의 이름을 얻은 후엔 더 이상 징그러운 벌레가 아닌, 말을 걸 수 있는 친구가 되었다.

이웃집에 강아지들이 태어날 때마다 아이들은 이름을 지어주느라 오래 궁리했다. 아이들 덕분에 동네에서 만나는 개들은 곧 수수, 감자, 오디, 땅콩, 앵두 같은 사랑스러운 이름을 얻게 되었다. 우리 집을 제집 삼아 지내는 길냥이들도 이름을 얻었다.

이름을 지으려면 마음을 기울여 오래 대상을 살피게 된다. 어떤 이름이 잘 어울릴까, 어떤 특징이 이름이 될까를 궁리하는 동안 눈앞의 대상이 마음속에 성큼 들어온다. 이름을 지어주면 새로운 존재 하나를 탄생시킨 듯한 뿌듯함과 기쁨이 차오른다.

닭장을 만들고 어항이 들어오고 새장이 생기고 처음 보는 들

꽃을 만날 때마다 아이들은 이름을 지어주느라 머리를 맞대곤 했다. 못 보던 새가 나타나면 도감을 펼치기도 하지만 그보다 그냥 제 귀에 들리는 소리를 따라 이름을 불렀다. 그래서 '삐이삐이새'와 '호드득새'가 생겼고, '쌔액쌔액우는매미'도 생겼다.

계절이 바뀔 때마다 새롭고 놀라운 생명들이 우리 앞에 나타났고, 이미 만났던 것들을 다시 보는 즐거움도 컸다. 이름을 지어주는 대상이 늘수록 친구도 늘었다. 어딜 가나 이름을 불러줄 무언가가 곁에 있었다. 이름을 지어준다는 것은 정을 주는 일이다. 정을 주면 미운 것이 없다. 어딜 가나 애정을 나누는 존재가 가득한 세상이란 얼마나 근사한가. 그저 이름을 지어주는 것만으로 아이들을 둘러싼 세상의 따스함이 더해지는 것을 느끼게 된다. 마법처럼.

외출 후 집으로 돌아오는 길은 생각 없이 바깥 풍경에 눈길을 주는 시간이 아니라, 특별한 친구들을 만나는 순간이 되었다. 차가 우리 마을에 들어서면 벌써 마음이 설렌다.

"금이야 은이야 집 잘 지켰니? 앵두야 오디야 겨울아 여름아 잘 지냈어? 뽀롱아 아롱아 수수야 진돌아 누렁아 복실아 까망아 방울아…."

불러주는 만큼 돌아오는 사랑이 우리를 꽉 채우는 것 같아서 우리는 이름을 부르고 또 부른다.

어린 날엔 친구가 많을수록, 애정을 기울이며 이름을 불러줄 대상이 많을수록 아이의 세상이 따뜻해지는 것 같다. 자연에서,

나를 둘러싼 사물 가운데서 애정을 기울일 무언가를 찾아낼 수 있는 마음이라면 어디서든 덜 외로울지 모른다. 우리가 이름 지어준 존재들이 가득한 곳, 이름을 불러줄 누군가가 늘 곁을 지켜주는 곳에서 살고 있다.

학교 가는 길

어린이집도 유치원도 안 다녔던 둘째가 오빠가 입학했던 동네 초등학교 학생이 되면서 매일 학교까지 걸어가는 길이 생겼다. 다섯 살 막내까지 함께 씩씩하게 걸어 다녔다. 가끔 이 아침 여행이 몹시 부러운 큰애가 일부러 동생 학교까지 같이 걸어가서는 제 학교에 가는 버스를 타곤 했다. 차를 타면 오 분쯤 걸리는 길을 세 아이와 웃고 떠들며 걸으면 삼십 분씩 걸렸다. 그래도 차 타는 것보다 좋았다. 길 위에서 만나는 즐거운 일들 때문이었다.

우선 아침마다 안부를 확인하는 친구들이 있었다. 마당에 있는 우리 개 해태와 복실이에게 인사하고 언덕을 내려가면 길 아래 있는 '수리 산채식당'의 하얀 개 수리가 있다. 산채라는 이름의 고양이도 있었다. 수리에게 인사하느라 한바탕 부산을 떨다가 바로 아래 보리밥집 마당으로 가서 마루와 평상이를 만난다.

우릴 보고 펄쩍 뛰어오르는 마루는 사람을 잘 따르는 비글이고 평상이는 덩치가 큰 리트리버다. 이름을 부르면 저 멀리서 겅중겅중 뛰어온다. 바로 옆 '조양 갈비' 집엔 진돗개 조양이가 있었다. 구석에 묶여 있는 조양이는 이름만 불러주고 지나간다. 저수지를 지날 땐 흰뺨검둥오리가 오늘은 몇 마리나 있나 세어보곤 했다. 논길을 따라 걷다 샛길로 접어들면 비닐하우스 앞에 토끼장이 있었다. 좁은 우리 바닥에 토끼 똥이 수북했다. 그 위에서 사는 토끼들이 가여워서 아이들은 신선한 풀을 뜯어다 먹이곤 했다. 토끼들은 아이들이 다가가면 코를 실룩이며 다가와 오물오물 풀을 받아먹었다. 토끼 친구들을 지나면 또 다른 개 친구들이 나온다. 비닐하우스에서 사는 초복이, 중복이, 말복이다. 개 이름을 왜 이렇게 지었을까, 설마 복날마다 한 마리씩 잡아먹으려는 것은 아니겠지 하고 의심했더니 하우스 주인아저씨가 펄쩍 뛰셨다. 그저 복을 많이 누리라는 뜻이란다. 초복이와 중복이는 우릴 볼 때마다 반가워하지만 말복이는 여간해서 곁을 안 줬다. 늘 으르렁대도 우린 멀찍이 돌아가면서 항상 말복이 이름을 불러주었다. 말복이를 묶어놓은 줄이 너무 짧다고 아이들은 볼 때마다 안쓰러워했다. 말복이가 사는 하우스 맞은편 냇가에는 거위 두 마리가 있었다. 아이들이 '아둥이, 바둥이'라고 이름 지었는데 어찌나 꽥꽥거리는지 가까이 다가갈 수가 없었다. 어쩌다 거위들이 길가를 돌아다니고 있으면 재빨리 도망쳐야 했다. 낯선 사람들에겐 양 날개를 편 채 꽥꽥거리며 무서운 속도로 쫓아오는데 한번 당하면 혼이 쏙 빠질 정도다. 아둥이와 바둥이는 안타깝게도 얼마 지나지 않아 사라졌다. 길가에서 거위를 마주친 등산객이 발로 차는 바람에 시름시름 앓자 어딘가로 옮겨버렸다고 했다. 그래도 아이들은 오랫동안 그 앞을 지날 때마다 아둥이 바둥이 얘기를 했다.

비닐하우스를 지나서 왼쪽 길로 접어들면 학교까지 이어지는 널따란 길이다. 왼쪽은 밭과 산자락이지만 오른쪽으로는 식당도 있고 커다란 개집도 있다. 그곳에 사는 엄청나게 큰 알래스카 말라뮤트에게 아이들은 해태라는 이름을 지어주었다. 해태는 이름을 불러주면 문 가까이 다가와 우릴 향해 코를 내밀곤 했다. 학교 근처 야산에는 온몸이 까만 고양이 가족이 살았다. 숲 사이에서 까만 털들이 움직일 때마다 아이들은 반가워서 방방 뛰었다. 날이 추워지면 고양이 가족이 어떻게 겨울을 날지 같이 걱정하기도 했다. 어떤 날은 길가에서 뱀을 만나 비명을 지르기도 하고, 어떤 날은 커다랗고 털이 시커먼 애벌레가 천천히 길을 가로질러 건너편 풀밭까지 가는 동안 혹시 차가 지나갈까 봐 마음 졸이며 지켜보기도 했다.

어느 여름엔 냇가 옆 느티나무 가지 위로 어쩐 일인지 호박 넝쿨이 기세 좋게 타 오르기 시작했다. 곧 잘생긴 호박 한 덩이가 가지 사이로 얼굴을 내밀더니 아래로 매달린 채 쑥쑥 자랐다. 나중에 커다란 호박이 되고 노랗게 익을 때까지 용케 떨어지지 않았다. 매일 아침, 오늘도 호박이 그대로일지 궁금한 마음에 나무 아래까지 달려가보곤 했다. 제일 먼저 도착한 아이가 "오늘도 있어" 하고 소리치면 안도와 함께 괜히 신이 났다. 우리는 그 나무를 호박나무라고 불렀다. 잘 버티던 호박은 늦가을 어느 날 사라졌고 마른 줄기만 나뭇가지 사이에서 오래 흔들거렸다.

윤동주와 장석주, 나태주와 안도현의 시를 외운 것도 이 길 위에서였다. 제일 많이 외운 건 윤동주 시였다. 저수지 위쪽 마을에서 학교까지 걸어가는 건 우리뿐이었다. 아침 길가는 차만 지날 뿐 한적했다. 그래서 우린 목청껏 시를 외며 걸었다.

"내를 건너서 숲으로 고개를 넘어서 마을로" 하고 한 아이가 외면, "가자 가자 가자 숲으로 가자 달조각을 주우러 숲으로 가자" 하고 다른 아이도 목청을 높였다.

함께 노래도 불렀다. 어릴 때 내가 좋아한 동요들을 가르쳐주었다. 한여름 비닐하우스 앞에 있는 포플러가 무성한 잎사귀들을 흔들기 시작하면 '포플러 이파리는 작은 손바닥'으로 시작되는 노래를 불렀다. 무궁화꽃이 핀 길을 걸을 땐 '무궁 무궁 무궁화 무궁화는 우리 꽃, 피고 지고 또 피어 무궁화라네' 하는 노래를 불렀다. 초등학생 때 배웠던 이 노래들이 수십 년이 지났어도 기억이 났다. 그 노래를 아이들과 목소리 높여 다시 부르는 날이 올 줄이야.

커다란 참나무 옆 경로당에서 마주치는 어르신들에게 기운차게 인사도 드리고, 학교와 담을 맞댄 보리밭에서 보리가 자라는 모습을 겨울에서 초여름까지 지켜보기도 했다. 한겨울 눈 속에서도 얼지 않는 보리들이 마침내 봄을 지나 누렇게 익기 시작하면 초여름이었다. 아이들과 '노랑 노랑 보리가 / 초록 초록 익어요'라는 동시를 짓기도 했다. (이 동시의 제목은 '유월'이다.)

매일 새로운 이야기가 넘쳐나는 길이었다. 아이들은 그날 아침 학교 가는 길에서 만난 풍경을 마음에 잘 품었다가 아침에 떠오르는 짧은 이야기를 쓰는 '글 똥 누기' 시간에 적어오곤 했다. 뱀을 만나고 호박나무 아래를 지나고 말복이에게 인사한 이야기들을 생생하게 적은 글은 연말에 한 권으로 묶여 나오는 학급 문집에 고스란히 박혔다.

교장 선생님은 아이들에게 줄 수 있는 가장 좋은 교육이 '학교까지 걸어오는 일'이라고 하셨다. 무슨 뜻인지 알 것 같다. 학교까지 걷는 동안 수많은 풍경과 이야기를 만나라는 것이리라. 매일 새롭고 재미난 세상을 만나며 크는 것이 다른 어떤 것보다 평생 살아가는 데 큰 자양분이 된다는 뜻일 것이다. 단지 학교까지 매일 걷기만 해도 그럴 수 있다. 정말 그랬다. 그래서 열심히 걸어 다녔다. 추운 날도 더운 날도 청명한 날도 흐린 날도 걷고 또 걸었다. 사계절 아침 공기를 오롯하게 만나며 걷는 동안 아이들은 나날이 튼튼해졌다. 몸에 힘이 붙는 것만큼 우리 관계에도 단단한 근육이 생겼다. 어지간한 일로는 흔들리지 않고 어떤 얘기도 다 할 수 있는 사이가 된 것이다.

그사이 큰애가 도시의 학교로 진학을 하고 둘째도 버스를 타는 중학교로 가면서 넷이 걷던 길에 막내와 나만 남았다. 언니 손

잡고 아장아장 걷던 아이가 나만큼 큰 소녀가 될 동안 이 길 위에 쌓인 이야기들을 펼치면 저 산자락을 다 덮고도 남을 것이다. 함께 걸었던 시간만큼 깊어진 관계가 이 길이 준 가장 값진 선물인 건 말할 필요도 없다.

같이 삽시다

벌레야말로 낡은 단독주택의 운명이다. 산자락과 붙어 있고 넓은 마당에 사방이 텃밭인 이 집엔 벌레가 많다. 게다가 이 집은 우리가 이사 오기 전까지 적어도 칠팔 년은 비어 있었다는 마을 분들의 증언이 있었다. (주인 어르신은 비어 있던 기간이 '얼마 안 된다'고 했었다.) 사람이 안 사는 내내 닫혀 있었을 테고 환기와 난방이 안 되는 동안 쌓였을 먼지와 습기는 벌레들에겐 더없이 좋은 환경이었을 것이다.

한겨울에 이사 오자마자 난방을 시작했더니 역시나 그들이 등장하기 시작했다. 첫 손님은 돈벌레였다. 긴 더듬이에 양쪽으로 다리가 수십 개 달린, 손가락 한 마디 정도 되는 그들은 보기에도 몹시 징그럽고 오싹했다. 오래 쓰지 않은 방들이 너무 추워서 벽난로를 피우는 거실에 모여 자고 있으면 바닥에 펴놓은 이불 위로 사르륵 소리를 내며 지나다녔다. 그때마다 아이들은 비명을 질렀다.

남편이 늦게 퇴근하는 집에서 벌레 퇴치는 내 몫이었다. 징그럽지만 엄마니까 용기를 내지 않을 수 없었다. 돈벌레 위로 무거운 책을 던져놓고 남편이 퇴근할 때까지 건드리지 않았다. 밤늦게 집에 온 남편은 책 밑에서 납작하게 죽은 돈벌레 사체들을 한숨 쉬며 치워주었다. 그러다 차츰 비어 있던 집에 다른 생명체들이 살기 시작했다는 것을 깨달았는지 이불 위로 과감하게 돌진하는 일이 줄었다. 대신 방 가장자리를 따라 조심스럽게 돌아다녔다. 그 정도 성의를 보이면서는 나도 더 이상 무거운 책을 들지 않았다. 어쩌다 마주쳐도 인기척을 내면 알아서 구석으로 물러났다. 생긴 건 징그럽지만 돈벌레가 집 안의 최고 포식자라는 것을 알게 된 다음에는 절대 죽이지 않았다. 돈벌레가 있는 집에는 바퀴벌레가 없다는 말도 맘에 들었다. 둘 중에 고르라면 단연 돈벌레다. 바퀴벌레에게 베풀 자비 따위는 없다. 아무튼 돈벌레는 내가 인정한 첫 벌레였고 십이 년을 사는 동안 제일 익숙해진 벌레가 되었다. 요즘도 종종 만난다. 특히 주방에서 자주 마주치는데 그때마다 나는 "얼른 비키시지" 하고 소리를 꽥 지른다. 돈벌레는 세상 빠른 속도로 도망친다. 말이 통하는 벌레다.

개미는 다르다. 이사 온 후 맞은 첫 여름, 칠월의 어느 날 일이다. 새벽 무렵 귓가에 윙윙거리는 날갯소리가 들리길래 모기구나 싶어 벌떡 일어났다. 벽 쪽에 붙은 전등을 켠 다음 파리채를 들고 눈을 부릅떴다가 기겁을 했다. 우리가 자던 거실 위쪽 벽이 수백 마리는 될 듯한 날개미 떼로 새까맣게 뒤덮여 있었다. 개미들은 서로 뒤엉켜 천장 쪽으로 이동하고 있었다. 까만 몸체에 날개끼리 부딪치며 내는 소리에 정신이 혼미했다. 이런 대규모 벌레 떼는 영화 〈인디아나 존스 2〉 '미궁의 사원'에서 본 게 마지막이었을 것이다. 영화에 나오는 여주인공처럼 나도 개미 떼 앞에서 자지러지게 비명을 지르고 싶었으나 곤히 자는 아이들을 생각해서 온 힘을 다해 정신줄을 잡았다. 구석에 세워둔 청소기를 들었다. 모터가 상하든 말든 흡입력을 최대로 올려 개미들을 빨아들이기 시작했다. 의자 위에 올라가 청소기를 치켜들고 천장까지 다 훑었다. 몸이 덜덜 떨렸다.

내내 비어 있던 집은 오래된 목조 창틀이며 문틀, 나무 계단 아래 등 곳곳에 거대한 개미제국이 세워져 있는 모양이었다. 별별 종류의 개미들이 집 안을 돌아다니는 것을 그러려니 하고 지냈는데, 갑자기 떼로 출현한 날개미들 앞에서는 할 말을 잃었다. 그래도 개미와 전쟁을 치른다거나 박멸하겠다는 생각은 하지 않았다. 당연히 내가 질 게 뻔했기 때문이다. 벌레들을 완전히 몰아내기엔 집은 너무 크고 오래되었다. 낡은 목재 창틀을 모조리 바꿀 수도 없고 습한 환경을 단번에 개선할 재주도 없었다. 방법은 벌레와 함께 잘 살아가는 것뿐이라고 일찌감치 결론을 내렸다. 다행히 날개미들은 혼인비행을 할 때 한꺼번에 출현했다가 일정 시간이 지나면 사라졌다. 사람한테 호되게 당한 것이 개미 세계에 전해진 모양인지 그 이후로는 영화에나 나올 법한 대규모 출현은 없었다. 몇십 마리씩 등장하는 거야 귀엽게 봐준다.

돈벌레나 개미만큼 흔한 게 거미다. 집 주변은 말할 것도 없고 집 안에도 많다. 늘 허공에 집을 짓고 사는 줄 알았던 나는 이 집에 와서 창틀 아래나 주방 구석진 곳에 집을 짓고 사는 땅거미들에 깜짝 놀랐다. 처음엔 보는 대로 죽이려고 했더니 어린 막내가 말했다.

"엄마, 작은 아기 거미잖아요. 엄마 거미 만나러 가는 거면 어떡해요."

없애려고 내밀었던 손이 부끄러워졌다.

…어린아이는 작은 벌레를 보고도 그 벌레와 연결된 가족을 생각하는구나. 그런 마음이면 밉고 싫은 벌레들은 없겠네.

정말 그랬다. 나는 벌레에게 마음을 열기까지 적지 않은 시간이 걸렸지만 아이들은 쉽게 익숙해졌고 금방 마음을 주었다.

내가 주로 글을 쓰는 통창 아래에는 아이들이 아끼는 공벌레 가족이 산다. 한 줄로 서서 창틀을 오가는 공벌레들은 작고 까만 버스 같다. 여름이면 매미들이 아이들 자는 방 방충문에 붙어 울기도 한다. 하긴 창 아래까지 찾아와 밤새 울어대는 개구리 일가도 있다. 비 지나가면 집 밖은 온통 지렁이 천지다. 아이들은 절대 밟지 않는다. 가끔 도로에 나와 있는 지렁이를 만나면 꼭 손으로 집어서 풀숲에 놓아준다. 해가 나면 말라 죽을까 봐 걱정되기 때문이다. 지렁이가 많은 땅이 건강한 땅이라는 걸 알게 된 후엔 밭에서 호미질을 할 때도 조심한다.

집 안에서 소리 내며 우는 풀벌레도 많다. 화장실엔 귀뚜라미와 꼽등이가 산다. 처음엔 놀랐지만 나한테 달려들지만 않으면 같은 공간에 있는 것은 상관없다. 이젠 볼일을 보면서 꼽등이에게 말을 거는 경지에 이르렀다. 꽃이 지천으로 피면 마당엔 곤충도감에서나 보던 화려한 나비들이 날아든다. 통통한 뒤영벌부터 엄청 큰 말벌에 꿀벌, 땅벌까지 다양하다. 이름 모를 까만 갑충이 마루에서 자던 내 발등으로 기어올랐을 땐 마을이 떠나가도록 비명을 지르기도 했지만 그런 일은 아주 드물다. 벌레들도 최소한 제 살 궁리는 하며 움직인다.

벌레가 많다는 것은 벌레가 살기 좋은 곳이라는 뜻이다. 벌레가 살기 좋은 집은 사람에게도 좋다. 아파트에 살 땐 관리사무소에서 정기적으로 소독을 해서인지 집에서 개미 한 마리도 볼 수 없었다. 그러나 이 집은 집 안이나 밖이나 벌레 천지다. 어디든 나타나고 언제나 마주치는 것들은 무섭지 않다. 그저 열심히 제 몫을 다 하며 살아가는 친구들이라고 여긴다. 작은 생명들을 소중히 여기는 마음을 아이들은 벌레에게서 얻었다. 벌레들이 살 수 있는 곳이라야 사람도 건강하게 살 수 있다는 것도 이 집을 통해서 배웠다. 열심히 살아가는 존재에 대한 존중, 작은 생명 하나도 함부로 하지 않는 마음, 모두 이 집이 준 가르침이다. 타인에 대한 공감과 이해는 어쩌면 이렇게 작은 존재들에 대한 태도에서부터 시작되는 것이 아닐까.

어느 여름밤 늦도록 컴퓨터 앞에 앉아 글을 쓰는데 가까이서 여치가 울었다. 온 존재로 울어대는 아름다운 소리였다.

…같이 밤을 새워주는 이가 있구나.

마음이 꽉 차올랐다. 생각해보니 이 집에선 언제나 나 혼자인 적이 없다. 너무나 많은 생명이 곁에 있다. 같이 있어주는 것만큼 고마운 게 있을까. 여치 소리를 듣는 내내 좋은 글을 써야겠다는 생각이 들었다. 저토록 최선을 다하는 울음 앞에 부끄럽지 않은 글을 써야겠다고 말이다.

뱀

처음 뱀과 마주친 것은 닭장 앞이었다. 달걀을 꺼내기 위해 뒷마당으로 가서 닭장 문을 여는데 발밑에 웬 갈색 줄이 보였다. 여기에 왜 이런 게 떨어져 있지? 갸웃하는 순간 갈색 줄이 스르륵 움직이더니 풀숲으로 사라졌다. 그대로 얼어붙었다. 뱀이었다. 달걀이고 뭐고 덜덜 떨면서 뒷마당에서 도망쳤다. 밟을 뻔했다는 생각을 하니 정신을 차릴 수가 없었다.

이 마을에서 수십 년째 살고 계신 앞집 아주머니와 얘기를 하다가 뒷마당에서 뱀과 마주친 일을 꺼냈다.

"이 동네 뱀이 많아."

아주머니는 별일 아니라는 듯 말씀하셨다.

"설마, 독사는 아니겠죠? (아니라고 말씀해주세요.)"

"무슨, 다 독사야. 사방에 우글우글해."

“무… 물리는 사람도 있나요? (그런 일은 별로 없지요?)”

내가 깜짝 놀라며 물었지만 아주머니는 그게 뭐 대수냐는 표정이셨다.

“그럼, 우리 딸은 밤에 마당에 나갔다가 뱀을 밟는 바람에 응급실까지 다녀왔는걸!”

거침없고 명랑한 아주머니 대답에 가슴이 철렁했다. 이 동네에 뱀이 많다니, 집 앞에서도 뱀을 만날 수 있는 데다 독사가 흔하다니, 애들이 온 사방 뛰어다니며 노는데 어떡하나. 머릿속이 하얘졌다.

부랴부랴 뱀에 관해 공부하기 시작했다. 뱀은 축축하고 서늘한 곳을 좋아한다. 풀더미나 잡목 등 오래 쌓여 있던 것들 밑을 조심해야 한다. 뱀은 먼저 공격하지 않는다. 위협을 느끼거나 건드리면 공격한다. 가까이 있는 대상을 진동으로 느끼기 때문에 뱀이 있을 만한 곳에서는 먼저 기척을 내는 게 좋다. 예전에는 전국 어디서나 흔했지만 요즘은 남획으로 개체수가 꽤 줄었다. 농사에 농약을 많이 쓰게 된 것도 뱀이 사라지는 큰 이유가 되었다.

가까이에 뱀이 있다는 것은 어찌 보면 이 집이 오래 비어 있는 동안 주변 생태계가 잘 보존되었다는 뜻일지도 모른다고 생각하니 뱀이 달리 보였다. 커다란 쥐들도 심심치 않게 눈에 띄고 주먹만 한 개구리도 뛰어다니는 데다 집이 산자락과 이어져 있으니 뱀에게는 아주 살기 좋은 곳일 수 있다. 그러나 이제부터 사람이 살게 되었으니 뱀에게도 알릴 필요가 있었다. 뱀도 살고 우리도 사는 법을 찾아야 했다.

온 가족이 모여 회의를 하고 안전을 위해 몇 가지를 정했다.

뒷마당이나 밭에 갈 때는 반드시 장화를 신을 것. 풀숲은 되도록 들어가지 말 것. 만약 풀이 많은 곳을 갈 때는 긴 작대기 같은 것으로 먼저 쿵쿵거리며 신호를 보내서 뱀이 도망가게 할 것. 만약 뱀을 만나면 절대 소리 지르지 말고 조용히 뒤로 빠져나올 것.

물론 뱀과 만날 수 있는 곳은 안 다니기로 했다. 그러나 이런 약속이 무색하게도 뱀은 우리와 가장 가까운 곳에서 나타났다.

어린 딸들과 마당에서 놀고 있을 때였다. 아이들이 있는 곳에서 한 걸음쯤 떨어진 곳으로 뭔가 빠르게 지나갔다. 나무 아래 묶여 있던 개들이 흥분해서 짖기 시작했다. 뱀이었다. 어림잡아도 일 미터는 넘어 보였다. 전체가 초록색인데 목 부분이 빨갰다. 찾아보니 유혈목이라는 뱀이었다. 흔한 뱀이지만 어금니 쪽으로 깊이 물리면 위험할 수 있다고 했다. 다행인지 모르겠지만 아이들은 보지 못했다. 나만 심장이 벌렁벌렁했다.

먼저 애들이 노는 곳 주변의 풀을 없애고 집 둘레에 쌓여 있는 물건들을 정리했다. 한적한 곳에 들어갈 때는 반드시 먼저 기척을 내는 법을 익혔다. 우리가 바라는 것은 뱀과 마주치지 않는 것이다. 그런데도 결국 제일 걱정하던 일이 벌어졌다. 뱀 한 마리가 집 안으로 들어온 것이다.

어느 주말 현관을 나서던 남편이 뱀을 발견했다. 새끼 유혈목이었다. "조심해. 여기 뱀이 있어"라고 말하는 순간 뱀은 순식간에 현관문 턱을 쓱 넘어 안쪽으로 들어왔다. 남편은 유리로 된 중문을 닫고 절대 나오지 말라고 소리쳤다. 그리고 바로 119에 신고했다. 그사이 뱀은 신발장 뒤쪽으로 사라졌다. 이십 센티쯤 되는 작은 뱀이었다. 신발장과 벽 틈으로 들어간 뱀은 가느다란 꼬리만 보였다. 잠시 후 119 대원들이 뱀을 잡는 긴 도구를 들고 출동했다. 가제트 팔같이 생긴 도구를 벽 틈으로 집어넣고 한동안 애썼지만 끝내 뱀을 잡지 못했다. 결국 119 대원들이 철수한 후 남편이 현관의 모든 짐을 다 들어내고서야 잡을 수 있었다. 그 동안 나와 아이들은 유리문 너머로 그 모습을 지켜보았다. 만약 현관문과 중문이 동시에 열려 있고 그때 마침 근처에 사람이 없었다면 뱀은 집 안으로 들어왔을지 모른다. 그대로 집 안의 수많은 물건과 틈 사이로 숨어버렸다면 절대 잡을 수 없었을 것이다. 그러다가 어느 날 내 머리맡에 나타난 뱀을 보게 됐을지도 모른다. 상상만 해도 아찔하다.

남편이 잡은 뱀은 플라스틱 통에 담아 산에 가서 놓아주었다. 불심이 깊은 시어머님은 집 안에 들어온 뱀은 절대 죽이면 안 된다고 하셨다. 설사 그런 가르침이 없었다 하더라도 남편이나 나나 뱀을 죽일 만큼 강심장은 못 된다. 살려줬으니까 다시 들어오지는 마라, 부탁하는 마음으로 사라지는 뱀을 지켜보았다.

그보다 더 위험했던 적도 있었다. 남편이 현관 앞에 있던 화분을 옮기려고 들어 올렸더니 그 밑에 새끼 뱀이 똬리를 틀고 있었다. 살모사였다. 세모꼴 대가리에 곧추세운 꼬리로 쉿소리를 내며 부르르 떠는 모습은 보기만 해도 무시무시했다. 살모사는 맹독이 있어서 물리면 그야말로 큰일이다. 남편은 조심스럽게 집게로 뱀 대가리를 눌러 잡아 플라스틱 통에 담았다. 이번에도 산자락에다 풀어주었다. 뱀은 고마운 걸 아는지 모르는지 재빠르게 풀숲 사이로 사라졌다. 옛날엔 뱀을 집안의 재물을 관장하는 '업'이라 해서 함부로 하지 못하게 했는데, 한 번도 죽이지 않고 모두 살려주었으니 우리 집안의 재물을 잘 지켜주려니 믿기로 했다.

개들이 짖고, 아이들이 사방으로 뛰어다니고 남편과 내가 밭일을 하러 부지런히 집 안팎을 오가는 사이 뱀들은 어느새 슬그머니 자취를 감추었다. 그래도 산자락과 붙어 있는 밭이나 풀이 우거진 곳에 들어갈 때마다 작대기를 휘두르며 일부러 발을 쿵쿵 구른다.

"나, 지금 들어간다. 근처에 있으면 빨리 피해. 우린 서로 만나지 말자고!"

크게 소리 지르며 작대기로 풀숲을 요란하게 헤친다. 누가 보면 이상한 사람 같겠지만 뱀도 나도 서로를 피하기 위한 일종의 의식이다. 그게 통했는지 다시 뱀과 마주치는 일은 없었다.

그래도 가끔 길가에서 말라붙은 뱀 허물을 볼 때가 있다. 그때마다 그늘지고 축축한 어디선가 여전히 잘 살아가고 있을 매끄럽고 유연한 그들의 몸뚱이를 떠올린다. 뱀들도 우리도 여전히 이곳에서 같이 잘 살고 있어 다행이라고 생각하며.

"뱀들아, 앞으로도 같이 잘 살자. 단 각자 자기 자리에서. 마주치진 말고!"

새

처음 이 집을 보러왔을 때다. 한번 둘러보던 내 시선이 지붕에서 멈췄다. 커다랗고 검은 새 떼가 우리를 지켜보고 있었다. 까마귀였다. 그렇게 많은 까마귀를 본 게 처음이라 조금 무서웠다. 영화나 소설을 보면 악령이 깃든 집처럼 뭔가 불길한 느낌을 주는 장소에는 어김없이 까마귀들이 등장한다. 꿈에 그리던 집을 찾은 참인데 제대로 구경도 하기 전에 마주친 게 하필 까마귀 떼라니.

까마귀 떼는 사람들이 나타났는데도 날아가지 않고 마치 우리를 자신들의 영토에 침입한 침입자라고 여기는 것처럼 꼼짝하지 않고 내려다보고 있었다. 일층과 이층, 마당과 밭을 둘러볼 때까지도 그 자세 그대로였다. 마치 이 집을 원하는 게 누군지 똑똑히 보겠다는 것 같았다. 어쩌면 내가 이 집에 사는 것을 허락하는 존재가 집주인이 아닌지도 모르겠다는 생각이 어렴풋이 드는 순간이었다.

이사를 한 다음 날, 아침 일찍 일어나 거실에 나왔다가 깜짝 놀랐다. 눈 쌓인 마당에 수십 마리는 될 듯한 검은 새들이 우리 집을 향해 앉아 있었다. 하얀 눈 위에 고요히 앉아 사람의 집을 바라보는 까만 새 떼. 전혀 상상하지 못한 풍경이어서 가슴마저 서늘해졌다.

놀란 마음을 가라앉히고 가만히 살펴보았다. 자세히 보니 까마귀는 크고 아름다운 새였다. 매끄러운 검은 날개를 펄럭이며 집 주위를 날아다니다가 마당이며 지붕에 내려앉았을 모습을 상상해 보았다. 사람이 없는 공간을 가득 채웠을 새소리야말로 이 집을 변함없이 생기 있게 해주었을 것이다. 무섭기보다 고마웠다.

우리가 오기 훨씬 전부터 이 집에 살고 있던 새들이다. 이 집의 봄, 여름, 가을, 겨울을 누구보다 잘 아는 존재들. "너희들과 잘 지내고 싶어"라고 살며시 속삭이며 창 가까이 다가가는 순간 새들은 일제히 날아올라 큰 나뭇가지 너머로 사라졌다. 눈 위에 남은 화살표 같은 발자국들만 또렷했다.

집이 비어 있던 긴 세월 동안 이곳은 벌레만큼이나 새들의 세상이었을 것이다. 이웃한 집도 없고 바로 산과 이어져 있어서 오고 가기 편하다. 게다가 집 둘레는 온통 오래된 과실수다. 앵두며 사과, 초겨울까지 달려 있을 달콤한 감은 오랫동안 새들의 귀한 식량이었을 테지. 널따란 지붕이며 사람들이 오가지 않는 마당이나 밭, 우거진 나무까지 새들이 안식처로 삼을 이유는 넘쳤다. 그런데 어느 날 짐을 가득 실은 차와 함께 우리 가족이 나타났다. 고요하던 집 안에 사람 그림자가 어른거리기 시작했을 때 새들은 지켜보았을 것이다.

'계속 살 사람들인가? 잠깐 있다 가버릴 것인가?'

그러다 마침내 알아채지 않았을까? '이제 이곳은 저 사람들의 안식처가 되었구나. 같이 살게 되었으니 예전처럼 맘 놓고 마당에 내려앉을 수는 없겠구나' 하고 말이다.

'새를 좋아하는 사람들일까? 우리에게도 마음을 내어줄까?'

새들은 내내 우리를 지켜보며 자기들끼리 소곤댔을지도 모른다.

'아빠, 엄마, 아이 셋. 아이들은 이 집이 무척 마음에 드는 눈치야. 새도 좋아하는 것 같아. 우리를 향해 손을 흔들었잖아. 괜찮은 가족이야. 같이 살 수 있겠어. 우리도 잘 지켜주자.'

밤새 그런 회의를 했을 거라고 상상했다. 그래서 첫날이 지나고 다음 날 아침, 마당에 모여 우리에게 자기들의 결정을 전하려고 기다린 것이다. 내가 그 마음을 알아보고 인사를 건넸을 때 비로소 날아올라 온전히 마당을 내어줌으로써 우리를 같이 살아갈 존재로 받아들여준 것이라고 믿었다. 눈 내린 마당에 가지런히 새겨진 발자국들을 보며 비로소 진짜 집주인한테서 허락을 받은 기분이 들었다.

창을 열면 가장 먼저 새소리가 들린다. 꽃사과나무 가지 위에 앉아 비명처럼 요란한 소리를 내는 것은 직박구리다. 앵두나무 덩굴 사이를 몰려다니며 시끌벅적하게 수다를 떠는 것은 붉은머리오목눈이 떼다. 황새를 따라가려다 가랑이가 찢어진다는 속담의 뱁새가 이 새의 다른 이름이다. 어찌나 분주하게 움직이는지 모습은 보이지 않는데 나무 그늘은 쉼 없이 흔들거린다.

자주 드나들지 않는 뒷마당 나무에는 까치들이 모여든다. 더 높고 멋진 나뭇가지를 차지하려는 까치들의 싸움은 살벌하다. 먹이가 귀해지는 겨울에는 길냥이들을 위해 부어놓은 사료를 노리다가 고양이들한테 혼쭐이 나기도 한다. 나뭇가지에서 풀숲으로 일제히 우아하게 내려앉는 것은 하늘색 날개가 근사한 물까치들이다. 물까치들이 무리 지어 날아오를 때마다 초록 숲 사이로 푸른빛들이 반짝인다.

겁도 없이 혼자서 마당이며 현관 근처를 되똑거리며 걸어 다니는 새는 멧비둘기지만 사람을 무서워하지 않기로는 딱새를 따라갈 수 없다. 딱새는 언제나 집 가까운 곳에 둥지를 트는데 어느 봄엔 현관 앞 우체통 안에 둥지를 틀고 알을 낳는 바람에 우리는 한동안 딱새 가족을 지키느라 설레고 두근거리는 시간을 보냈다. 이런 사정을 알 리 없는 집배원 아저씨가 우체통에 우편물을 넣을까 봐 아이들은 엄마 딱새가 알을 품고 있다는 것을 정성스럽게 그림으로 그려 우체통에 붙여놓았다. 집배원 아저씨는 우리가 내놓은 의자에 우편물을 올려두었다. 엄마 딱새가 자리를 비웠을 때 살그머니 열어본 우체통 뚜껑 사이로 삐악대는 작은 아기 새들을 만났을 때의 놀라움과 기쁨이란. 아이들은 그 일로 며칠이나 축제 같은 날을 보냈다. 엄마 딱새와 아빠 딱새가 부지런히 벌레를 물고 우체통을 드나드는 모습을 보며 새끼 먹이느라 고생하는 건 딱새나 우리나 똑같구나 싶어 애틋한 마음이 들기도 했다.

마침내 아기 새들이 첫 비행을 하는 순간이 왔다. 비틀거리며 우체통 문 난간에 선 아기 새가 제대로 날지 못하고 바닥으로 뚝 떨어졌을 때는 우리들 심장도 같이 떨어졌지만 새들은 마침내 날아올라 마당의 단풍나무 가지 위에 사뿐히 내려앉았다. 지켜보던 우리는 입을 꾹 다물고 얼굴로만 웃으며 소리 없는 박수를 보냈다. 숨 막힐 듯 감동적이고 떨리던 '처음'을 함께 본 기억은 우리의 가장 큰 보물이 되었다. 아기 새들의 첫 비행에서 언젠가 내 품을 떠나 세상으로 날아갈 아이들의 모습을 본 것도 같다. 새들이 떠난 후 우체통 안엔 마른 풀과 어미 딱새의 가슴 털을 뽑아 만든 둥그런 둥지만 남았다. 어쩐지 그 둥지를 치울 수 없었다. 나무로 새 우체통을 만들어 집 앞에 세웠다. 딱새 가족이 머물던 둥지는 지금도 낡은 우체통 안에 그대로 남아 있다.

이 집에서 사는 동안 제일 많이 만나고 더 잘 알게 된 존재는 단연 새다. 사람이 사는 곳 주변에 이렇게 새가 많은지 몰랐다. 한겨울 눈 쌓인 마당에서 처음으로 꿩과 마주쳤을 때 꿩과 나 둘 중에 누가 더 놀랐는지 가늠하기 어려웠지만 왜 이름이 꿩이 되었는지 그때 알았다. 꿩이 정말이지 '꿔-엉' 하는 소리를 내지르며 위쪽 밭으로 날아올랐기 때문이다.

뒷마당에 날아드는 오색딱따구리, 유월의 숲에서 우는 뻐꾸기, 여름밤에 들려오는 소쩍새 소리는 식구들의 꿈속까지 스며든다. 매일 지나는 저수지에 사는 민물가마우지와 흰뺨검둥오리를 생각하면 가슴이 뜨거워진다. 이렇게 특별한 생명들이 우리 곁에서 함께 살아가는 것이 고맙다.

죽음을 배우다

이 집에 온 첫해 봄, 아이들과 산책을 하다가 죽은 딱따구리를 보았다. 오색딱따구리였다. 집 아래쪽에 있는 식당 정원석 위에 올려져 있었다. 아마 누군가 길에서 발견하고 그 위에 올려둔 모양이었다. 지금은 길고양이들에게 희생당하는 새들이 얼마나 많은지 알지만 그때는 몰랐다. 오색딱따구리도 고양이들에게 당했을 것이다.

"엄마, 이대로 두고 가면 안 될 것 같아요. 동네 개들이랑 고양이들이 막 찢어놓을 수도 있잖아요."

아들의 걱정에 우리가 잘 묻어주기로 했다. 아들은 가까운 나무에서 커다란 나뭇잎을 뜯어 그 위에 죽은 딱따구리를 올리고 조심조심 집까지 걸어갔다. 어린 여동생이 심각한 표정으로 뒤를 따랐다. 어디에 묻어줄까 의논하다가 뒷마당 살구나무 아래로 정했다. 아들은 땅을 파더니 재빨리 앞마당 목련나무 아래로 달려가 막 떨어진 보드랍고 두툼한 흰 꽃잎을 여러 장 주워 와서는 딱따구리를 묻을 무덤 안에 깔았다.

"그렇게까지 하려고?"

"엄마, 이 딱따구리는 천연기념물이잖아요. 예의를 다해야죠."

아홉 살 난 아들의 어른 같은 말투와 결연한 눈빛에 입을 꾹 다물었다. 흰 꽃잎 위에 딱따구리를 놓고 흙으로 잘 덮었다. 아들은 동생에게 쓸 만한 나뭇가지를 주워 오라고 일렀다. 그러고는 동생이 가져온 나뭇가지를 마른 풀로 엮고 십자가 모양으로 만들어 무덤 가운데 꽂았다. 가장자리를 작은 돌로 둥그렇게 장식하자 작고 예쁜 무덤이 됐다. 우리가 함께 만든 첫 무덤이었다. 그때는 이런 무덤을 수없이 만들며 살 줄 몰랐다. 이 집에서 우리가 제일 자주, 흔하게 마주할 일이 죽음이라는 것도.

그로부터 얼마 지나지 않아 아기 새를 떠나보냈다. 숲 산책길에 떨어져 있는 아기 새를 어린 아들이 품에 안고 왔다. 나무에서 떨어진 아기 새는 그냥 그 자리에 두고 와야 한다는 걸 몰랐다. 사람들이 지나가고 나면 어미 새가 다시 물어 올린다는 것을 알았다면 데려오지 않았을 것이다. 냇가에서 실지렁이까지 잡아다 먹였지만 새는 하루 만에 숨을 거뒀다. 어린 아들은 하염없이 눈물을 떨구며 위쪽 밭 큰 단풍나무 아래 아기 새를 묻었다. 어떤 생명은 바로 구해야 하고, 어떤 생명은 그대로 두어야 한다는 것을 그 봄에 배웠다.

그해 초여름엔 해태를 잃었다. 해태는 우리의 첫 개였다. 늘 개를 키우고 싶어 하던 아들을 위해 이사도 오기 전에 데려왔던 개였다. 검정 털에 눈가만 흰 털이 나 있던 해태는 알래스카 말라뮤트 혈통으로 영리하고 충직했다. 해태와 하루 차로 사자개 혈통의 해치도 가족이 되었다. 형제처럼 어울려 자라기를 바랐는데 해태는 고작 육 개월을 우리 곁에 머물렀다. 많이 아프다가 손쓸새 없이 떠났다.

남편이 출장으로 집을 비운 날 해태는 내 앞에서 마지막 숨을 쉬었다. 기르던 개의 죽음을 눈앞에서 보는 것은 처음이었다. 아무리 울부짖어도 해태를 되살릴 수 없었다. 가슴이 무너지는 고통 속에 이웃의 도움으로 해태를 수습했다. 결혼할 때 시가에서 보낸 함에 있던 소창으로 해태의 몸을 잘 싸놓고 학교로 큰애를 데리러 갔다. 해태가 많이 아픈 것을 알던 아들은 혹시 자기가 없을 때 해태가 죽더라도 해태의 마지막 모습은 꼭 보게 해달라고 부탁했다. 아들은 급식을 먹다 말고 그길로 집으로 돌아와서는 소창에 싸인 해태의 얼굴을 오래오래 쓰다듬으며 울었다. 아들은 위쪽 밭 끝머리에 있는 밤나무 아래에 해태를 묻고 싶다고 했다. 이웃분들이 구덩이를 파서 해태를 고이 넣어주었다. 아들은 삽으로 흙을 퍼서 해태에게 뿌렸다. 이웃들이 돌아간 후 아이들은 하얀 감자꽃을 꺾어 고운 화환을 만들어서 해태의 무덤 위에 올려놓았다.

우리는 여러 날을 울었다. 아들은 밥을 먹다가도 창밖을 보다

가도 해태를 떠올리며 울었다. 아들이 울면 동생도 울고 나도 울었다. 매일 해태 이야기를 하고 무덤을 찾아 시든 꽃을 갈아주었다. 내게도 아이들에게도 크나큰 상실이었지만 그 기간 우리의 슬픔을 잘 보살피는 일에 마음을 내며 지냈다. 울지 않고 해태 이야기를 할 수 있을 때까지 오래오래 슬퍼했다. 해태를 보낸 경험은 사랑하는 존재를 잃었을 때 우리가 기울였던 애정만큼 충분한 애도가 필요하다는 것을 알게 했다. 슬프기 때문에 말하면 안 되는 것이 아니라 슬플수록 떠난 존재에 대해 더 많이 얘기하고 그리워하며 함께 마음을 나눠야 견딜 수 있다는 것도 알게 되었다. 그리고 그날부터 우리 집에 새로 온 강아지의 이름은 모두 해태가 되었다. 그것이 우리가 해태를 기억하는 방식이다.

"엄마, 엄마도 이다음에 죽어요? 나는 엄마가 안 죽으면 좋겠어요."

해태를 묻고 온 날 큰딸이 나를 보며 말했다. 가슴이 요동치는 감정으로 휘몰아쳤다.

"엄마도… 언젠가는 죽지. 누구나 다 죽으니까. 하지만 엄마는 이렇게 건강하니까 아주아주 오래오래 살다가 죽을 거야. 그동안 너희들하고 진짜 신나고 재미난 추억도 많이 만들고. 윤정이가 자라서 학교에 가고 멋진 어른이 되는 것도 보고, 결혼을 하면 그 자리에도 있을 거고, 아이를 낳을 때도 곁에 있을 거야. 그만큼 오래 살다가 죽을 거니까 지금부터 걱정하지 않아도 돼."

"맞다! 우리 엄마는 건강하지."

안심이 되는지 큰딸이 배시시 웃었다. 정말이지 잘 살면서 나를 잘 돌봐야겠다고 다짐했다. 지금도 그날의 다짐을 새긴다.

몇 해 전에는 우리 집에서 지내던 크고 하얀 고양이가 순식간에 집 앞에서 죽은 채로 발견됐다. 집 앞을 지나던 차가 고양이를 치고 그대로 내빼버렸던 것이다. 우리 창고에서 새끼도 낳고 암컷과 알콩달콩 지내던 아빠 고양이였다. 조금 전에 새로 부어준 사료도 다 먹지 못하고 그렇게 허무하게 세상을 떠났다. 아들은 삽을 가져와서 아래 밭 언덕 위에 환삼덩굴을 헤쳐가며 둥근 무덤을 만들어주었다. 남아 있는 암컷 고양이를 볼 때마다 마음이 아려왔다. 이젠 새끼들의 새끼들까지 자라서 새 가족을 만들어가며 우리 집에 깃들어 있다.

우리가 함께 지켜본 죽음과 묻어준 동물은 셀 수 없이 많다. 십이 년간 개를 네 마리 잃었고 로드킬당한 길고양이도 여러 마리 묻었다. 길고양이들이 숨통을 끊어놓은 까치와 까마귀, 약하게 태어나 오래 살지 못하고 떠난 닭들, 그리고 지난겨울엔 아이들이 처음으로 사랑한 고양이 노랑이를 묻었다. 눈길 닿는 곳마다 우리가 만든 무덤이 있다. 함께 묻어준 추억과 이야기가 있다. 같이 슬픔을 나누고 마지막 길을 잘 보살피는 일에 아이들은 늘 최선을 다한다.

죽음은 결국 생명을 다시 보게 한다. 죽음을 무수히 보지만 그래서 더 새 생명 앞에서 감동하며 설렌다. 가을과 겨울에 말라 바스러졌던 풀들은 봄이면 다시 초록으로 굳세게 일어서고 봄이 오면 새들은 변함없이 새끼를 낳아 기른다. 태어나고 자라고 죽는 모든 것이 귀하고 고맙다. 한없는 생명의 세계에서는 다 제 길이 있고, 우리에게 온 것은 특별한 인연이라고 아이들에게 늘 얘기한다. 그러니 절대로 재미로 벌레를 죽여서는 안 된다고. 개나 닭이나 고양이를 괴롭혀서는 안 되는 것처럼 말이다.

이 집에서는 매일 무수한 생명들이 새로 오고 또 죽어간다. 우리가 사는 곳에서 죽음이란 길에 널린 돌만큼 흔하다. 가을이 오면 얼마 전까지 요란하게 울던 매미가 바삭하게 말라서 풀밭에 떨어져 있고, 싱싱하게 넝쿨을 뻗어가던 오이가 나날이 누렇게 말라가며 스러지는 모습도 본다. 초여름의 정원을 아름답게 장식하던 장미도 꽃잎을 떨구는 때가 온다. 무심하게 내딛는 발걸음에 여치가 깔려 죽기도 하고, 창틀에는 늘 말라죽은 노린재며 이름 모를 벌레들 사체가 굴러다닌다. 화장실에서 청아하게 울던 귀뚜라미가 어느 결에 쓰러져 있을 때도 있다. 태어난 지 얼마 안 돼 물통에 빠져 죽고 만 병아리를 처음 본 날은 눈이 붓도록 울었지만 이젠 어떤 죽음을 마주해도 담담하게 묻어주게 되었다. 생명은 태어나고, 번성하고, 다시 생명을 남기고 죽어간다는 것을 이제 아이들도 안다. 사람도 다르지 않다는 것도.

내년에 매실나무에 열매가 많이 열리면 우린 그 아래 묻힌 암탉의 선물이라고 생각할 것이다. 그 곁의 토란이 유난히 잘 크면 그 또한 암탉 덕분이라고 생각할 것이다. 그동안 낳아준 귀한 알들을 우리 아이들이 먹고 자랐다. 고맙고 또 고마웠다고, 매실나무 아래에서 속삭일 것이다.

닭 이야기

닭을 키우는 것은 애초 내 인생 계획에 들어 있지 않았다. 마당 있는 집을 얻으면 꽃밭도 만들고 텃밭도 일구고, 개도 키우리라 마음먹었지만 닭은 아니었다. 그런데 남편은 전혀 다른 그림을 그리고 있었다.

한겨울에 이사 와서 새로운 환경에 적응하랴, 어린 아이 셋 건사하랴, 정신없이 힘든 시간을 보내고 날이 풀려 겨우 한시름 덜었다 싶던 날, 출장 갔다 돌아온 남편이 싱글거리며 수상한 상자를 차에서 내렸다. 상자에는 어지간히 자란 중병아리들이 와글거리고 있었다. 토종닭 농장에서 구해 온 거라며 금방 자랄 거라고 남편이 신이 나서 소리를 높이는 동안 아이들은 벌써 흥분의 도가니였다. 귀엽다고, 예쁘다고, 멋지다고, 만져보고 들여다보더니 아들은 제 닭으로 길들이겠다며 냉큼 한 마리를 어깨에 올렸다. 구멍이 숭숭 뚫린 허술한 상자에서 힘이 넘치는 중병아리들은 요란스럽게 울어댔다. 아이들이 꺼내놓은 몇 마리는 벌써 거실 여기저기를 돌아다니며 닥치는 대로 쪼아대고 있었다.

닭장이나 먼저 지어놓고 들여왔어야지, 당장 어쩔 거냐고 나는 화가 나서 씩씩거렸지만 남편은 곧 만들 거라 말만 하곤 태평했다. 무엇보다 세 아이가 너무 좋아해서 내 투덜거림 따윈 누구 귀에도 안 들리는 듯했다. 그러나 사태는 금방 심각해졌다.

남편은 닭이 있는 상자를 거실에 부려놓고 다시 출장을 떠나버렸다. 나는 할 일이 넘치는데 아이들은 닭을 가만두지 않았다. 손대지 말라고 해도 어느새 한두 마리씩 꺼내놓고 뒤를 쫓느라 야단법석이었다. 닭들은 곧 이곳저곳에 똥을 싸대기 시작했다. 지독한 닭똥 냄새 때문에 머리가 다 아플 지경이었다. 키가 껑충 큰 닭들은 종이 상자쯤은 사뿐히 뛰어넘어 밖으로 나왔다. 닭 때문에 아무것도 할 수 없었다. 닭들은 이층으로 쫓겨났다. 그러자 이층 거실과 방들이 금세 닭똥투성이가 되었고 끝내 닭들은 옥상으로 내쫓겼다. 매일 닭똥으로 얼룩진 옥상으로 나가 물을 주고 밥을 챙겨주는 일은 징글징글했다.

그 지경이 되자 남편은 마침내 휴가를 내고 닭장을 짓기 시작했다. 바닥을 다져 벽돌로 기초를 만들고 각목을 잘라 기둥을 세운 후 촘촘한 그물로 덮어 지붕을 올리기까지 꼬박 하루가 걸렸다. 마침내 완성된 닭장에 닭들을 부려놓으니 속이 다 후련했다. 다음 날부터 낮에는 마음껏 풀숲을 헤치고 다니게 풀어주고 저녁이 되면 닭장 안에 들여놓았다. 그런데 슬슬 닭들이 돌아다니는 범위가 넓어지면서 저녁마다 꼭 한두 마리가 닭장에 안 들어가려고 했다. 그 한두 마리 때문에 닭장 주위를 몇 번이나 돌아야 했다. 간신히 닭장에 몰아넣는 데 성공했다 싶으면 또 다른 닭이 쏙 빠져나갔다. 날은 어두워가고 저녁밥은 지어야 하는데 애들은 돕기는커녕 신이 나서 닭 뒤를 쫓고, 나 혼자 약이 올라 뒷마당을 뛰어다니며 소리를 질러댔다. 한번은 거의 잡을 뻔한 닭이 내 눈앞에서 소나무 가지 위로 사뿐히 날아올랐다. 닭도 새였다는 사실을 새삼 깨달으며 할 말을 잃었다. 닭들이 돌아다니니 동네를 어슬렁거리는 개들도 몰려들었다. 그러나 정작 닭장을 쑥대밭으로 만든 것은 앞마당에 있던 우리 개 해치였다.

뒷마당에서 풀을 쪼던 닭 한 마리가 어쩐 일인지 슬금슬금 집 주변을 돌아 앞마당에 나타났다. 닭을 보는 순간 마당 가장자리에 묶여 있던 해치의 눈에서 빛이 번쩍하더니 순식간에 엄청난 힘으로 줄을 끊고 튀어 나가 닭에게 달려들었다. 닭은 혼비백산해서 닭장으로 도망쳤는데 그 바람에 해치가 닭들이 모여 있는 뒷마당 한복판으로 뛰어들게 되었다. 흥분한 해치는 닥치는 대로 닭들을 물었고 닭들은 비명을 지르며 사방으로 흩어졌다. 마침 집에 와 계시던 친정 아빠와 둘이 해치 줄을 잡고 말려봤지만 닭을 보고 흥분한 개를 진정시킬 수 없었다. 있는 힘을 다해 해치를 다시 앞마당으로 끌고 와 개집에 단단히 묶어두고서야 폐허가 된 닭장을 살펴볼 수 있었다. 해치에게 목을 물린 닭 한 마리는 거의 정신이 나간 듯 비틀거렸고, 몇 마리는 깃털이 반 넘게 빠져버렸다. 목을 물린 닭은 끝내 죽고 말았다. 닭들의 자유는 그날로 끝났다.

옛이야기 속의 닭들은 새벽을 불러 귀신을 쫓는 영험한 동물이다. 어린 시절 즐겨 보던 〈전설의 고향〉에서 꼬리 아홉 달린 구미호나 입술에 피를 묻힌 처녀귀신도 첫닭이 우는 소리가 들리면 분하다는 표정으로 사라지곤 했다. 이불을 뒤집어쓰고 텔레비전을 보던 우리 자매들은 닭 우는 소리가 들리면 마음을 놓았다. 그래서 닭은 새벽에만 우는 줄 알았다. 아니었다. 닭은 온종일, 아무 때고, 심지어 한밤중에도 목청껏 울었다. 자다가 목이 말라 부엌 불을 켜면 그 불빛을 보고 놀라서 닭들이 울어댔다. 밤에 화장실에 갈 때마다 요란하게 우는 닭 소리를 들어야 했다. 그 소리가 얼마나 크고 요란한지 한동안은 밤에 잠도 제대로 잘 수 없었다. 길고양이가 나타나고 하늘에 솔개가 뜰 때마다 혹은 골목에서 차 소리만 요란해도 닭들은 소란스럽게 꼬꼬댁거렸다.

닭 소리에 적응하는 것도 힘든데 장마철이 되자마자 닭똥 냄새가 코를 찌르기 시작했다. 열린 창으로 들어오는 닭똥 냄새는 속이 울렁거리고 머리가 지끈댈 만큼 독했다. 닭똥은 건조할 땐 냄새가 안 나지만 물과 섞이면 끔찍한 냄새를 풍긴다는 것을 나중에야 알았다. 날 좋을 때 지었던 닭장은 긴 장마를 견디기에는 많은 곳이 부실했다. 꼼짝없이 장마를 닭똥 냄새와 함께 보내고서야 닭장에 방수천을 대고 보수공사를 할 수 있었다. 이 아수라장을 겪는 내내 남편을 원망했다. 왜 닭은 키우자고 해서 이 고생을 하게 할까. 남편이야 새벽같이 출근해서 오밤중에 돌아오니 닭 때문에 힘든 건 나뿐인 것 같아 분하고 억울했다.

그러던 어느 날 닭장 바닥에서 자그마한 달걀을 발견했다. 암탉이 처음 낳은 알이었다. 곧 모든 암탉이 달걀을 낳기 시작했다. 따끈한 달걀을 손에 넣자마자 닭들을 원망하던 마음이 순식간에 사라졌다.

…매일 이렇게 달걀을 낳아주는 거야? 어머나, 좋아라. 암탉 수만큼 달걀이 생기면 일주일만 모아도 몇 개야?

갑자기 부자가 된 것같이 마음이 부풀었다. 물론 아주 잠깐이었지만.

암탉들은 닭장 이곳저곳에 알을 낳았다. 알 낳을 자리를 제대로 만들어주지 않은 탓이다. 매일 닭장 안에 들어가 달걀을 찾아야 하는데, 닭들이 알을 그냥 내줄 리 없었다. 힘센 장닭은 겁 없이 나를 향해 돌진하곤 했다. 그 기세가 얼마나 대단한지 한번 호되게 당한 후엔 닭장에 들어가기도 싫었다. 별수 없이 긴 작대기를 챙겨 들고 닭장에 드나들었다. 들어갈 때부터 큰 소리를 내며 닭들을 쫓은 후 한 손으로 알을 찾아 담는 동안 다른 손으론 작대기를 휘두르며 요란하게 소리를 질렀다. 장닭은 그래도 달려들었다. 설상가상으로 닭장엔 쥐가 있었다. 영악한 쥐들은 닭장 바닥에 댄 그물을 갉아 구멍을 만들어 드나들며 사료와 알을 노렸다. 장닭도 무서운데 간신히 마음 다잡고 들어간 닭장에서 쥐와 마주칠 때는 그야말로 정신이 나갈 것 같았다. 갑자기 사람과 마주친 쥐는 들어왔던 구멍을 찾지 못해 닭장 안을 요리조리 돌며 찍찍거리는데 그게 더 끔찍했다. 그 주말에 남편이 대대적인 소탕 작전을 벌여 마침내 닭장에서 내 팔뚝만 한 쥐를 잡아 들고 나왔다. 얼마 지나 휴가 때 닭장 바닥에 두꺼운 철망을 까는 보수공사를 했다. 그러고서야 닭장에서 쥐와 마주치는 일이 끝났다. 아, 닭 키우는 일이 이렇게 힘들 줄 몰랐다. 그런데 그게 끝이 아니었다.

닭이 알을 낳으면 바로 꺼내와야 한다. 암탉들이 본능적으로 알을 품기 때문이다. 때는 초여름, 바빠서 알 꺼내오는 걸 잊은 채 이삼일이 흘렀다. 아차 싶어 수북한 알을 한 번에 꺼내 와 프라이를 하려고 팬에 달걀을 깨뜨렸다가 그 자리에 주저앉고 말았다. 노른자에 선명하게 붉은 핏줄이 번져 있었다. 덜덜 떨면서 달걀물을 버렸다. 다른 달걀도 그럴까 봐 무서워서 건드릴 수가 없었다. 알아보니 암탉이 알을 품기 시작해서 이틀만 지나면 머리와 눈이 생기고 심장 핏줄이 자라기 시작한다는 것이다. 그걸 깨뜨렸으니 한참 진행되고 있는 생명의 과정을 내가 끝장냈구나. 정말 살아 있는 생명을 죽인 것처럼 온몸이 오그라들었다. 벌렁대는 가슴은 오랫동안 가라앉지 않았다.

사 먹을 땐 아무렇지 않았다. 포장된 달걀을 고를 땐 산란일을 확인하고 가격만 보면 되었다. 아이 키우는 엄마에게 달걀만큼 만만한 식재료가 있을까. 매일 달걀 반찬을 하면서도 죄책감은 없었다. 가족이 좋아하는 삼겹살을 고를 때 그것이 한때 더운

피와 몸을 가진 생명이었다는 것을 전혀 못 느낀 것처럼. 그렇게 살아온 내게 노른자에 번진 생생한 핏줄기는 지금껏 내가 생명을 먹으며 살았다는 사실과 마주하게 했다. 한창 진행되고 있는 탄생의 과정을 인위적으로 중단시켜버렸다는 생각에 마치 내 손으로 어린 병아리를 죽인 것처럼 숨이 막혔다. 나는 그 후로 오랫동안 달걀을 먹지 못했다. 바로 꺼내서 부화가 진행되기 전의 알이라도 그랬다. 아이들과 남편에겐 변함없이 달걀 반찬을 해주었지만 알을 깰 때마다 심장이 떨렸고 무사한 달걀이라도 내 목구멍으로 넘길 수 없었다. 지나친 감정이입이라는 걸 알면서도 어쩔 수 없었다.

『돼지가 있는 교실』이란 일본 책이 있다. 오사카 북부 소도시의 작은 초등학교 4학년을 맡은 선생님이 생명 교육을 위해 학교에서 돼지를 키우기로 한다. 돼지우리를 만들고 꼬마 돼지를 들여올 때만 해도 아이들은 신이 났다. 새끼 돼지가 너무 귀엽다며 P짱이라는 이름도 붙여준다. 그러나 P짱을 돌보는 일은 만만치 않았다. 처음엔 냄새 나는 우리 청소를 다들 싫어했지만 시간이 지나고 P짱이 자랄수록 애정도 같이 커져서 나중에는 코를 막지 않고도 아무렇지 않게 청소를 하게 된다. 그러나 학년이 오르자 언제까지 P짱을 키울 수 있을지 다들 심각한 고민에 빠진다. 졸업을 앞두고는 일대 토론을 벌인다. P짱을 식육센터에 보내자는 파와 그럴 수 없다는 파가 팽팽하게 대립한다. 그 과정에서 아이들은 한 번도 해보지 않았던 질문을 마주하게 된다. 가족처럼 기르던 P짱을 먹을 수 있을까. 언제까지 책임질 수 있을까. 올바른 책임이란 무엇일까.

P짱은 가족이니까 먹을 수 없다는 아이, 돼지는 원래 먹으려고 기르는 가축이니까 결국은 먹는 게 옳다는 아이, 정성껏 키운 P짱이 죽으면 자신의 일부가 되도록 꼭 고기를 먹겠다는 아이, 앞으로 돼지고기를 절대 먹을 수 없을 것 같다는 아이, 자신들이 키운 P짱을 자기들 손으로 끝내는 게 책임이라는 아이.

다양한 생각들이 부딪친다. 돼지의 존재 이유부터 생명의 길이는 누가 정하는가 같은 철학적 물음까지 아이들의 질문은 무겁고 깊다. 수없이 토론이 이어져도 아이들은 결론을 내지 못하고 결국 P짱은 선생님의 결정으로 식육센터에 보내진다. P짱이 트럭에 실려 떠나는 날 모두가 운다. 책을 읽는 나도 하염없이 울었다.

P짱 이야기는 결국 생명을 먹고 사는 인간에 대해 묻는다. 살기 위해서 많은 생명에 의지하고 있는 인간의 삶을 아이들은 선명하게 자각한다. 당장 뭔가 달라지진 않더라도 적어도 내가 먹는 존재들에 대한 새로운 감각들이 생겨났을 것이다. 그것은 결코 작지 않은 깨달음이다. 그날 내가 핏줄이 번진 달걀에서 느낀 것이 바로 그거였다. 내가 그동안 생명을 먹었다는 묵직한 자각 말이다.

고기도, 달걀도, 생선도, 내가 살아오면서 먹어온 수많은 것이 생명이었다. 태어나서 자라온 시간이 있는 존재였다. 그러나 도

축되고 손질되어 내 앞에 온 식재료들에서 난 생명을 느끼지 못했다. 내 앞에 오기까지의 시간과 과정이 모두 생략되었으므로 죄책감 없이 요리했고 맛있게 먹었다. 고기와 생선도 그런데 하물며 달걀에 감정을 느꼈을 리가 있나. 늘 더 좋은 달걀 먹인다고 유정란만 고집했는데 유정란이 병아리가 되고 닭이 된다는 것은 연결 짓지 못했다. 그러나 닭을 키우면서 알을 낳는 닭을 지켜보고 갓 낳은 따끈한 알을 만지는 일들이 새로운 감각을 갖게 했다. 안 보이던 것이 보이기 시작했다.

암탉들은 알을 낳을 때 요란하게 울어댄다. 처음엔 그 소리가 너무 격렬해서 닭장에 무슨 일이 생긴 줄 알았다. 시끄럽게만 여기던 그 소리에 새삼 귀를 기울이게 된 것은 노른자에 퍼진 핏줄기를 보고 난 후였다. 암탉들이 알을 낳을 때 내는 소리가 비명처럼 들리기 시작했다. 저 단단한 알을 낳기까지 고통스러운 산고를 겪고 있는 것만 같았다.

…알을 낳을 때도 아플까? 그래서 저렇게 울어대는 걸까? 그런 일을 매일 겪는 거면 어떡하지, 그건 너무 잔인한 일인데.

세 아이를 낳던 때가 기억났다. 몸의 모든 뼈를 벌리고 살을 늘려가며 아이를 몸 밖으로 밀어낼 때의 그 아득하던 고통. 아이 머리의 가장 넓은 부분이 빠져나오는 순간이 산고의 극한이다. 더 이상 견딜 수 없다는 감정이 내 온 존재를 압도해서 비명을 지를 수도 없을 때 비로소 아이의 머리가 스르르 빠져나오지 않았던가.

자연 상태에서 낳은 알들은 모양이 다 달랐다. 어떤 알은 끝이 뾰족하다가 제일 넓은 중간이 미세하게 울퉁불퉁할 때가 있다. 그런 알을 볼 때마다 이 부분을 밀어낼 때 너무 힘들어서 아주 잠깐 멈춘 건가, 그러다가 다시 힘을 내서 밀어내느라 이런 모양이 된 걸까 생각하게 된다. 모든 알은 그 알이 빠져나온 몸이 있다는 것을, 그 몸이 가한 힘대로 알도 모양이 다 다르다는 것을 깨달으면서 더 깊은 탄식이 나왔다.

…이 알 낳느라 애썼구나. 이렇게 크고 단단한 알을 빼내느라 힘들었구나.

갓 낳은 따뜻한 달걀을 꺼낼 때마다 마음이 무거웠다. 나는 오래전에 다 겪고 지난 일을 혹시 암탉들은 매일 겪는 것일까.

달걀을 다시 먹을 수 있게 되기까지 오래 걸렸다. 숨을 가다듬고 달걀을 깨뜨리며 "귀한 음식, 잘 먹을게" 하고 속삭이곤 한다. 그래도 알을 꺼내올 때마다 마음이 편치 않다.

몇 년 후 남편은 닭장을 앞마당 끝에 있는 은행나무 앞으로 옮겼다. 바닥과 떨어진 높은 곳에 알 낳는 곳을 만들고 칸막이로 나눈 다음 밖에서 여닫을 수 있는 문을 만들어 경첩을 달았다. 그 덕분에 닭장에 들어가지 않아도 쉽게 알을 꺼낼 수 있었다. 닭 키우는 일에 재미를 붙인 남편은 청계와 흰 닭도 들여왔다. 닭이 다양해지니 갈색 알, 흰색 알, 푸르스름한 빛이 도는 알까지 나왔다. 그래도 알을 가지러 갈 때마다 암탉들과 한바탕 실랑이를 벌였다. 내가 덧문만 열어도 혼비백산해서 도망가는 암탉도 있지만 아무리 난리를 쳐도 꿈쩍 않고 앉아 버티는 막강한 암탉도 있었다. 그 닭이 알을 제일 많이 품었다. 그 암탉은 목깃을 부풀리고 양 날개를 펴서 알들을 가린 채 내게 덤볐다. 몇 번 쪼이고 나니까 무서웠다. 제 자식을 내줄 수 없다는 어미의 결연함 앞에서 매번 심장이 졸아들었다. 그렇다고 알들을 그냥 품게 둘 수도 없었다. 한정된 닭장에 닭들은 이미 충분했으니까.

코로나가 길어지면서 장 보러 다니는 것도 조심스러워지고 조류독감으로 닭을 살처분하면서 달걀 값이 무섭게 치솟았다. 내 집에서 나는 달걀 한 알도 허투루 할 수 없었다. 결국 손잡이가 달린 플라스틱 바가지를 동원했다. 잽싸게 암탉의 머리를 감싸서 밀어낸 후 암탉이 바가지 안쪽을 쪼아대는 사이 배 밑으로 손을 넣어 도둑처럼 알을 빼내곤 했다. 따끈한 알들은 내 손 안에 들어왔지만 알들이 사라진 자리를 두리번거리며 어쩔 줄 몰라 하는 암탉을 차마 볼 수 없었다. 내 새끼들 먹이자고 네 새끼들을 데려가는구나, 하는 생각이 떠나지 않았다.

달걀이 이 정도인데 기르던 닭들을 잡는 건 꿈도 안 꾼다. 오랜 시간이 걸려 달걀은 다시 먹게 되었지만 지금 나는 닭고기를 입에 대지 못한다. 소고기도 돼지고기도 먹지 않게 되었다. 비건이 되겠다거나 하는 거창한 결심을 한 건 아니다. 연민을 느끼게 된 존재를 도저히 먹을 수 없게 되었을 뿐이다. 달걀은 먹으면서 닭고기는 못 먹는다는 게 앞뒤가 안 맞는 건 알지만 아무튼 닭고기를 씹고 삼키는 일은 할 수 없게 되었다. 소고기도 돼지고기도 마찬가지다. 닭 키우다 여기까지 왔다.

겨울 지나고 다시 봄이다. 닭들은 다시 알을 낳기 시작했다. 매일 알을 꺼내고 다 다르게 생긴 알을 만질 때마다 이 알을 낳은 몸을 생각한다. 내가 살아가기 위해 얼마나 많은 생명에 의지하고 있는 걸까 깨달으며 생명을 먹고 사는 존재로서 내 태도와 마음도 더 깊게 돌아보고 있다. 삶은 좀 더 고달파졌지만 못 보던 세상을 상상하게 되었다. 다 닭들 덕분이다.

노랑이와 물루

고양이로 말하자면 우리 집 마당 곳곳에서 어슬렁거리는 동물이다. 담장 없이 산과 붙어 있는 집이다 보니 길고양이들은 어디서든 나타나 안 보이는 곳에 새끼를 낳고 오가며 키운다. 뒷마당 헛간 근처나 문이 없는 창고 안, 심지어는 움푹 팬 정원석 위에 새끼를 낳은 적도 있다. 초여름이면 자그마한 아기 고양이들이 뒷마당에서 아장아장 걸어 다니는데 거실 통창으로 그 광경을 보며 아이들은 귀엽다며 야단이다. 새끼들은 어느 정도 크면 앞마당으로 진출해서 경계하며 우리 주위를 맴돈다. 먹을 것을 내놓으라는 것이다. 처음에는 쫓다가, 다음에는 개 사료를 조금씩 나눠주다가, 수가 늘면서부터는 대형 고양이 사료를 사놓고 먹이고 있다. 덕분에 텃밭이고 화단이고 죄다 고양이 똥이고 그걸 치우는 것은 남편과 내 몫이다.

우리 집에 오는 고양이를 굶기지 않기. 최소한 물과 사료를 떨어지지 않게 하고 마당에 싼 똥은 치워주기.

여기까지가 내가 받아들이는 일이다. 이 이상 낼 마음도 여력도 없다.

그동안 수많은 고양이가 이 경계에서 우리와 살아왔다. 보통 길냥이들은 사람에 대한 경계심이 강해서 아무리 사료와 물을 챙겨줘도 손끝 하나 대지 못하게 하는 경우가 많다. 멀리서 지켜보다가 우리가 집 안으로 들어가면 그제야 사료에 다가가고, 먹으면서도 긴장을 풀지 않는다. 사료를 먹고 나면 재빨리 사라진다. 그런데 어느 날 한 녀석이 이 경계를 넘었다. 갑자기 현관 앞에 나타난 녀석은 도망가지 않았다. 사료를 먹고도 몸을 웅크린 채 현관 앞에 엎드려 있었다. 아주 작고 약해 보이는 고양이였다. 친정 엄마는 새끼였을 때 어미젖을 충분히 얻어먹지 못한 모양이라고 하셨다. 형제들 사이에 끼지도 못하고 어미도 안 챙기니 본능적으로 제가 의지할 상대를 우리 가족으로 정한 모양이라고. 조심스럽게 곁에 가도 가만히 있는 녀석에게 제일 먼저 손을 내민 것은 막내였다. 녀석은 막내가 털을 쓰다듬게 두었다. 곧 이 고양이에겐 '노랑이'라는 이름이 붙었고 노랑이는 우리 식구만 나가면 다리 사이에 제 몸을 비비며 작은 소리로 가르랑댔다.

사방이 고양이여도 만질 수 없다가 곁을 주는 아기 고양이가 생기니 아이들은 한없이 정을 쏟았다. 버리려고 내놓은 택배 상자에서 자는 게 안쓰러워 남편이 합판으로 집을 만들자 솜씨 좋은 막내가 아크릴 물감으로 예쁘게 장식을 했다. 안에 담요도 깔아주었다. 노랑이는 매일 제집에서 몸을 웅크리고 잠을 청했다. 그런데 날이 추워지자 자꾸만 집 안으로 들어오려고 틈을 노리기 시작했다. 식구들이 드나들 때 재빨리 함께 들어와 현관 마루 밑에 올라와 앉곤 했다. 아이들은 노랑이를 집 안에서 키우자고 졸라댔지만 남편과 나는 절대 반대였다. 닭 십여 마리와 대형견 두 마리를 돌보는 일만으로도 충분히 고단하다. 그 일은 우리가 원해서 시작했으므로 어떻게든 책임을 다하지만 고양이는 아니다. 안 그래도 넓은 집 정리며 청소에 늘 허덕이는데 고양이가 집 안을 돌아다닌다는 것은 생각하기도 싫었다. 우리 식구는 집 안에 고양이는 마당에 머문다. 다른 선택지는 없다. 없어야 했다.

아이들은 학교에서 돌아오면 노랑이부터 찾았다. 사진을 찍고 장난감으로 같이 놀아주기도 했다. 그때마다 노랑이는 제 몸을 아이들에게 비벼댔다. 노랑이는 나와 남편도 무서워하지 않았다. 마당에서 콩 줄기를 훑고 있으면 다리 사이로 자꾸 들어오려는 것을 나는 끈질기게 밀어냈다. 그렇게 밀어내도 노랑이는 늘 내 곁으로 다가왔다.

"엄마, 노랑이, 동물 병원에 데려가야 하지 않을까요? 어딘가 계속 아픈 것 같아요."

아들은 노랑이의 건강을 염려했다.

"길냥이잖아. 어쩔 수 없어."

"그러다가 노랑이가 죽기라도 하면 어떡해요. 엄마가 책임지실 거예요?"

…엄마가 책임지고 있는 게 너무 많아서 노랑이까지 떠안고 싶진 않아.

나는 그저 속으로만 대답했다.

십이월의 어느 날, 친정 식구들과 김장을 하느라 종일 바빴다. 노랑이는 잠을 자는지 제집에서 웅크린 채 종일 나오지 않았다. 이상하게 여기면서도 김장에 신경 쓰느라 들여다보지 못했다. 오후 늦게 김장이 끝나고 정리하느라 마당에 나가보니 노랑이가 몇 시간째 같은 자세였다. 뭔가 이상했다. 노랑아, 불러도 반응이 없었다. 살짝 건드린 순간 가슴이 철렁했다. 노랑이는 싸늘하게 굳어 있었다. 언제부터였는지 알 수 없었다. 분명 아침에는 움직이고 있었다. 겁이 덜컥 나면서 눈물이 솟았다. 좋아하진 않았지만 이렇게 될 줄 몰랐다. 놀라고 충격받을 아이들 얼굴이 떠올랐다. 친정 엄마와 언니들은 불쌍하긴 한데 어쩔 수 없는 일이니 애들한테 잘 말하라고 했지만 마음이 가라앉지 않았다. 학교에서 돌아온 딸들은 죽어 있는 노랑이를 보고 울었다. 아들의 슬픔은 예상보다 깊었다.

"노랑이가 아픈 것 같다고, 병원에 가야 한다고 제가 말했잖아요. 엄마가 죽인 거예요."

아들은 눈물이 그렁그렁 맺힌 눈으로 내게 쏘아붙였다. 그 말들이 가슴을 찔렀다.

"노랑이가 이렇게 되어서 엄마도 정말 마음 아파. 진심이야.

너처럼 아끼진 않았지만 엄마도 노랑이가 건강하게 잘 살기를 바랐어."

"그럼 바로 병원엘 데려갔어야지요. 동물을 사랑하라면서요. 엄마는 엄마가 말한 대로 행동하지 않았어요."

아들은 슬픔과 상실감으로 떨며 나를 비난했다.

"미안해. 노랑이를 이렇게 보내게 돼서 정말 미안해. 엄마도 알아. 노랑이가 처음부터 아파 보인 거. 그런데 좋은 마음으로 병원에 데려갔다가 큰 병이라고 하면 어떡하나, 그럼 끝까지 치료해야 하나. 큰돈이 들 수도 있는데 솔직히 엄마 아빠는 거기까지 생각해보지 않았거든. 병원에 데려간다는 것은 노랑이를 끝까지 책임진다는 뜻이기도 하고. 너희들은 쉽게 마음을 줄 수 있지만 엄마 아빠한테는 보살펴야 하는 대상이 또 하나 느는 일이야. 간단하지 않아. 이미 해태와 복실이가 있으니까. 그래서 선뜻 그럴 수 없었어. 정말 미안해. 노랑이가 이렇게 떠날 줄 몰랐어. 엄마도 너무 슬퍼."

이런 얘기를 두서없이 늘어놓으며 부엌에 서서 아들과 같이 울었다. 처음으로 우리에게 곁을 내준 고양이, 노랑이는 그렇게 우리 곁을 떠났다.

김장김치를 친정까지 실어다 드리고 돌아온 늦은 밤, 노랑이를 안은 아들과 함께 위쪽 밭에 올랐다. 산 가장자리 어린 단풍나무들이 우거진 한쪽을 아들이 삽으로 팠다. 구덩이 가운데에 노랑이를 묻고 흙으로 잘 덮어주었다. 아들은 주변에서 가느다란 나뭇가지 하나를 찾아와 노랑이의 무덤 위에 꽂았다. 마음도 눈물도 차가운 십이월 밤이었다.

우리에게 왔던 첫 고양이 노랑이와는 그렇게 인연이 끝났다. 아들은 오래 마음을 앓았다. 노랑이를 추억하며 천천히 추스르는 것으로 더 이상 고양이와는 인연을 맺을 일이 없을 줄 알았다. 그러나 삶은 언제나 우리의 예상을 보기 좋게 벗어난다. 이듬해 우리 곁으로 고양이 물루가 왔기 때문이다.

노랑이가 떠난 지 반년쯤 지난 유월의 어느 밤, 평소처럼 늦은 시각에 개들과 동네 산책을 나갔다. 윗마을로 이어진 완만한 고갯길을 걷고 있는데 큰딸이 어디선가 새끼 고양이 우는 소리가 들린다며 멈춰 섰다. 여름밤은 소쩍새 소리며 개구리, 맹꽁이 소리까지 한데 섞여 소란스럽기 그지없었는데 큰딸은 용케도 그 사이에서 희미하게 들려오는 새끼 고양이 울음소리를 알아챘다. 가느다랗고 약한 소리였지만 애처롭고 절박한 울음이었다. 소리가 나는 곳은 길 가장자리 수풀 근처였다. 다가가 보니 도로 연석 위에 작은 아기 고양이가 앉아 있었다.

…저길 못 내려와서 울고 있는 걸까.

조심스럽게 장갑 낀 손을 내밀었는데 웬일인지 고양이가 가만히 몸을 맡겼다. 안전한 곳에 내려주니 불안한 듯 고개를 이리저리 돌리면서도 도망가지 않았다. 배가 고픈가 싶어 챙겨간 개 간식을 작게 잘라 내밀어보았다. 받아먹었다. 손바닥에 물도 따라주었다. 할짝할짝 핥아 먹었다. 근처에 어미 고양이가 있을지 몰라 주위를 살펴보았다. 길냥이 새끼라면 어쩌다 어미한테서 떨어졌다 해도 가까운 곳에 분명 어미가 있게 마련이다. 어미는 쉽게 잡을 수 없는, 그러나 눈에 띄는 곳에서 사람을 경계하면서도 새끼한테서 눈을 떼지 않는다. 위험한 상황이 지나가면 새끼도 바로 어미에게 달려간다.

어미의 기척은 없었다. 새끼 고양이도 쪼르르 사라지지 않았다. 누가 유기한 걸 수도 있었다. 집에서 기르던 동물이 새끼를 낳거나 아프거나 이런저런 키우기 곤란한 상황이면 이런 한적한 곳에 두고 가는 사람들이 종종 있다. 간식과 물을 먹고도 고양이는 도망가지 않았다. 사람을 경계하지 않는 걸로 봐선 이미 사람 손을 탄 고양이 같았다. 어떡할지 망설이며 걸음을 옮기는데 고양이가 우리 뒤를 따라오기 시작했다.

…이러면 곤란한데… 계속 따라오면 어쩌나….

가슴이 뛰기 시작했다. 따라오지 말라고 하고 싶었지만 꼭 따라와주었으면 하는 마음도 있었다. 이 작고 연약한 생명을 그대로 외면한다면 두고두고 후회할 것 같았다. 집 안에서 동물을 기른다는 생각은 해본 적이 없다. 게다가 우리 집 개들은 고양이를 아주 싫어한다.

…털도 날릴 테고 아이들 건강에도 안 좋을 텐데….

짧은 순간 온갖 생각들이 뒤엉켰다. 그러나 어지러운 내 머릿속을 꿰뚫어본 양 아기 고양이는 “이리 와” 하며 남편이 손을 내밀자 그 위로 폴짝 뛰어올랐다. 이로써 상황은 명쾌하게 정리되었다. 품에 안긴 아기 고양이를 모른 척할 수는 없었다. 흰 털에 갈색과 검정이 섞인 삼색고양이 물루가 우리 가족이 되는 순간이었다.

같이 산책 나온 두 딸은 좋아서 펄쩍펄쩍 뛰며 서로 만지겠다고 야단이었다. 피곤해서 집에 있겠다던 아들은 길고양이 새끼를 구조했다는 전화를 받고는 한달음에 달려왔다. 그러고는 아빠에게서 고양이를 받아 제 품에 꼭 품었다. 수풀에서 애처롭게 우는 게 꼭 구해달라고 외치는 것 같더라는 내 말에 아들은 눈을 빛내며 대꾸했다.

"이미 결정된 거예요. 고양이는 집사를 직접 선택한다는 거 아시죠? 얘가 우리 가족을 선택한 거라구요."

아들도 나처럼 그 순간 노랑이를 떠올렸을 거라고 생각했다. 우리에게 왔지만 제대로 보살피지 못하고 떠나보낸 노랑이에 대한 미안함이 오래도록 남아 있었다. 처음부터 노랑이를 환대하고 아꼈던 아이들의 마음을 받아주지 못했던 것이, 그래서 아이들에게 아픈 기억을 주고 만 것이 가슴에 가시처럼 걸려 있었다. 아마 그런 감정이 새 고양이에게 마음을 열게 했을 것이다.

밖에서 데려온 고양이를 씻기느라 세 아이는 애를 먹었다. 날뛰는 고양이 때문에 팔과 손을 긁히면서도 목욕탕은 아이들의 웃음소리로 터질 것 같았다. 말끔하게 씻기고 보니 정말 예쁘게 생긴 고양이였다. 세모꼴로 생긴 분홍 콧날 왼쪽엔 검은 점이, 오른쪽엔 갈색 점이 있었다. 왼쪽 눈가는 갈색 털, 오른쪽 눈 위로는 검정털이 덮여 있었다. 녀석은 마치 오래전부터 우리와 살아온 것처럼 태연하게 거실을 오가며 다가오는 아이들에게 저를 맡겼다. 품에 품고, 털을 쓰다듬고, 얼굴을 비빌 수 있는 작고 사랑스러운 존재가 아이들의 새 친구가 된 것이다. 이름은 내가 제안한 물루로 결정되었다. 프랑스 작가 장 그르니에가 사랑했던 고양이 이름이다. 오래전 읽었던 〈고양이 물루〉라는 그의 글을 지금껏 기억하고 있었다.

작은 고양이 한 마리가 들어온 것으로 집안 공기가 완전히 달라졌다. 항상 보이지 않는 생기와 긴장, 기쁨이 흐르고 있는 것만 같다. 아이들이야 열광할 줄 알았지만 남편이 물루한테 마음을 여는 모습은 그저 놀라울 따름이다. 학교에서 돌아오면 아이들은 현관에서부터 물루를 찾는다. 저를 얼마나 아끼는지 잘 아는 물루는 아이들 발소리만 나면 어느 틈에 현관에 나가 야옹야옹 울어댄다. 어디 갔었냐고, 심심했다고 투정 부리듯. 그러고는 비로소 기운이 난 듯 온 집 안을 활기차게 돌아다닌다. 주말이면 남편은 물루를 가슴 위에 올리고 낮잠을 잔다. 그때마다 물루도 세상 편안한 자세로 잠에 빠져든다. 그 둘을 보고 있으면 회사생활에 시달린 중년 남자의 고단한 마음이 물루 덕에 풀어져 비로소 온전하게 쉴 수 있게 되나 보다 생각하곤 한다. 자라느라 애쓰는 세 아이는 아무 때고 뾰족하게 날이 서곤 하는데 그때마다 물루는 그 날카로운 감정들 사이를 헤집고 들어가 보드랍고 매끈하게 만들어준다. 물루와 있을 때만큼은 아이들의 눈빛과 표정이 그렇게 순할 수 없다. 세상에서 받은 상처와 고단함은 물루와 함께하는 동안 치유되고 따스함으로 채워진다. 물루의 작은 몸짓으로도 온 가족이 웃고 행복해진다. 고양이라는 존재의 따스함과 부드러움에 날마다 놀라는 중이다. 우리에게 제 털을 맡기고 편안하게 늘어져 어느새 가르랑거리는 이 느긋한 존재를 보고 있으면 털끝만큼의 의심도 없이 온 존재로 우리를 믿어주는 것 같아 가슴이 뜨거워진다. 이토록 깊고 단단한 사랑을 받다니 싶어 마음이 떨려온다. 그럴 때마다 노랑이를 생각한다. 어느 날 다가와 우리 마음을 두드렸던 작고 약한 고양이. 그때 나는 마음을 열지 못했지만 노랑이 덕에 고양이에 대해 다시 생각하게 된 것은 틀림없다.

남편과 아이들이 모두 나간 고요한 집, 컴퓨터 앞에 앉아 글을 쓰다가 옆구리에 물컹하게 느껴지는 체온에 놀라 돌아보면 물루다. 어느새 스르르 다가와 내 옆에 가만히 제 몸을 붙이고 앉은 것이다. 그럴 때마다 뭐라 말할 수 없는 감정들이 차오른다. 내가 혼자가 아니라는 것을 일러주듯, 자기도 내가 있어 의지가 된다는 듯, 물루는 가만히 제 몸을 내게 기대온다. 모두 나가면 종일 나 혼자뿐이었는데 이젠 집 안 어딘가에서 따스하고 보드라운 존재가 함께 숨 쉬고 있다는 생각에 마음이 꽉 차오른다. 고양이를 이렇게까지 아끼게 될 줄 몰랐다. 마냥 고맙고 좋다.

이따금 어디선가 노랑이가 이렇게 될 줄 알았다며 빙그레 웃고 있는 것만 같다. 물루야말로 우리에게 다시 온 노랑이일지도 모른다. 이렇게 큰 사랑을 주고 싶었다고, 함께 더 행복해지고 싶었다고 말하는 것 같다. 고양이와의 만남을 '간택 받는다'라고 표현한다. 아무에게나 곁을 주지 않는다는 뜻이다. 그 밤, 물루가 같이 살 가족으로 우리를 선택했다고 믿는다. 그건 분명 노랑이가 이끌어준 인연이었을 것이다. 그 마음을 잘 간직하려 한다. 물루이자 노랑이인 이 어여쁜 생명의 모든 날은 우리와 함께다.

효동 할아버지

고개 넘어 사는 친구 집에 놀러 가는 막내를 차에 태워 마을버스 정류장을 지날 때였다. 아흔 넘으신 효동 할아버지가 정류장에 앉아 계셨다. 약 사러 시내 약국에 가시려는 모양이었다. 정각에 오는 마을버스는 조금 더 기다려야 했다. 일찍 나오셨네, 생각하며 지나쳐 갔다. 막내를 내려주고 다시 돌아오는데 효동 할아버지가 천천히 집 쪽으로 올라가고 계셨다.

…십 분만 기다리면 버스가 오는데, 왜 안 타시지?

"효동 어르신!"

할아버지 앞으로 돌아가 차창을 내리며 외쳤다.

"아, 애기엄마구려. 근데, 어디 가?"

"역에 나가시는 거죠? 타세요."

"아무리 기다려도 차가 안 와서 집에 들어가려고 했어."

“차 조금 있으면 오는데요. 지금까지 기다리셨는데 왜 들어가세요. 어서 타세요.”

“애기엄마도 역에 나가?”

“네네.”

집에 들어가는 길이었지만 대충 대답했다. 귀가 어두우셔서 길게 설명해도 어차피 못 알아들으신다.

“아이고, 고마워서 어떡해.”

할아버지는 지팡이 먼저 차에 들이고 천천히 타셨다.

“약국에 가시는 길이죠?”

“응. 근데 애기엄만 참 희한한 양반이야. 나를 어떻게 봤어?”

“제가 왜 효동 어르신을 몰라봬요. 자주 뵙잖아요. 차도 태워드리고.”

“얼마나 고마운지 몰라. 애기엄마만 나를 태워줘.”

“약 사러 가세요? 혈압약?”

“아니야. 수면제 사러 가, 수면제. 잠을 통 못 자.”

할아버지가 잠이 잘 안 와서 고생하는 이야기를 띄엄띄엄 하시는 동안 차는 어느새 역에 도착했다. 일부러 약국 앞에서 내려드렸다. 할아버지는 지팡이 먼저 내리고 몸을 천천히 움직여 내리셨다.

“고마워요. 잘 들어가.”

허리가 구부정하고 몸집이 자그마한 할아버지가 천천히 약국으로 들어서는 모습을 보고 차를 돌렸다.

효동 할아버지는 나와 아이들이 알고 지내는 몇 안 되는 마을 어르신들 중 한 분이다. 늘 우리 집 언덕 아래쪽으로 지나다니셔서 아이들과 목청껏 인사를 드리곤 했다. 어린애가 없는 마을에 애들 소리 들리는 게 좋다고, 마을에서 제일 어렸던 우리 아이들을 예뻐해주셨다. 할아버지는 약국과 은행 일을 보려고 가끔 마을버스를 타시는데 버스 시간을 잘 못 맞춘다. 어렵게 정류장에 도착했다가 뭔가 잊으신 게 있으면 집까지 다시 오가기가 너무 힘들어서 나가는 일을 포기하기도 한다. 나야 후닥닥 뛰어갔다 오지만 아흔 넘은 할아버지에겐 멀고 고된 길일 것이다. 그래서 정류장에 나와 계시는 할아버지를 볼 때마다 꼭 태워드렸다. 애들 때문에 하루에도 몇 번씩 시내를 오가니 나한테는 그게 큰일이 아닌데 할아버지는 태워드릴 때마다 정말 고마워하신다. 나는 딸보다 애기엄마가 더 좋아,라고 말씀하신 적도 있다. 그 마음 뭔지 안다. 멀리 있는 가족보다 가까이 있는 이웃의 관심과 도움이 내 일상에 더 요긴할 때가 있는 법이다. 나도 아이들 모두 어릴 때 그런 이웃의 도움을 많이 받으며 살았다.

우리 집에서 차로는 오 분이면 전철역까지 가지만 마을버스를 타면 온 마을을 다 돌아 이십 분 넘게 걸린다. 오랫동안 한 시간에 한 대뿐이다가 이젠 삼십 분 간격으로 버스가 오지만 그 시간을 잘 맞추지 못하니 효동 할아버지는 그저 아무 때고 나와서 차가 올 때까지 기다리는 게 일이다. 거동이 불편해서 차에 타고 오르는 것도 힘들고 차에 앉아서도 이리저리 흔들릴 때마다 약한

몸이 휘청휘청할 것이다.

젊은 사람들에겐 아무것도 아닌 일이 효동 할아버지에겐 한나절이 걸리고 하루가 걸린다. 늙는다는 것이 그렇다. 간단한 일 하나를 해내기 위해 모든 시간과 체력을 다 바치고도 마음먹은 대로 되지 않는 것을 받아들이는 일이다.

효동 할아버지는 돌아가신 시아버님을 꼭 닮았다. 자그마하고 여윈 몸도 그렇고 빨리 걷지 못하시는 것도 비슷하다. 시아버님은 어머님이 먼저 돌아가신 강릉 본가에서 혼자 사 년을 사셨다. 멀리 사는 세 며느리가 달마다 번갈아 들러 살펴드렸지만 그래도 불편한 게 한둘이 아니었을 것이다. 언젠가는 부엌에 들어갔더니 싱크대 아래 깐 매트 주변에 큰 얼룩이 져 있었다. 아마도 국그릇을 들고 가다가 떨어뜨리신 모양이었다. 기름기 있는 그 국물을 어떻게든 말끔하게 닦아보려고 애썼겠지만 끝내 커다란 얼룩이 남아버린 것이다. 몸을 구부리고 펴는 것이 힘든데 그 상황을 해결하려고 혼자 끙끙대셨을 모습을 떠올리면 마음이 서늘해진다. 별일 아닌 것도 모두 큰일이 돼버리고, 작은 일도 스스로 흡족하게 해결할 수 없게 된 날들을 아버님은 오래 견디다 떠나셨다.

효동 할아버지도 지금 그런 시간을 힘써 밀고 나가시는 중이다. 젊은 날엔 마을 농악대에서 꽹과리를 치셨다고 했다. 막걸리도 벌컥벌컥 들이켜며 신명나게 내리치던 그 쨍쨍한 소리가 일 년 농사의 시작을 알리고 마을 잔치의 흥을 돋우었을 것이다. 그렇게 누비던 날들은 오래전에 지나갔다. 지금 할아버지는 매일 작아져가는 몸을 가까스로 움직이며 남은 날을 살아내고 계신다. 몇 날이라도 내가 그 수고를 조금 덜어드릴 수 있다면 마땅히 그래야 한다. 내겐 큰일도 아니다. 나라도, 우리 가족이라도 효동 할아버지를 알아서 가끔 시내에 모셔다 드리거나 모셔 올 수 있어서 다행이다. 마주칠 때마다 반가워하고 일상을 묻는 사람이 곁에 있다는 것이 효동 할아버지도 든든할 것이다.

내가 사는 마을 어딘가에 효동 할아버지와 할머니가 같이 살고 있다는 생각을 하면 마음이 푸근해진다. 나를 알고 내 아이들을 예뻐하는 오래되고 단단한 마음 하나가 곁에 있다고 생각하면 내 일상이 한결 따듯한 기운 속에 보호받는 기분이다. 더 이상 정류장 혹은 마을 길에서 효동 할아버지를 뵐 수 없는 날이 올까 두렵다. 어쩌면 멀지 않았을지도 모른다. 아흔이 넘으셨으니 그날이 바로 내일이라고 해도 어쩔 수 없다. 그러나 효동 할아버지가 안 계신 마을은 전과 같지 않을 것이다. 하나의 인생, 하나의 이야기, 하나의 마음이 사라진 세상은 분명 그만큼 텅 비고 적막해질 것이다. 내가 이따금 효동 할아버지를 생각하는 것처럼 할아버지도 문득문득 나와 내 아이들을 떠올리고 흐뭇해하는 시간이 있을지 모른다. 건강하셨으면 좋겠다. 조금씩 약해지실지라도 더 오래 이겨내셨으면 좋겠다.

(효동 할아버지는 2021년 사월에 아흔다섯으로 생을 마치셨다. 할아버지 인생의 마지막 십 년을 함께한 인연에 감사한다.)

4

이곳에서 우리는

루미네

우리 집엔 브랜드가 하나 있다. 막내의 이름을 딴 '루미네'다. 이 브랜드가 나오게 된 것은 앵두 때문이었다.

집 주변에 오래된 과실수가 많다. 이사 왔을 땐 한겨울이라 모두 그냥 나무들이었는데 봄에 꽃이 피고 잎이 나는 것을 보며 이 집에 모과나무며 대추나무, 감나무가 있는 것을 알게 되었다. 제일 많은 것이 앵두나무였다. 꽃도 예쁘지만 꽃 지고 나면 새끼손톱처럼 귀여운 초록 열매들이 달리기 시작해 오월 중순부터 빨갛게 익어간다. 앵두 맛에 홀려서 매일 한 주먹씩 따 먹었는데 먹어도 먹어도 앵두는 줄지 않았다. 효소도 담그고 친정 부모님이 넉넉하게 따가셔도 넘쳐났다. 앵두는 유월 중순만 돼도 물러지는데 오래 보관도 안 되고 그냥 버리기엔 너무 아까워서 어쩌나 하던 차 우리 집에 놀러 온 이웃들이 너도나도 앵두 좀 팔라고 부탁하기 시작했다. 남편하고 애들하고 같이 먹고 싶다며 한 통만 팔라는 거다.

…그럼 한번 팔아볼까?

생각지도 못한 앵두 장사는 그렇게 시작되었다. 반 엄마들이 모여 있는 밴드에 앵두 사진을 올리고 주문을 받았다. 누가 사려나 했는데 주문이 쏟아졌다. 다들 앵두를 원했다. 오호라, 돈이 되는구나. 사업이 커지기 시작했다. 이것도 한철인데 용돈이라도 벌어야지. 살림을 팽개쳐두고 앵두나무에 매달렸다. 붉고 고운 알알이 모두 돈으로 보였다. 집에 있던 빈 병들을 죄다 꺼내 앵두를 담아 주문한 이웃들에게 배달했다. 기왕 파는데 상표도 만들고 예쁘게 라벨도 만들어 붙이자고 막내가 아이디어를 냈다. 막내 이름을 따서 '루미네 앵두'라고 이름을 붙였다. 막내는 빨간 앵두와 초록 잎사귀까지 그려 귀여운 앵두 캐릭터를 만들고 그 아래 '루미네 앵두'라고 색연필로 쓴 깜찍한 라벨을 만들었다. 유리병에 앵두를 담고 맨 위에 앵두 잎사귀 두 개를 얹은 다음 라벨을 붙였더니 제법 그럴싸한 상품처럼 보였다.

루미네 앵두는 큰 성공을 거뒀다. 우거진 나뭇가지에 찔리기도 하고, 앵두를 노리는 벌이며 노린재 같은 벌레들과 싸워가며 앵두를 땄다. 일일이 좋은 알을 골라 담아 배달하기까지 억수로 고생했지만 며칠 고생으로 십만 원이 넘는 돈을 벌었다. 앵두 선별과 포장을 도운 아이들에게 알바비를 떼어 주고도 돈이 쏠쏠하게 남았다.

루미네 앵두 맛을 기억하는 고객들은 매년 주문을 했다. 앵두가 인기를 끈 후 다른 상품들도 등장하기 시작했다. 부추 밭에 부추가 넘쳐나면 부추를 다듬어 반 밴드에 올렸다. 농장에서 자란 노지 부추는 인기가 좋았다. 수량이 적은 게 흠이었지만 아까운 부추도 알뜰하게 소비되었다. 살구가 많이 달렸을 땐 살구를 털다가 으깨진 것들로 살구잼을 여러 병 만들었다. 우리가 먹고 남는 잼은 '루미네 살구잼'이 되어 이웃에게 팔려나갔다. 고구마 농사가 잘된 해에는 이웃에게 고구마를 팔기도 했다. 루미네 농장에서 파는 상품 종류는 해마다 계절마다 다양해졌다.

몇 해 전에 남편은 뒷마당에 있던 닭장을 앞마당 끝으로 옮겨 새로 지으면서 청계를 들여왔다. 아이들 학교에서 키우던 닭들도 우리 집으로 오게 되면서 닭 식구가 늘었다. 남편은 본격적으로 양계 관련 카페 회원이 되더니 종류가 다양한 닭들을 들이기 시작했다. 나이 들어 양계 사업을 꿈꾸냐고 핀잔은 했지만 작고 푸른 달걀을 보고 나니 신기하고 뿌듯했다. 닭이 다양하니 알도 다양해졌다.

겨울 동안은 알 낳기를 멈추는 닭은 봄이 되자 본격적으로 알을 낳기 시작했다. 어느새 매일 열 개 가까운 알이 쏟아졌다. 보통 우리 식구가 실컷 먹고 남은 알은 친정 엄마가 가져가셨는데 코로나 이후 발걸음이 뜸해지다 보니 다섯 식구가 매일 먹어도 알이 금방 쌓였다. 냉장고가 점점 좁아져서 어쩌나 하다가 막내랑 달걀을 팔기로 했다. 우리 마을에는 마을 사람들끼리 만든 공동체 밴드가 있다. 그곳에 올리고 주문을 받아보기로 했다. 역시 솜씨 좋은 막내가 예쁜 닭과 달걀 그림을 그렸다. 이번엔 '루미네 달걀'이다. 이런 일에 막내와 나는 죽이 척척 맞는다. 그동안 모은 달걀 중 청란 스무 개, 갈색란 스무 개를 플라스틱 바구니에 담았다. 집에 달걀판이 없으므로 그대로 마을 공동체 냉장고에 가져다 놓고 밴드에 안내문을 올렸다. 선착순으로 네 명까지 구매할 수 있으며 사실 분은 집에서 달걀 담을 통을 챙겨와 청란 다섯 개, 갈색란 다섯 개씩 알을 챙겨 가라는 내용이었다. 청란은 갈색란보다 귀하고 값도 비싸다. "청란만 다 골라 가면 어떡해요?" 하고 막내가 걱정하길래 "마을 사람들인데 그럴 리 없어" 하고 안심시켰다. 실제로 그런 일은 없었다. 가격은 방목해서 키우는 유정란 가격에 청란 가격을 약간 반영해서 정했다. 쌀겨도 자주 먹이고 달걀 껍질도 종종 먹이고 풀도 먹이면서 건강하게 키운 닭들이다. 항생제, 성장호르몬 따윈 걱정할 필요도 없다. 청란도 갈색란도 자세히 보면 색이 다 다르다. 한 품종이 똑같이 낳은 알들이 아니기 때문이다. 공동체 터전 냉장고에 알을 채우고 냉장고 문에도 안내문을 붙였다.

…정말 팔릴까? 혹시 아무도 안 사면 어떡하지?

막내의 걱정이 무색하게 이내 신청자가 댓글을 달기 시작했다. 오후까지 네 명이 금방 찼다. 저녁에는 알을 잘 꺼내 갔노라는 인사 글이 달리기 시작했다. 시골에서 암탉이 낳은 따뜻한 알을 미안한 마음 누르며 꺼내오던 그때 기억이 났다며 귀한 달걀 맛있게 먹겠다는 인사들이었다. 수북이 쌓인 달걀을 꺼내 통에 담아 가는 경험 자체를 반가워하기도 했다. 한 이웃은 격주로 열 알씩 정기적으로 사고 싶다고 신청하기도 했다. 오후에 공동체 터전에 들러 빈 달걀 통을 챙겨 왔다. 추운 겨울 얼어붙은 물통에 더운물을 부어주러 찬바람 속을 걸어가면서는 닭들을 원망하기도 했는데 어느새 자라 알을 낳고 그 알을 우리가 팔아 반찬값에라도 보태게 되니 어찌나 신이 나던지. 풀도 자주 뜯어주고 물통도 자주 확인하고 더 잘해줘야지 다짐했다. 살다 살다 농장주에 양계장 주인까지 될 줄은 몰랐다. 생각지도 못한 일을 하게 되는 것, 마당 넓은 집에서 살며 겪는 일이다.

막내는 커가면서 베이킹에 흥미가 생겼다. 코로나로 집에 있는 시간이 많아지면서 관심은 구체적인 행동으로 이어졌다. 마침 시내에 커다란 베이킹 전문점이 있었다. 그곳을 드나들며 조금씩 필요한 도구와 재료를 구했다. 몇 번 실패도 했지만 마침내 스콘과 마카롱을 멋지게 만들어냈다. 쿠키며 마들렌, 피낭시에도 수준급이다. 직접 만든 빵과 과자를 예쁜 봉지에 넣고 '루미네'라는 상표를 붙여 이모들과 이웃들에게 선물했다.

막내는 베이킹에 이어 비즈 액세서리 만들기에 뛰어들었다. 관련 유튜브를 챙겨 보며 정보를 얻고 동대문 종합 부자재 시장을 드나들며 재료를 구했다. 비즈 반지와 목걸이, 팔찌를 비롯해 열쇠고리 등 다양한 액세서리를 척척 만들었다. 이모들이며 할머니, 동네 친구들까지 막내가 만든 액세서리를 선물로 받게 되었다.

우리 마을엔 일 년에 두 번씩 '소박한 장터'가 열린다. 지역에서 다양한 활동을 하는 소모임과 소상공인, 농부 들은 물론 개인도 직접 만든 상품들로 참여를 하는 장터다. 지난 유월에 열린 장터에서 막내는 그동안 만든 비즈 공예품으로 '루미네 액세서리' 가게를 열었다. 이번 장터에 참가한 최연소 판매자였다. 일주일 전에 동대문시장에 가서 비즈공예 재료들을 사 와서 방과 후에 틈틈이 목걸이와 반지를 만들었다. 장터가 있던 토요일엔 온 가족이 나가 막내의 첫 사업을 도왔다. 남편과 아들은 테이블과 의자를 날라 판매대를 만들고 큰딸은 막내와 손님을 맞았다. 막내가 시작한 일이 가족사업이 된 셈이다. 마침 지방에 강의가 있던 나는 장터가 시작되는 늦은 오후에 가까스로 맞춰 올 수 있었는데 그때 이미 막내의 가게는 많은 손님으로 북적였다. 꼬마 손님부터 어른까지 막내의 액세서리를 샀다. 준비한 목걸이는 다 팔렸고 반지도 인기 있었다.

첫 사업을 성공리에 마친 막내는 한껏 용기를 얻었다. 손님을 직접 상대하면서 상품을 권하고 설명하는 일도 능숙해졌다. 어떤 목걸이가 잘 팔리는지, 어떤 디자인을 원하는지 고객의 취향도 알게 되고 많은 걸 배우게 되었다며 좋아했다. 재료비와 인건비를 계산해서 적절한 가격을 정하고, 정산하는 법도 알게 되었다. 뭐든지 직접 경험하는 게 최고의 공부다.

막내는 이제 가을 장터를 고대하고 있다. 더 다양하고 예쁜 제품들을 만들어서 참여하겠단다. 나는 막내의 최신 액세서리를 누구보다 먼저 착용해보는 호사를 누리고 있다. 막내에게 선물 받은 목걸이며 반지로 매일 알록달록 예쁘게 꾸미고 동네를 누빈다. 딸이 만들어 준 액세서리를 걸고 나가면 다이아몬드 목걸이가 부럽지 않다. 세상에 하나밖에 없는 제품이니 말이다.

앵두에서 시작해서 채소와 고구마, 달걀에 이어 베이커리와 액세서리까지 루미네는 계속 성장하고 있다. 이 일에 재미를 붙인 막내는 언젠가는 자기 이름을 딴 문구 상품을 만들어 파는 가게 사장님이 되고 싶단다. 손재주가 좋은 막내는 어쩌면 진짜 '루미네 문구'나 '루미 카페' 사장님이 될지도 모른다. 루미네가 마구마구 성장해갔으면 좋겠다. 일이 많은 집 덕분에 새로운 꿈들이 생겨난다.

아들의 시간

가끔 늦은 밤 잠들어 있는 아들 얼굴을 물끄러미 들여다볼 때가 있다. 어느새 스무 살이다. 아홉 살 일월에 이 집에 온 후 십이 년이 흘렀다. 키 크고 마른 아들. 뺨을 살며시 쓸어본다. 잠결에도 아들은 엄마 손을 알아채고 내 쪽으로 조금 더 고개를 돌린다. 나와 너무나 많은 것을 함께 겪는 아들이다. 그런 생각을 하면 도리 없이 마음에 물기가 스며든다. 그 작던 아이가 이렇게나 자랐다.

자연에 있는 좋은 학교를 보내고 싶어서 이 마을에 왔는데 아들은 초등학교 이학년을 마친 후 학교를 그만두었다. 얼마 안 되는 소지품을 챙겨 든 열 살 아들 손을 잡고, 그보다 더 어린 딸들과 함께 텅 빈 이월의 교정을 걸어 나오던 그 겨울 시리던 마음이 잊히지 않는다.

…어디서부터 잘못된 걸까. 내가 놓친 게 뭘까. 이제 우린 어떤 날들을 맞게 될까.

두려움과 불안이 찬바람과 함께 가슴속에 휘몰아쳤다. 첫아이를 학교에 적응시키는 데 실패한 엄마. 학부모로서 내 능력과 미래는 암담해 보였다.

아파트를 떠나 마당 있는 집에 오게 된 걸 제일 좋아한 건 아들이었다. 그토록 원하던 개를 키울 수 있게 된 것부터 마음껏 뛸 수 있는 마당과 계단을 오르내리는 이층이 있다는 것에도 열광했다. 개학하기 전 겨울방학을 눈 쌓인 마당에서 신나게 놀며 보냈다. 아홉 살, 다섯 살, 그리고 막 첫돌을 맞은 막내까지 눈밭에서 어울려 노는 모습을 보며 무엇보다도 아이들에게 즐겁고 행복한 집을 선물했다는 생각에 뿌듯했었다. 눈이 내리면 마을버스도 잘 안 들어오는 새집에서 아들은 겨우내 동생들과 어울리며 지냈다. 그렇게 일학년 겨울방학을 마치고 다시 친구네 차를 얻어 타며 학교에 다니는 생활이 시작되었다. 그런데 학기 초에 있는 공개 수업에 갔더니 교실 분위기가 좀 이상했다. 아직 서로 서먹한 때라고 해도 아홉 살 아이들이 모인 것 치고는 지나치게 생기가 없었다. 내내 고학년만 맡았다는 새 담임은 어린 학생들을 완벽하게 통제하고 있었다. 수업 시간이나 쉬는 시간이나 늘 시끌벅적하고 활기 넘쳤던 일학년 때와는 분위기가 너무나 달랐다. 아들은 자주 한눈을 팔게 된다고 했다. 조금씩 늘어나는 학교 숙제도 싫어하고 어려워했다. 아침이면 늑장을 부리고 가기 싫다는 얘기로 애를 태웠다.

이학기엔 사정이 더 안 좋아졌다. 아들이 제일 의지하고 좋아하던 교장 선생님이 갑자기 전근을 가셨다. 늘 교장실 문을 활짝 열어놓고 아이들과 친구처럼 어울리며 쉬는 시간엔 같이 곤충 채집도 하고 사진도 찍어주던 유쾌한 분이었다. 새로 오신 교장 선생님은 말이 없고 엄했다. 늘 열려 있던 교장실 문은 굳게 닫혔다.

"엄마… 학교는 왜 다녀야 해요?"

아들이 묻기 시작했다.

"글쎄… 여러 이유가 있겠지만 새로운 것들을 배우기 위해서 다니는 게 아닐까?"

"학교에 안 다녀도 배울 수 있잖아요."

"그렇긴 한데… 왜 공부를 해야 하는지, 어떤 것을 배우고 싶은지 알고 싶어서 다니기도 해."

"그런 건 학교에 안 가도 알 수 있어요. 엄마, 그런데 숙제는 왜 해야 해요?"

"학교에서 배운 것을 더 잘 알기 위해서가 아닐까?"

"나는요, 숙제 때문에 학교가 더 지겨워요."

"…."

자주 이런 대화가 오갔지만 아들의 질문에 딱 떨어진 대답을 해줄 수가 없었다. 늘 내 안에 있던 질문들이기 때문이다. 언젠가는 아들에게 이런 질문을 받을 수도 있을 거라는 생각은 했지만 이렇게 빠를 줄은 몰랐다.

"난 수능 시험 같은 것은 안 볼래요." "대학엔 안 갈 거예요. 대학에 안 가도 훌륭한 사람이 될 수 있어요." "엄마가 집에서 저를 가르쳐주시면 안 돼요?"

가끔은 진지하게, 그러다가 다시 아침이 되면 악다구니로 변해서 학교에 보내기 위해 아들과 싸웠다. 이런 갈등을 겪는 동안 아들은 내게 더 집요하게 매달리며 엄청난 분노를 쏟아냈다.

새집에서 처음 겪는 모든 계절이 힘들었다. 여름엔 비가 너무 많이 샜고, 가을엔 농사일이 바빴다. 그 와중에 내게 쉼 없이 달려드는 둘째와 젖먹이 막내를 거두는 일도 힘에 부쳤다. 그래서 난 이제 큰아이는 뭐든 좀 제가 알아서 해주기를 바랐고, 걸핏하면 '너는 다 컸잖아. 스스로 해'라는 소리가 먼저 나왔다. 그럴수록 아들은 엄마의 관심이 제게서 멀어졌다고 느낀 모양이다. 학교에 대한 스트레스가 심해질수록 나를 공격하고 내게 스트레스를 푸는 횟수가 잦아졌다.

매일 전쟁 같았다. 학교가 싫은 아들은 격렬한 분노를 내게 던지며 폭발하곤 했다. 야단치고, 달래고, 다시 얘기해보다가 아들의 속마음을 알게 되었다. 수업에는 흥미를 잃은 지 오래고 좋아하는 친구도 없고 자기를 괴롭히는 아이들도 있다는 것이다. 새집으로 이사 와서 적응하느라 큰아이에게 신경을 많이 쓰지 못했다. 막내가 있는 집에서 아홉 살 아들은 다 큰 아이 같았다.

혼자 씻어, 혼자 갈아입어, 혼자 해, 다 컸잖아.

그렇게 밀어내는 동안 아들은 더러 깔끔하지 않은 상태로 학교에 가거나 했던 모양이다. 그런 것을 놀리는 아이들이 있었다는 사실을 알게 되었다. 상담을 해보니 담임은 아들이 생각하고 표현하는 방식이 또래들과 많이 다르고 수업에 집중을 잘 하지 못한다고 했다. 괜찮은 줄 알았는데, 잘 다니는 줄 알았는데, 아들은 실낱같은 가느다란 뿌리 위에 위태롭게 버티고 서 있었던 것이다.

아들이 겪었을 힘든 마음을 생각하며 혼자 많이 울었다. 아들에게 미안했다. 무엇보다 아들에게 신나고 멋진 집을 주고 싶어서 찾은 집이다. 마당이 있고 개를 기를 수 있었지만 아파트를 떠난 순간 아들 혼자 찾아갈 친구네 집은 사라졌다. 어울려 공을 차고 자전거를 타던 친구들은 모두 아파트에 있었다. 집에는 엄마와 동생들뿐이었다. 그게 문제였을까. 아파트에 계속 살았다면 아들이 학교를 그만두는 일은 없었을까. 결국 내 욕심 때문에 아들을 망친 걸까. 일반 학교에 적응하지 못한 것이 인생의 크나큰 실패는 아니겠지만 첫아이를 학교에 적응시키지 못했다는 자괴감은 오래 나를 괴롭혔다. 한번 마음이 무너지자 모든 게 다 내 탓 같았다. 마당 넓고 개도 키우고 아이들이 맘대로 뛰어놀 수 있는 이층집이면 완벽하다고 생각했다. 이런 집을 찾아낸 내가 자랑스러웠다. 아이들에게 최고의 집을 마련해줬다는 뿌듯함으로 차 있었다. 그러나 그게 다 내 욕심이었다면?

마음이 무너지니 간신히 버티고 있던 몸도 무너졌다. 이미 나는 이사 온 이후 내내 무리하고 있었다. 아이 셋을 돌보며 농사와 살림과 글쓰기, 어느 것 하나 제대로 하기가 벅찼다. 처음 겪는 수많은 일을 꾸역꾸역 해내느라 무리했던 몸엔 대상포진이 심하게 왔고 온 몸이 바늘에 찔리는 것 같은 끔찍한 통증으로 며칠을 보냈다. 간신히 몸을 추스르며 마음도 정리했다. 다시 한번 겸손해질 수밖에 없었다. 나는 아이들을 위한 더 나은 선택이라고 생각했지만 아이들은 얼마든지 다르게 생각했을 수 있다. 내 판단이 옳다고만 생각했다. 어른들은 이렇게 쉽게 착각을 한다.

이젠 내가 예상하지 못한 일들이 일어나도, 나를 탓하며 약해지지 말고 다시 힘을 내서 방법을 찾아보자고 마음먹었다. 나는 엄마고 일은 이미 일어났다. 어린 아들이 내게 기대 도움을 청하고 있다. 초등학교 입학 전에 한번 알아보았던 이웃 마을 대안학교가 떠올랐다. 온 가족이 탐방을 가서 둘러본 곳이다.

"거기라면 한번 다녀보고 싶어요."

그렇게 해서 나와 아들은 이 년간 잊었던 대안학교를 다시 찾았다. 아들은 그곳에 가고 싶어 했지만 남편은 반대했다. 학교를 다니면서 겪는 여러 어려움을 이겨내는 것이 교육이지 그 문제들에서 아이만 빼내는 게 방법은 아니라는 것이다. 대안학교라고 문제가 없을 리 없고, 새로운 문제들이 생겨서 거기서도 적응하지 못하면 그땐 어떻게 할 거냐고, 그때도 또 아이만 빼낼 거냐고. 엄마인 내가 아이 말에 이렇게 흔들리니까 아들이 더 그러는 것 아니냐고도 했다. 남편 말도 아팠다. 다 옳았다.

문제는 어디나 있다. 대안학교라고 모든 것이 좋을 순 없겠지. 거긴 또 나름의 문제와 숙제가 있을 테고 새 고민이 생길 것이다. 그래도 무엇보다 아들에게 다른 기회를 주고 싶었다. 내가 어릴 땐 학교 안 다니면 큰일 나는 줄 알았다. 학교는 내가 좋아하는지 싫어하는지 판단할 대상이 아니었다. 어떻게든 다녀야 하는 곳이었다. 그래서 체벌과 폭력, 차별을 겪으면서도 그만둘 생각은 꿈도 꾸지 못했다. 그런 시절을 살아냈다. 그러나 내 아이에겐 다른 세계도 있다는 것을 알게 해주고 싶었다. 어떤 곳이든 문제가 없을 수 없지만 더 마음이 가고, 더 애쓰고 싶고, 더 행복해질 수 있는 선택이 있다고 믿고 싶었다. 아들은 어리지만 학교를 그만둔다는 것이 얼마나 큰 문제인지 느끼고 있었고, 다른 선택을 한다면 거기엔 책임을 져야 한다는 것도 알았다. 기회를 주고 싶었다. 남편도 결국엔 나와 아들의 선택을 따라주었다.

아들은 이학년을 끝으로 다니던 학교를 그만두고 고개 너머 마을에 있는 대안학교로 옮겼다. 미련 없이 아쉬움 한 조각 남기지 않고 학교를 떠났다. 시험과 비교가 없는 그곳에서 신나고 즐겁게 사 년을 보냈다. 그 후 중고등 통합 대안학교를 찾아 도시로 나갔다. 새 학교에서 멋진 선배들과 존경하고 따를 수 있는 선생님들을 만났다. 비로소 진심으로 공부에 마음을 내기 시작했다. 이 년 만에 중등과정을 끝내고 고등과정으로 들어가면서는 학교 기숙사에서 공동생활을 했다. 그렇게 엄마에게 의지하고 가족과 떨어지는 것을 두려워하던 아들은 젊은 선생님들과 유쾌한 선배들과 함께하는 공동생활을 좋아했다. 아들 때문에 오래 불안했던 마음이 사라졌다.

열다섯 살 때부터 취미로 바이올린을 배우던 아들은 이듬해 문득 바이올린 만드는 사람이 되고 싶다는 말을 꺼냈다. 한번 해보는 말이거니 했는데 다음 해에도 같은 말을 했다. 열일곱 소년의 눈엔 진심이 담겨 있었다. 바이올린 제작자라, 놀라운 꿈이었다. 한 번도 상상하지 못했지만 듣고 나니 아들에게 참 잘 어울리는 일이었다. 가슴이 두근거렸다. 이다음에 커서 뭐가 되고 싶냐고 묻는 나에게 네 살 난 아들은 '나무'가 되고 싶다고 했다. 뜻밖의 대답이라, 그런데 왠지 너무 멋진 꿈이라 그 이야기를 소중하게 간직하고 있었는데 지금 아들은 양재동 공방에 다니며 바이올린을 만들고 있다. 학교가 싫어서 겨우 열 살에 제 발로 학교를 나온 아들이 이젠 훌륭한 바이올린 제작자가 되기 위해 언젠가 이탈리아의 크레모나로 떠날 꿈을 키워가고 있다.

아들과 겪은 일은 이 집에 와서 통과해낸 것 중에 가장 어렵고 힘든 모험이었다. 아들은 끝없이 나를 좌절시켰고 부모 노릇에 겸손하게 했다. 그 덕분에 교만하지 않고 항상 처음으로 돌아갈 수 있었다. 어려운 일들을 함께 겪으면서 누구보다 부모를 믿고 의지해준 것도 감사하다. 이제 우린 어떤 길을 가든 서로를 진심으로 응원할 수 있는 인생의 동료다. 아들이 어느 곳에서든 좋은 시민, 어른으로 살아가리라 믿는다.

편세권

종종 아이들과 집 구해주는 예능 프로그램을 본다. 의뢰인이 원하는 집을 구해달라고 신청하면 다양한 패널이 직접 출동해서 집을 찾아주는 프로그램이다. 집을 찾을 때는 의뢰인이 원하는 조건이 우선이다. 원하는 지역과 감당할 수 있는 예산도 중요하지만 집 주변에 산책로나 공원이 있어야 한다거나, 걸어서 갈 수 있는 어린이집과 초등학교가 제일 중요하다거나, 무엇보다 직장과 가까운 곳이어야 한다는 등 의뢰인들이 최우선으로 삼는 조건을 먼저 고려한다. 나라면 무엇보다 큰 개를 키울 수 있는 마당과 창이 있는 주방, 책을 제대로 수납할 수 있는 서재를 꼽을 것이다. 그러나 중학생인 둘째가 원하는 조건은 전혀 다르다.

"나는 편세권!"

그렇다. 둘째의 소원은 슬리퍼 끌고 걸어갈 수 있는 곳에 편의

점이 있는 집이다. 지금 집에서 제일 가까운 전철역 앞 편의점은 걸어서 이십오 분 정도 걸린다. 느닷없이 삼각김밥이 생각난다고 훌쩍 나설 수 있는 거리가 아니다. 귀찮은 게 배고픈 것보다 싫은 청소년이 삼각김밥 하나를 위해 왕복 오십 분을 걷는 일은 상상할 수 없다. 그림의 떡이다.

자연 속에 있는 마당 있는 집을 찾아 아파트와 도시를 떠났다. 마당에 개가 있고 길고양이가 드나들고 종일 새소리가 들리고 꽃과 나비와 벌이 모여드는 집. 봄이면 냉이 캐고 쑥 뜯고 꽃잎 뜯어 소꿉놀이하는 집. 가을이면 모닥불 피우고 겨울이면 눈썰매 타는 집. 원 없이 뛰고 놀고 소리 지르고 웃으며 보낸 어린 시절. 그 시절은 지나갔다. 그렇다, 지나갔다. 아이들은 자라고 자라서 청소년이 되고 청년이 되었다. 청소년은 여전히 개를 좋아하고 길냥이를 사랑하지만 그것만으로는 충분하지 않다. 다른 바람이 있다.

집이 큰 건 좋지만 이 집은 여전히 교통이 불편하다. 버스가 삼십 분에 한 대뿐이라 춥고 더운 날이나 비 오고 눈 오는 날은 더 힘들다. 일단 집에 들어오면 친구들이 불러도 다시 나가기가 어렵다. 뭐든 바로가 아니라 기다리고 계산하며 시간에 맞추어 움직이는 건 일상의 많은 부분을 불편하게 만든다. 이 문제를 가장 크게 겪고 있는 아이가 둘째다.

둘째는 마을에 있는 초등학교를 마치고 먼 곳에 있는 중학교로 진학했다. 도시 외곽, 비교적 최근에 조성된 신시가지에 있는 중학교는 대부분 근처 아파트 단지에 사는 아이들이 다닌다. 대개 초등학교도 같은 데를 다녔다. 그러니 함께 등교하거나 방과 후에 동네에서 만나기도 쉽다. 사는 동네가 다른 둘째에겐 쉽지 않은 일이다. 게다가 중학교에 입학하던 해부터 코로나가 시작됐다. 입학식도 첫 수업도 모두 비대면이었다. 둘째가 첫 등교를 한 건 입학 후 육 개월이 지나서였다. 담임선생님은 그렇다 쳐도 화면으로만 만난 친구들과 친해지는 게 쉽지 않았던 모양이다. 출신 학교도 다르니 친구들 이름과 얼굴을 익히는 데도 시간이 걸렸다.

"엄마, 거리두기를 해두요, 애들은 동네에서 자주 만난대요. 다들 같은 초등학교를 나와서 잘 아니까 오다가도 보고 가다가도 보고, 집 근처에서 잠깐씩 만나서 수다도 떨고요. 코로나라고 친구 못 만나는 건 나밖에 없는 것 같아요."

둘째는 한숨을 쉬며 말하곤 했다.

어떤 세상에서도 아이들은 만나고 어울린다. 카페에 못 가고 분식집에 못 간다고 안 만나는 게 아니다. 아이들은 아파트 놀이터에서도 길가에서도 틈틈이 어울려서 웃고 떠들며 코로나 세상을 건너가고 있었다. 그 세상에 낄 수 없어 둘째는 힘들어했다.

코로나로 세상이 모두 얼어붙었던 그해 겨울엔 유독 큰 눈이 자주 내렸다. 영화에서나 봤음 직한 엄청난 눈보라가 불던 밤, 우리 가족은 두 마리 개와 눈보라 속을 걸었다. 마을에서 이런 날 돌아다니는 사람은 우리뿐이라고, 웃이며 모자에 눈이 쌓여 눈

사람이 되어가는 서로를 가리키며 웃고 있을 때 둘째가 학교 친구의 전화를 받았다. 잠깐 통화하는가 싶더니 전화를 끊은 둘째가 울먹울먹했다.

"애들이요, 동네에서 같이 만나서 눈싸움한대요. 나도 나오라는데… 나는 갈 수가 없잖아요. 이렇게 눈이 많이 오는데 어떻게 가요. 너무 속상해요."

눈물을 뚝뚝 떨구는 아이에게 뭐라고 해줄 말이 없었다.

눈보라 치는 밤, 친구들은 동네에서 만나 눈길도 걷고, 사진도 찍고, 눈싸움도 하며 즐거운 추억을 만들 텐데 얼마나 같이 있고 싶을까. 이럴 때 친구들과 한동네에 살았다면 '잠깐 애들 만나고 올게요. 모두 근처에 있대요' 하며 달려 나갔겠지. 그래봐야 아파트 단지 어느 놀이터나 공터일 거고 모두 어디 사는지 아는 애들이라 나도 걱정 없이 '조금만 놀다 들어와'라고 할 수 있었을 텐데.

그러나 친구들이 있는 곳은 너무나 멀다. 친구들한테는 특별할 것 없는 일들이 둘째에겐 어렵고 시간이 걸리고 때로는 하지 못하는 일이 된다. 둘째는 늘 친구를 그리워했다. 아무렇지 않게 어울리고 만나서 놀 마을 친구가 이곳엔 없었으니까.

막내는 아직 동네 초등학교를 다니고 있어서 이런 문제를 겪지 않는다. 큰아이는 학생 수가 적어 가족같이 다 알고 지내는 대안학교를 나왔기 때문에 역시 이 문제로 고민하지 않았다. 게다가 큰아이는 중학교 때부터 방학이면 학교 친구들을 잔뜩 불러 하룻밤 자는 행사를 치르곤 했다. 둘째는 코로나 때문에 학교 친구들을 부를 수 없었다. 중학생이 된 지 일 년이 넘도록 나도 딸 친구 얼굴을 보지 못했다. 그 모든 일이 둘째는 서운하고 아쉬운 것이다. 코로나로 가족 모두가 힘들었지만 친구가 그리운 둘째에겐 더 힘들고 가혹한 시간이었다.

그럴 때마다 '아파트에 살았더라면' 하고 생각했다.

…아파트에 계속 살았더라면 이런 아쉬움은 없었겠지. 적어도 친구들 만나는 일이 이렇게 어렵지는 않았겠지. 편의점도 가깝고 전철역도 걸어서 갈 수 있었을 테니 버스 시간에 맞추느라 동동거릴 일 없이, 늦을 때마다 내 눈치 보며 태워달라, 차로 데려다달라 부탁할 일 없이 스스로 알아서 시내에도 가고 어디든 돌아다녔겠지….

이 집에 오면서 각자 감당해야 할 불편함이 생겼다. 남편은 직장이 더 멀어져서 그만큼 출근 시간이 빨라졌다. 새벽 다섯시 반에는 나서야 한다. 쉬운 일이 아니었다. 커진 집에서 농사와 집 관리, 개와 닭을 돌보는 일까지 내 일도 몇 배는 늘었다. 아이들도 마찬가지다. 학교를 오가고 친구를 만나는 일이 더 힘들어졌다. 자연과 마당을 선택한 만큼 감수해야 하는 불편이었다. 어릴 땐 상관없던 일들이 크면서 달라졌다. 커갈수록 자연에서 노는 것보다 세상에서 경험하고 배울 것이 많아진다. 그것들은 대부분 도시에 있다. 그래서 아이들이 크면 모두 도시로 나가려는 것이다. 우리도 아이들이 어렸기에 이 집을 택할 수 있었다. 지금의 아이들 나이였다면 이리 오지 못했을 수 있다. 지금 아이들에겐 두꺼비의 행진이나 빼꾸기 울음소리보다 편의점과 학원과 대도시의 편리함이 더 간절하다.

둘째는 도시를 동경한다. 반짝이는 불빛과 높은 빌딩, 화려한 가게와 북적이는 소음마저도 좋아 보이는 모양이다. 그 마음 이해한다. 둘째는 그런 것에 마음이 뺏기는 시절을 살고 있다. 나는 도시에서 살며 학교와 직장을 다녔다. 도시라면 충분히 겪었고 충분히 지쳤다. 그래서 아이들을 낳은 다음에는 미련 없이 도시를 떠날 수 있었다. 지금도 복잡한 도시는 가끔 하는 외출로 충분하다. 늘 조용한 곳에서 살다 보니 사람멀미가 생긴 건지 번잡한 도시에 잠시만 있어도 몸과 마음이 지쳐 얼른 집에 오고 싶다. 그러나 어린 딸은 다르다. 모든 것이 다 있고 (사실은 많은 것이 없지만) 모든 것이 가능할 것 같은 (이 역시 얼마나 부질없는 환상인가) 도시가 더 근사해 보인다. 복잡하고, 쓸쓸하고, 고단한 도시살이를 아직 모르는 어린 마음엔 한적한 이곳보다 화려한 그곳이 더 멋져 보인다. 나도 그랬다. 휘황한 도시의 불빛들 사이 어디쯤 내가 일할 자리가 생기기를 간절히 바라던 젊은 날도 있었으니까.

둘째의 아쉬움은 코로나 상황이 좋아지면서 다행히 많이 풀렸다. 마스크는 벗을 수 없지만 매일 등교하면서 친구들과도 차츰 가까워졌다. 마을에서 만날 수 없는 건 변함없지만 가끔 주말에 시내에서 친구들과 어울리고 매일 카톡으로 수다 떨며 키득거린다. 그래도 인서울해서 편세권에 살고 싶은 마음은 여전한 모양이다. 언젠가 독립해 서울에서 원룸을 얻어 사는 게 꿈이라나.

이제 아이들도 저마다 집에 대한 꿈이 있다. 다행히 이 집에 살아서 불편한 점도 많았지만 그래도 이 집이어서 행복했다고, 이곳에서 어린 시절을 보낸 건 정말 운이 좋았다고 입을 모아 말한다. 이견이 없다. 큰아이는 아직도 이 집에서 더 살고 싶다고 말한다. 혼자 있는 시간을 즐기기에 여기보다 좋은 곳은 없기 때문이다. 막내도 좋아하는 고양이가 수시로 드나드는 이 집을 맘에 들어 한다. 둘째마저도 친구들에 비해 훨씬 다양한 경험을 하며 자란 것을 고맙게 여긴다.

살아보니 시골살이는 아이들이 어릴 때가 좋은 것 같다. 자연에서 몸과 마음을 마음껏 놀리며 충분히 누리면 어느 곳을 가든 중심을 잃지 않고 단단하게 살 수 있지 않을까. 시골 외갓집에서 보낸 어린 시절 몇 년이 내게 수십 년을 버틸 뿌리가 되어준 것처럼.

태어난 곳이 아니라 가장 많은 추억이 있는 곳이 고향이라면 이 집이야말로 아이들의 고향이다. 스무 살 아들은 머지않아 군대에 간다. 둘째는 고등학교 진학을 앞두고 여러 가지를 고민 중이다. 막내는 초등학교 마지막 학기를 보내고 있다. 내년이면 세 아이가 일상에서 겹치는 시간이 크게 줄지도 모른다. 이제 아이들의 관심도 다른 세상을 향해 갈 것이다. 그러나 우리에겐 이 집에서 함께한 모험이 있다. 편세권에 살든 숲세권에 살든 언제나 서로를 끈끈하게 이어줄 지난 시간이 있다. 그 두텁고 따듯한 추억을 입고 다가오는 시간도 잘 살아내기를, 어떤 집에서도 어떤 세상에서도 씩씩하게 새로운 모험을 펼쳐가기를 바랄 뿐이다.

열두 달

일월은 일 년 중 가장 춥다. 눈이 많이 내리는 것도, 마당에 커다란 눈사람이 등장하는 것도 일월이다. 눈 내린 날은 언덕길에서 눈썰매를 탄다. 눈보라 치는 밤엔 온 가족이 개들과 눈세상이 된 마을 길을 걷는다. 밤마다, 가끔은 낮에도 벽난로를 피운다. 일월은 열두 달 중 가족이 제일 가까이 붙어 지내는 달이다. 막내는 일월의 마지막 날에 태어났다.

이월은 추위가 물러가는 달이다. 정월 대보름에 보름달이 뜨면 마당에서 달맞이를 한다. 막내는 달님을 향해 큰절을 올린다. 막내는 빌고 싶은 소원이 많다. 비가 지나가면 지난해 심었던 조선 파에 새잎이 돋아난다. 겨울을 난 '움파'는 하얀 진액으로 꽉 차 있다. 움파로 국을 끓여 먹으면 새 기운이 차오른다. 이월은 남편의 생일이 있는 달이기도 하다.

삼월은 두꺼비가 나타나는 달이다. 며칠간 집중적으로 길가로 내려와 짝짓기와 산란을 한다. 길에 로드킬당한 두꺼비도 늘어난다. 두꺼비가 제일 많이 등장하는 밤 열두시 무렵 도로로 내려오는 두꺼비들을 구출하러 온 가족이 출동한다. 사나흘이면 대략 사오십 마리를 구한다. 삼월부터는 냉이를 캐고, 닭들도 다시 알을 낳기 시작한다. 마른풀을 걷어내고 농사 준비도 한다. 삼월 말엔 밭을 갈아 감자를 심고 푸성귀 모종을 심는다. 큰딸이 삼월에 태어났다.

사월은 나물의 달이다. 달래를 캐고 쑥을 뜯는다. 첫물 부추도 뜯는다. 원추리도 이때만 먹을 수 있다. 뒷마당엔 온통 돌나물이다. 키다리나물이라 불리는 삼잎국화와 소리쟁이, 망초 등 땅에 돋는 건 뭐든 다 먹을 수 있다. 안방 앞 화단에 둥굴레 새순이 돋기 시작한다. 비탈길에는 도깨비뿔처럼 비비추 싹들이 돋아난다. 모든 나무에 새순이 돋고 목련이 피고 진다. 길냥이들이 창고나 집 뒤편 구석진 곳에 새끼를 낳는다. 사월이 깊어가면 밤마다 갓 태어난 아기 고양이의 울음소리가 창을 넘어온다. 숲의 어린 단풍나무들은 물이 올라 싱그러워지고 마당의 연꽃 항아리에는 장구벌레들이 우글거린다. 미꾸라지를 사다 넣어줘야 한다. 앵두나무, 자두나무, 모과나무 꽃과 탱자나무 흰 꽃이 아름답게 피는 달도 사월이다. 사월엔 거미가 바빠져서 밤 산책길에 나서면 얼굴에 달라붙는 거미줄 떼어내기 바쁘다.

오월은 이 집의 여왕과도 같다. 집 앞의 꽃사과나무는 동네에서 가장 많은 꽃을 피워낸다. 앵두꽃이 진 자리에 앵두가 달리기 시작하고 오디가 익어간다. 둥굴레의 고운 잎들이 커지고 방울 같은 꽃도 달린다. 연둣빛 비비추가 비탈길을 융단처럼 덮는다. 뱀딸기가 익어가고 머위잎도 쑥쑥 자란다. 밭 가장자리에 덩굴장미가 피어나기 시작하고 감나무와 대추나무에 새순이 돋는다. 온 산을 덮은 향긋한 아카시아 꽃내음 속에서 종일 뻐꾸기가 운다. 뒷마당으로 가는 길에 감꽃이 떨어지고 새 아스파라거스가 솟아 나온다. 집 밖 여기저기에 달리는 말벌집을 부지런히 찾아서 미리 떼어내야 한다. 밤에 모닥불을 피우고 앉아 있으면 숲에서 소쩍새 소리가 들려온다. 오월은 딱새가 새끼를 낳는 달이고, 풀들과 전쟁이 시작되는 달이다.

유월은 남편과 내가 결혼한 달이자 큰애가 태어난 달이다. 앵두가 절정인 달이어서 케이크는 앵두로 장식한다. 결혼기념일과 큰아들의 생일을 합해 마당에서 바비큐 파티를 열고 우거진 단풍나무 그늘에서 가족사진을 찍는다. 첫아이는 결혼 일 년 만에 얻어서 우리가 결혼한 햇수와 아들의 나이가 같다. 올해로 스무 해째다. 밤꽃이 피고 대기에 진한 밤꽃 냄새가 가득 차는 것도 유월이다. 유월 말엔 하지감자를 캐서 그늘에서 하루 말렸다가 자루에 담아 이층으로 옮겨 놓는다. 여름을 지나 가을과 겨울까지 먹을 든든한 식량이다. 양파가 넘치는 유월엔 양파장아찌를 담근다. 송충이도 범람한다. 담쟁이가 무성해져서 통창 가장자리를 뒤덮는다.

칠월은 덥다. 풀은 무섭게 자라난다. 푸성귀며 오이 같은 작물은 매일 들여다보지 않으면 어느새 억세지거나 꽃대가 나와서 못 먹게 된다. 벌레도 창궐한다. 암탉은 이 더위에 알을 품기 시작한다. 매일 암탉의 배 밑에서 알들을 꺼내오기 위한 줄다리기가 이어진다. 칠월은 옥수수의 달이기도 하다. 잘 여문 옥수수를 따서 바로 압력솥에 쪄 먹으면 여름 더위를 싹 잊을 황홀한 맛이 난다. 잘 익은 토마토도 쏟아진다. 넘치는 토마토로 소스도 끓이고 장아찌도 담근다. 바질도 무럭무럭 자라서 바질 페스토를 만들 수 있다. 오이와 가지, 애호박, 고추도 풍성하다. 정원의 주홍빛 원추리와 진분홍 접시꽃이 절정에 이른다. 장마가 시작된다. 비의 날들이다. 장마철엔 수시로 집 안팎의 배수구를 살펴야 한다. 마당엔 산에서 흘러 내려온 빗물이 작은 시내를 이루며 저수지 쪽으로 흘러간다.

팔월엔 마당에서 물놀이를 한다. 장마가 끝나고 불볕더위가 시작되면 마당에 대형 풀장을 설치한다. 여전히 물놀이를 좋아하는 막내를 위한 것이다. 가로 이 미터에 세로 사 미터짜리 대형 풀장을 설치하려면 온 가족이 나서야 한다. 해를 가리는 타프에 대형 모기장까지 치면 물놀이를 만끽할 수 있다. 코로나 전까지는 막내 친구들도 함께 즐겼다. 한철 놀고 나면 태풍이 오고 아이들은 개학이다. 이 무렵 텃밭은 호박이 점령한다. 부드러운 호박잎쌈을 자주 먹는 달이다. 참외도 주렁주렁 달리며 익는다. 부추밭엔 하얀 부추꽃이 피어난다.

구월은 밤이 익는 달이다. 매일 밤 줍는 재미가 쏠쏠하다. 무성한 고구마순 나물과 깻잎나물을 먹을 수 있다. 보라색 개미취꽃, 화려한 백일홍, 노란 돼지감자꽃이 만발하는 달도 구월이다. 낮에는 덥지만 아침저녁으로 조금씩 서늘해지며 풀벌레 소리가 커지기 시작한다.

시월엔 고구마를 수확한다. 내 생일이 있는 달이다. 정원엔 코스모스가 절정이고 백일홍도 여전하다. 마당에는 국화꽃이 피고 밭에선 보리싹이 손가락만큼 자라난다. 마당의 단풍나무며 은행나무에 단풍이 들기 시작한다. 눈 닿는 곳 어디나 풍성해지고 곱게 부풀었다가 조금씩 사라져간다. 가을운동회가 열린다.

십일월엔 장작을 주문한다. 온 가족이 모여 장작을 날라 차곡차곡 쌓는다. 남편은 틈틈이 통나무를 쪼개 가는 장작을 마련한다. 현관 덧문에 두꺼운 비닐 문을 내단다. 일층과 이층 사이 비닐 덧문도 내린다. 정원을 정리하고 가지치기를 한다. 방마다 침대에 전기요를 깔고 두꺼운 깃털 이불을 꺼낸다. 서리태도 수확한다. 콩 단을 말려서 털기까지 과정이 만만치 않지만 작고 고소한 서리태는 겨우내 밥맛을 돋워준다. 닭장 앞 오래된 감나무에서 단감을 수확해서 저장한다. 밖에서 모닥불을 피우는 마지막 달이기도 하다.

십이월 첫 주엔 김장을 한다. 엄마와 김장을 해서 김치냉장고를 가득 채우고 총각김치와 백김치까지 담그면 겨울 먹거리 준비가 끝난다. 아이들이 방학을 하고 밤엔 벽난로를 피운 채 모두 가까이 모여 지낸다. 집 안은 크리스마스 장식물로 반짝거린다. 닭은 다시 산란을 멈추고 긴 겨울에 들어간다. 십이월 삼십일일이 되면 온 가족이 모여 '가족 상장 수여식'을 진행한다. 서로의 한 해를 돌아보며 칭찬해주고 싶은 성장을 찾아 축하한다. 상장 수여식 후엔 거실에 모여 가족사진을 찍는다.

이런 열두 달을 열두 해째 보내고 있다.

다시 집을 얻는다면

이 집을 처음 봤을 때 내 눈에 보인 건 넓은 마당과 이층이었다. 다른 건 보이지도 않았다. 마당 넓은 이층집이면 됐지 뭘 더 바라, 딱 그 마음이었다. 물론 딱 거기까지만 생각한 대가는 두고두고 징하게 치렀다.

여기서 십 년 넘게 사는 동안 집에 대한 생각이 많이 바뀌었다. 바뀌었다기보다 철이 들었다는 게 맞겠다. 단독주택에 살려면 무엇을 감당해야 하는지 이젠 안다. 한겨울에 어린아이 셋을 데리고 설레고 들떠서 왔을 땐 주택살이에 대해 아무것도 몰랐다. 어릴 때 주택에 살았으니까 비슷하겠지 생각했다. 그 시절 나는 어린아이였고 집 관리는 부모님 몫이었다는 사실은 까맣게 잊고 말이다.

아파트에서 사는 동안 집 관리란 관리비 꼬박꼬박 내고 불편한

게 있으면 관리사무소에 연락하는 거였다. 전구가 나가거나 손잡이가 고장 나는 것처럼 어쩌다 생기는 간단한 일은 남편이 해결하곤 했다. 아파트에서 겪은 일 가운데 가장 큰 일이 누수였는데 윗집에서 우리 집으로 물이 새거나 우리 집에서 아랫집 천장으로 물이 새는 일을 두어 번 겪었다. 곤란한 상황이긴 했지만 내가 할 일은 없었다. 돈과 시간이 깔끔히 해결해주었다.

단독주택에 살아보니 주택살이의 기본은 관리다. 그런데 그 관리는 아파트 관리와 천지 차이다. 그러니 집을 얻을 땐 무엇을 관리해야 하나, 우리 힘으로 할 수 있는 집인가, 편한가를 따져야 하지만 세입자는 선택할 수 있는 게 별로 없다. 내 집이라면 이것저것 철저하게 따져서 관리하기 쉽고 견고하고 쓸모 있게 집을 짓거나 욕심껏 고칠 수 있을 것이다. 그러나 세입자가 할 수 있는 건 집을 얻거나 포기하거나 둘 중 하나다.

나는 물론 생각할 것 없이 이 집을 선택했다. 우리가 그 시절 감당할 수 있는 금액에 마당과 이층이 있는 집을 얻는 것은 쉽지 않았다. 우연과 우연이 겹쳐 이 집을 만난 것만도 기적 같아서 다른 건 어쩔 수 없었다.

살면서 기쁨만큼 아쉬움도 있었기에 '다시 집을 얻는다면'으로 시작하는 상상을 가끔 하게 됐다.

무엇보다 이 집은 우리에겐 너무 컸다. 이층이지만 전체를 다 쓰지 못했다. 난방비 때문이다. 일층은 심야전력 보일러지만 이층은 기름보일러였다. 일층 난방비만 해도 겨울이면 매달 사십만 원이 넘는다. 그렇게 때도 추운데 이층까지 난방을 하려면 한 철 난방비만 수백만 원이 들었을 거다. 우리 살림으로는 감당하기 어려웠다. 일층에 방 세 개와 화장실 두 개가 있어서 다섯 식구가 큰 불편 없이 지낼 수 있었던 것도 이층을 쓰지 않은 이유였다. 딸 둘이 한방을 쓰며 늘 아웅다웅하지만 어쩔 수 없었다. 이층은 주로 안 쓰는 짐을 보관하거나 가끔 큰손님들이 왔을 때 사용하는 공간이 되었다.

소박하게 텃밭 농사를 짓고 싶었는데 이 집은 밭이 이백 평이나 됐다. 농사의 기본도 모르는 부부가 제대로 지을 리가 있나. 작물은 초라한데 풀은 번성하고 제대로 여문 것들도 챙겨 먹기 어려웠다. 살아보니 나 같은 사람은 딱 열 평이면 충분하다.

넓은 마당도 사치였다. 작은 화단이 있고 의자와 테이블을 놓고 앉을 수 있는 공간이면 족하다. 전북 김제에서 폐가를 고쳐 살며 '오느른'이란 이름으로 유튜브에서 활동하는 최별 PD의 영상에 인상 깊은 대목이 있었다. 시골 폐가를 사서 고치고 산다는 말에 찾아온 아버지는 마당을 시멘트로 발라버린 것을 아쉬워한다.

"그냥 흙으로 두지 왜."

그러자 최별 PD는 "아빠가 풀 뽑을 거 아니잖아"라고 명쾌하게 대꾸한다. 그렇다. 나라도 그러겠다. 풀이 얼마나 무서운지 모르는 사람은 주택에서 살면 안 된다. 밭풀도 넘치는데 마당에도 풀이 솟고 정원에는 풀이 더 잘 자란다. 풀 뽑기가 어찌나 고되던지 이 집을 떠난다면 제일 큰 이유가 풀 때문일 거라고 생각했을 정도다.

내 집을 짓는다면 마당은 덱으로 깔끔하게 덮고 화단만 조그맣게 만들겠다. 잔디 마당도 사양한다. 잔디밭엔 고운 잔디만 자라는 게 아니다. 잡풀 뽑는 게 얼마나 힘든지, 작은 잔디 마당이 있는 내 이웃은 고만한 것 관리하는 데도 손톱이 빠질 지경이라고 하소연한다. 그림 같은 잔디정원은 매일 손톱 아리게 풀을 뽑아대야 유지되는 것이다. 싫다. 난 못 한다.

나무는 사랑하지만 정원 관리는 싫다. 이 집은 넓은 마당 한쪽에 조경석을 쌓고 그 사이사이에 꽃과 나무를 심어놓았는데 관리하는 일이 만만치 않다. 나무들은 금방 웃자라고, 풀씨는 아무 데고 떨어져 내려 어느새 풀밭을 이룬다. 전문 정원사를 불러 손질을 맡기면 적잖은 비용이 들기에 남편과 내가 꾸역꾸역 하는데 그러다 보니 나무 모양 예쁘게 관리하는 건 포기해야 한다.

시골집은 집 크기만큼 넉넉한 창고가 필수다. 농기계뿐만 아니라 집 밖에 둘 수밖에 없는 것들이 진짜 많다. 우리 경우엔 목공을 시작한 남편이 들인 각종 공구며 에어컴프레서 같은 대형 기계도 있는데 모두 현관 밖에 있다. 별도의 보관 장소가 없어서다. 개와 닭, 고양이 사료며 농자재며 마당에서 모닥불 놀이할 때 쓰는 물건들이며 집 밖 살림도 정말 많은데 이것들을 깔끔하게 보관할 공간이 없다 보니 집 안팎이 늘 어수선하다. 왜 시골집들이 집만 한 작업실이나 창고를 짓는지 알겠다.

다시 집을 얻는다면 집 안에도 수납장을 넉넉히 만들겠다. 아파트엔 베란다나 팬트리가 있다. 소형가전이나 식재료, 부엌살림 등을 수납하는 데 요긴하다. 이 집엔 그런 장소가 없다. 김치 담글 때 쓰는 큰 대야나 가끔 쓰는 캠핑용품, 넉넉하게 사 온 과일상자도 부려놓을 데가 없다. 할 수 없이 계단이나 자주 안 쓰는 이층 이곳저곳에 줄줄 쌓아둔다. 보기도 싫지만 손님 올 때마다 치우느라 난리다.

무엇보다 언덕 위에 있는 집은 사양하겠다. 눈만 오면 들고 나는 일이 어렵다. 택배기사분들도 고생한다. 집은 그냥 평지면 족하다. 정말이지 다시 집을 얻는다면 평지에 관리하기 편한 적당한 크기의 오래되지 않은 집이면 좋겠다.

그런데 돌아보면 이 집에서 누린 특별한 행복은 모두 내가 나열한 불편함 때문에 가능했다. 경사진 언덕길이 있어 겨울마다 아이들과 눈썰매를 탔고 넓은 마당이 있어 매년 모닥불을 피워 사람들을 불렀다. 우리 식구가 쓰지 않는 이층이 없었다면 어떻게 그 많은 아이들을 불러 재울 수 있었을까. 넓은 밭 덕분에 농사지은 감자며 고구마를 친정 부모님과 넉넉히 나눠 먹었고 그 밭에서 꿩과 고라니와 두꺼비와 온갖 동물을 만날 수 있었다. 일거리가 넘치는 집이라서 아이들은 어려서부터 청소년이 되도록 집안일을 같이 할 줄 알게 되었다. 그러면서 부모인 우리와 친밀하고 끈끈한 관계를 유지해갔다. 이건 정말 고마운 일이다.

낡고 큰 집은 수시로 어딘가 문제가 생겼고 그 덕분에 늘 남편에게만 의지하던 나도 급할 땐 삽이나 망치를 들고 달려드는 만능 일꾼이 되었다. 그러니까 사실은 불평할 수 없다. 이런 집이어서 이렇게 살 수 있었다.

어떤 집을 얻는다 해도 이 집에서의 경험과 추억은 우리 가족의 가장 소중한 보물일 것이다.

때가 되었다

집 근처 저수지 아래쪽에 오천 세대 주거단지가 들어서게 되었다. 신도시로 개발한단다. 도시와 가까운 농촌 지역은 개발을 피할 수 없다. 신도시나 고속도로와 가깝고 도립공원을 끼고 있는 이 동네는 수십 년간 개발이 된다는 말들로 부풀어 오르고 가라앉기를 거듭했던 곳이다. 매년 개발 '된다'와 '안 된다' 사이를 오가며 수년째 제자리던 얘기들이라 그러려니 하며 지냈는데 마침내 확정이 되었다.

이내 길가 곳곳에 플래카드들이 붙기 시작했다. 하나같이 붉은 글씨로 적정한 보상을 안 해주면 결코 물러설 수 없다는 땅주인들의 결의를 담은 것들이었다. 토지가 수용되고 보상이 진행된다는 소문과 함께 더 많은 보상을 위해 농사짓던 밭들이 갑자기 과수원으로 변하고 밭 한가운데 뜬금없는 창고가 들어서는가 하면 가묘를 세운 집도 있더라는 말까지 떠돌았다. 십 년이면 강산이 변한다는 말은, 십 년 안에 기어코 강산을 변화시키고 말겠다는 뜻이라는 것을 눈으로 보게 되었다.

개발 바람을 타고 우리 동네도 들썩이기 시작했다. 신도시 개발은 딱 마을 앞 저수지 앞까지다. 개들과 산책하던 둑길을 경계로 저수지 아래까지 도시가 생긴다는 것은 개발에서 제외된 우리 동네의 가치가 더 커졌다는 뜻이었다. 번쩍이는 신도시 바로 위로 저수지와 도립공원까지 이어지는 천혜의 환경이 자리한 곳들을 탐내는 것은 당연하다. 주말마다 저수지 인근 식당가와 산책로가 외지인으로 넘쳐난 지 오래되었지만 이젠 이곳에 땅을 사고 집을 사려는 사람들까지 드나들기 시작했다.

아이들이 좋아했던 호수 앞 식당이 수십 억에 팔려나가고 어디어디도 매물로 나왔더라는 말이 돌 무렵 집주인에게 우리 집을 매물로 내놓았다는 연락을 받았다. 언젠가 일어날 일이라는 것을 알았지만 막상 매물로 올라 있는 우리 집 정보를 부동산 사이트에서 확인하니 심란하고 울적했다. 아직 계약 기간이 남아 있고, 당장 집을 살 사람이 나선 것도 아니어서 애초에 계획한 대로 막내 초등학교 졸업 때까지는 있을 수 있겠다 싶지만 언제라도 집이 팔릴 수 있다는 사실은 일상의 뿌리를 조용히, 그러나 확실하게 흔들어놓았다. 남의 집이지만 오래 살다 보니 그냥 우리 집 같았다. 아이들 키를 새기는 벽의 눈금이 올라가는 만큼 세월은 차곡차곡 쌓여갔다. 그 세월만큼 집과 우리는 한몸이 되었다. 그러나 이젠 언제라도 팔릴 수 있다. 이 집은 투자할 만한 대상인지 아닌지 가늠해보는 사람들에게 평가와 판단을 당하는 물건이 되었고, 어느 순간 덜컥 거래되어 팔려나갈 것이다.

마을 사람들은 이렇게 큰 집이 쉽게 팔리지는 않을 거라고, 시골집은 아파트와 달라서 매물로 몇 년씩 가기도 한다고 대수롭지 않게 말하지만 집을 얻어 사는 사람에겐 별 위로가 되지 않는다. 계약 기간이 남았다 해도 이미 팔려서 우리가 나가기만을 바라는 상황이 오면 그 기간을 꼭꼭 채워 지내는 게 결코 편할 리 없다. 땅 위에 단단하게 서 있는 것만 같던 집이 갑자기 허공에 붕 떠오른 것 같다. 사실은 아무것도 변한 게 없는데 마음이 먼저 흔들리니 모든 것이 비틀대는 기분이다. 우리를 바라보는 충직한 두 마리 개, 날마다 알을 낳아주는 열댓 마리 닭과, 같이 깃들어 사는 수많은 길냥이를 생각하면 마음이 더 쓸쓸해진다. 너희들을 두고, 혹은 너희와 함께 또 어디로 가야 할까.

나는 이제 아파트에서는 살 자신이 없다. 무엇보다 우리만 바라보는 두 마리 개가 있다. 내내 마당에서 살아온 커다란 개들을 갑자기 아파트로 데려갈 수는 없다. 이미 가족인데 분양은 더더욱 말이 안 된다. 어디로 가든 그 집에도 이 개들을 키울 수 있는 마당이 있어야 한다. 그런 집을 찾는 게 쉬울 리 없다. 우리 동네는 매물도 없거니와 어쩌다 나오는 집은 엄두가 안 날 만큼 비싸다.

집주인의 연락을 받은 뒤로 며칠은 조급한 마음에 수도권 전체를 놓고 이사 갈 집을 찾기도 했다. 남편이 어렵지 않게 출퇴근할 수 있고 아이들이 학업을 마칠 수 있는 곳이면서 마당 있는 집. 그러나 이런 조건을 충족하는 건 불가능해 보였다. 무엇보다 수도권의 집값은 십이 년 전과는 비교할 수 없게 뛰어버렸다. 그 긴 시간을 집값 걱정 않고 아이들 키우며 살았는데 우리가 누렸던 행운은 단번에 되갚아야 할 경제적 부담으로 돌아와 있었다. 더 중요한 것은 이 동네에서 맺은 관계들이다. 같이 마을 공동체를 만들고 좋은 마을을 만들기 위해 애써온 사람들이 있다. 서로의 가족을 다 알고, 아이들이 커가는 모습을 지켜보고, 형제자매보다 자주 만나던 관계다. 다른 곳에서 처음부터 시작하는 것은 자신 없다.

한동안 마음이 붕 떠서 살았다. 남편은 농사에도 마음이 뜬 것 같았다. 언제 나갈지 모르는 집에 씨를 뿌리고 가꾸는 게 무의미하게 느껴진 것이다. 그러나 마을 사람들 말처럼 몇 년을 매물로 그냥 있을 수도 있다. 조금 지나자 귀찮기만 하던 많은 일이 오히려 더 애틋해졌다. 언제 끝날지 모른다고 생각하니 새삼스레 애착이 생겼다. 봄이면 마당 곳곳에 솟는 달래를 캐는 일이나, 겨울 지난 냉이를 캐고 첫물 부추를 기다리는 마음도 새롭다. 마냥 계속될 것 같던 것의 끝을 상상하니 새 안경을 쓴 것처럼 흐릿하던 것들이 또렷하게 다가온다.

지난겨울엔 장작을 들이는 문제로 잠깐 고민했다. 장작은 운송비를 생각하면 넉넉하게 주문하는 게 낫다. 한겨울 때고 남으면 다음 겨울에 쓰면 된다. 늘 그랬지만 이번엔 다음 겨울을 여기서 날 거라는 확신이 없었다. 아무리 마음을 비워도 매 순간 멈칫거린다.

매물로 나온 집은 언젠가는 팔릴 것이다. 마음껏 누리던 많은 일들에 기한이 정해졌다고 생각하니 이 집에서 보낼 남은 날들이 다 고맙다. 그러면서 집 안팎을 둘러보는 시간이 많아졌다. 지난 시간이 가져온 변화를. 이사 올 때 자그마했던 언덕길의 앵두나무는 이제 그 안으로 들어갈 수도 없게 가지가 무성해졌다. 이사 온 첫해 봄에 아이들과 심은 자두나무는 까마득하게 커서 하늘을 가린다. 아들이 기어오르던 산자락은 큰 단풍나무에서 떨어진 씨앗들이 싹을 내려 이제 푸르고 어린 단풍나무 숲이 되었다. 사십 대이던 나는 쉰이 넘었고, 아이들은 자라서 각자 또 다른 독립을 준비하고 있다. 이 집에서 첫돌을 맞은 막내는 나보다 키가 더 큰 열세 살 소녀가 되었고, 아파트가 그리워 오래 마음을 앓던 큰딸은 고교 진학을 준비하는 나이가 되었다. 아홉 살이던 아들은 이제 스무 살 청년이다.

그렇게 우리를 키워준, 우리도 열심히 키워놓은 이곳을 이젠 떠날 때가 되었다. 십이 년 전, 아니 그보다 더 오래전 이 집을 찾으며 꿈꾸었던 것처럼 이젠 또 다른 집을 만날 꿈을 꾸고 있다. 아이들을 더 넓은 세상과 이어줄 집 말이다.

이 집에 사는 동안 내 집이 아니라고 생각해본 적이 없다. 기다리고 찾았던 내 집이고, 사는 내내 알뜰살뜰 손보며 정성 들인 우리 집이다. 이 집에서 엄마로, 아내로, 그리고 글 쓰는 사람으로 진한 시간을 살았다. 그것만으로도 감사해야 한다. 바라던 모든 것을 이미 받았고 누렸으므로 욕심 없이 언제든 떠날 수 있어야 한다. 새로운 모험의 날들로.

에필로그

모든 것에 안녕을

여름방학에 일주일간 아이들과 여행을 마치고 돌아오는 길이었다. 차 안에서 보니 집으로 가는 길 양쪽에 높은 공사용 안전 펜스가 설치되었다. 펜스는 전철역 부근에서 시작해 학교 앞 큰길과 우리 집으로 이어지는 작은 길을 전부 가리고 있었다. 높다란 회색 펜스가 세워진 것만으로 마을 풍경은 완전히 달라졌다. 머지않아 공사가 시작된다는 것은 알았지만 막상 펜스가 쳐진 풍경을 보니 떠난 곳으로 다시 돌아온 것 같지 않았다. 낯선 곳에 내린 것처럼, 길을 잃은 것처럼 마음이 아득해졌다. 이제 우리에게 익숙하던 풍경은 모두 가려졌다. 곧 굴착기가 들어오면 완전히 사라질 것이다.

이 마을에서 살면서 우리가 사랑한 많은 것, 웃음과 이야기가 깃든 풍경은 무너지고 곧 낯선 건축물로 채워질 것이다. 더 깨끗하고 화려해지겠지만 익숙하고 정겹던 곳일 수 없다. 그런 날이 결국 와버렸다.

눈앞에 와 있는 개발과 변화에 허공에 뜬 듯 마음이 흔들린다. 이별이 실감 난다. 이제 우리가 사랑한 많은 것과 작별할 때다.

사람이 책을 만들지만 책이 사람을 만든다는 말처럼 집도 그렇다. 사람이 집을 짓지만 집이 사람을 지어간다. 이 집은 나를 농부이자 정원사, 조련사로도 만들었지만 무엇보다 몸으로 일하는 노동자로, 제 몫을 할 줄 아는 일꾼으로 키워주었다. 생명을 키우고 보살피는 사람, 사람들을 불러 모으고 환대하는 사람, 자연을 사랑하고 누릴 줄 아는 사람이 되게 해주었다. 이 집이 아니었다면 내가 무엇을 어디까지 할 수 있을지, 내 능력과 실력이 어디까지 자랄 수 있을지 몰랐을 것이다.

이 집에서 우리는 모험가였다. 나날의 모험에서 제일 든든한 동지였던 남편에게 고맙고 사랑한다고 말하고 싶다. 누구보다 특별한 어린 세 모험가가 있어 그 긴 날들을 울고 웃으며 헤쳐나올 수 있었다. 머지않아 각자의 세상으로 독립해 가겠지만 여기서 우리가 함께한 시간에 삶의 모든 지혜가 들어 있다는 걸 잊지 않았으면 한다.

힘에 부치는 큰 집을 얻은 딸의 살림과 농사를 곁에서 살펴주신 친정 부모님이 아니었다면 이곳에 이렇게 한참을 머물 수 없었을 것이다. 부디 더 오래 우리 곁에 계셔주기를….

내 글을 읽어가며 이 집의 사연에 같이 기뻐하고 슬퍼하고 걱정하고 응원해준 많은 독자들께도 감사한다. 글을 사랑하는 사람들과의 만남은 언제나 행복하다. 쓰는 사람은 읽는 사람에 기대 걸어가는 법이다.

우리가 찾아냈지만 우리를 기다려준 집. 우리가 보살폈지만 우리를 키운 집. 집은 사물이지만 오래 마음을 주고 애정을 기울이다 보니 가끔 집도 마음이 있는 게 아닐까 할 때가 있다. 집에 돌아올 때마다 집이 우리를 다정하게 안아주는 것 같았다. 기다렸다며, 무사히 돌아와서 기쁘다며.

부족한 우리를 이만큼 키워준 집에 마음을 다해 감사 인사를 전한다. 우리 가족이 평생 잊지 못할 집이다.

마당에서 뛰고 산자락을 누비고 마을 길을 걸으며 자란 세 아이는 몸도 마음도 여문 청년이 되었다. 우리의 이야기가 담긴 정다운 날들과 우리가 만난 눈과 비와 바람과 꽃과 새와 나무와 풀과 벌레, 그리고 이웃들. 그들과 함께한 시간은 이제 우리 기억에 새겨져 언제나 함께 살아갈 것이다.

다시 올 수 없는, 그래서 더 애틋하고 소중한, 우리가 사랑한 모든 것에 안녕을….

집이라는 모험

초판 발행	2022년 11월 28일
지은이	신순화
펴낸이	김정순
편집	김미영 허영수
디자인	김민영
일러스트	박혜 최이룸
마케팅	이보민 양혜림 정지수
펴낸곳	(주)북하우스 퍼블리셔스
출판등록	1997년 9월 23일 제406-2003-055호
주소	04043 서울시 마포구 양화로 12길 16-9(서교동 북앤빌딩)
전자우편	editor@bookhouse.co.kr
홈페이지	www.bookhouse.co.kr
전화번호	02-3144-3123
팩스	02-3144-3121
ISBN	979-11-6405-183-0 03810